◎2021年黔南民族师范学院支持引进高层次人才研究专项"贵州现代小说知识分子形象研究"（编号：2021qnsyrc04）研究成果。

◎2022年黔南民族师范学院教育质量提升工程项目"贵州现代经典文学作品融入'写作'课程教学途径研究"（编号：2022xjg030）研究成果。

◎2022年贵州省高等学校教学内容和课程体系改革项目"地方小说融入'中国现当代文学'课程培养师范生中学语文课程思政教育能力的理论与实践探索"（编号：2022SJG012）研究成果。

◎2024年贵州省高校人文社会科学研究项目"文化自信视域下贵州优秀传统文化资源融入高校思政课程实施路径研究"（编号：2024RW206）研究成果。

贵州现代小说
知识分子形象研究

曹 源 曹润林 ／ 著

U0660161

湖南师范大学出版社

· 长沙 ·

图书在版编目（CIP）数据

贵州现代小说知识分子形象研究／曹源，曹润林著. --长沙：湖南师范大学出版社，2024.8 —ISBN 978 - 7 - 5648 - 5481 - 2

Ⅰ. I207. 42

中国国家版本馆 CIP 数据核字第 2024G1N399 号

贵州现代小说知识分子形象研究
Guizhou Xiandai Xiaoshuo Zhishi Fenzi Xingxiang Yanjiu

曹　源　曹润林　著

◇出 版 人：吴真文
◇责任编辑：吴鸿红
◇责任校对：张晓芳
◇出版发行：湖南师范大学出版社
　　　　　　地址/长沙市岳麓区　邮编/410081
　　　　　　电话/0731 - 88873071　88873070
　　　　　　网址/https：//press. hunnu. edu. cn
◇经销：新华书店
◇印刷：长沙印通印刷有限公司
◇开本：170 mm×240 mm
◇印张：13. 25
◇字数：220 千字
◇版次：2024 年 8 月第 1 版
◇印次：2024 年 8 月第 1 次印刷
◇书号：ISBN 978 - 7 - 5648 - 5481 - 2
◇定价：58. 00 元

凡购本书，如有缺页、倒页、脱页，由本社发行部调换。

目 录

绪 论

一、选题背景、依据及意义

贵州文脉悠长，自古文人辈出，魁星灿烂。在汉代时，贵州就出现了史称"汉三贤"的著名辞赋家盛览、儒学家舍人、经师大儒尹珍；明朝时，诗人、画家杨龙友的诗文入选《崇祯八大家诗选》；清初，著名学者周渔璜是全国诗坛上数一数二的顶尖诗人；晚清时期，郑珍、莫友芝、黎庶昌共同成就了"清诗三百年，王气在夜郎"的沙滩文化等。

五四以来，蹇先艾、谢六逸、段雪笙等人为贵州现代小说的产生与发展奠定了坚实的基础，蹇先艾的小说《水葬》曾得到过鲁迅称赞；新中国成立以后，石果的小说再为贵州文坛添光增彩；20世纪80年代，何士光三次蝉联全国优秀短篇小说奖，叶辛"知青小说"改编的电视剧曾一时轰动全国；20世纪90年代以来，以欧阳黔森为代表的"黔山七峰"以不俗的创作实绩牵引着世人的目光；到了21世纪初，青年作家肖江虹的中篇小说《傩面》获第七届鲁迅文学奖，呈现贵州文学的后起实力。

贵州现代小说创作主要以乡土题材为主，这当然与贵州开发较晚的历史，以及地处偏远西南一隅的地理位置有关。除了乡土题材之外，知识分子题材小说（指以知识分子为主要人物、主要描写对象的小说）虽然较为薄弱，但也屡见不鲜。根据美国小说家海明威"作家必须写他知道的事情"的观点，那么大多数小说家的作品，从广义上来说，是带有自传性质的。正如美国小说家托马斯·沃尔夫所说"一切严肃的作品说到底必然是自传性质的"，所以，对小说中知识分子形象的研究，反过来亦可以加深对小说家的认识与理解。高尔基说过"文学是人学",英国的小说理论家福斯特在《小说面面观》中将小说人物列为小说创作的重要之"面"①。小说正是一种以塑造人物形象为主的文学样式,小说的发展,从根本上说,是人对人认识的深化,是人对人审美审视与表现的演进。而人物中,尤以知识分子的形象最难刻画,例如夏曾佑在《小说原理》(载《绣像小说》1903 年第 3 期)中就曾提出"写小人易,写君子难"的见解,此处的"君子"有知识分子的含义。

对小说这种文学重要样式展开研究,在很大程度上可以说是对文学整体的考察。但是现有对贵州小说的研究大多集中在乡土小说这块,而对于知识分子题材小说的研究还有较大的挖掘空间。其实,无论是作为本身就是知识分子的作家也好,还是作为小说中塑造的知识分子形象也罢,皆能为读者提供知识分子研究及当时社会生活研究生动有效的范例,而且,小说这种体裁相对别的体裁更能够向世人展示当时社会生活具体生动的情形,所以,贵州现代小说知识分子形象研究,毫无疑问具有较为重要的价值和意义。通过对贵州现代小说知识分子形象书写作品流变进行"史"的梳理,以及对贵州现代小说知识分子形象主要类型的归纳与分析,能够使我们更好地了解小说的诞生与当时时代的联系,更好地了解小说家是如何把自己对于时代的感受理解诉之于笔端的,以及他们为塑造该类知识分子人物形象而采用的叙事方式。同时,笔者还要深挖贵州现代小说知识分子形象书写的特色、价值以及存在的缺陷与不足,并对贵州现代小说知识分子形象书写为何薄弱进行反思等。

鉴于以上背景,可知贵州现代小说知识分子形象书写是贵州文学史上的一大亮点,它在贵州小说史乃至贵州文学史上占有一定的地位,它构成一个自洽的体系,取得了一定的成就,有自己的特色与内涵,当然也存在一定的缺陷与不足,很值得作专题研究。通过本课题的研究,能够进一步正确认识和评价贵州现代小说创作的全貌,肯定其贡献与价值,反思其缺点与不足,对于总结贵州文学创作历史经验和弘扬贵州知识分子精神都具

---

① E. M. 福斯特. 小说面面观 [M]. 冯涛,译. 北京:人民文学出版社,2009:37 – 38.

有重要意义，同时能够为从事贵州小说创作与研究的后来者们提供一定的借鉴，促进贵州未来小说创作与研究的健康有序发展。

二、核心概念的界定与研究范围

论著题目"贵州现代小说知识分子形象研究"是个内涵、外延都较大的概念，此概念大致包含有三个关键词：贵州现代小说、知识分子、形象。

第一个关键词是"贵州现代小说"。这既是一个时间概念，又是一个空间概念。从时间上来说，这个概念主要受朱栋霖等主编的《中国现代文学史》的影响，主要指在五四文学革命声中诞生且延续至今的一种用白话文写作的新体小说，泛指20世纪以来的贵州新体小说创作。它合并了所谓的"贵州当代小说"，把这一时期的新体小说创作统称为"贵州现代小说"。

同时，"贵州现代小说"又是一个空间概念，具体来说，可以分为两种情况：一种是籍贯为贵州的作家如蹇先艾、何士光等所创作的小说；二是指并非出生在贵州，但长期工作与生活在贵州的作家如叶辛等所创作的小说。

第二个关键词是"知识分子"。这倒是一个值得颇费笔墨加以解释的概念。

中国古代有所谓的"士"，他们常常为实现自己的理想追求成为政治家，但知识分子与政治家之间仍然有明显的区别，齐国的"稷下学宫"虽然受到官方的奉养，但他们自居"不宦"，强调"不治而议"，也就是《盐铁论》所载的"不任职而论国事"，即只热衷于对社会政治的批评而尽量不掺和到具体的施政中去。中国知识分子还有一个特殊的群体被称为"文人"。一般说来，知识分子都可泛称文人，但"文人"有其独特的定义。他们也许淡泊世事，不问"俗务"，但他们却传承着中国的琴棋书画、气韵情趣，他们是中国知识分子中很重要的一个组成部分。①

西方关于知识分子则有着较为严格的定义：法国社会学家埃德加·莫兰（Edgar Morin）提出的知识分子的三点定位也许可以作为知识分子概念的基础。他认为知识分子是指这样一些人：一是从事文化方面的职业；二

---

①　乐黛云. 中国知识分子的形与神［M］. 北京：昆仑出版社，2006：38.

是在社会政治方面起一定的作用；三是对追求普遍原则有一种自觉。西方所谓的"知识分子"除具有某种专门知识之外，还必须关心国家、热心公益事业，具有一种宗教的承担精神，他们和我国古代的"士"相似。因此，安东尼奥·葛兰西（Antonio Gramsci）在《狱中札记》中写道："并不是所有的人在社会中都具有知识分子的作用。"

笔者采用的是《现代汉语词典》（第7版）中的解释："知识分子是具有较高文化水平、从事脑力劳动的人，如科学工作者、教师、医生、记者、工程师等。"① 在此释义中"知识分子"即知识者，指掌握某种专门知识的人，甚而只是达到某种文化程度者。在校大学生，以及特殊年代中学毕业响应"上山下乡"号召的"知青"，在某种程度上他们充其量只能算作"准知识分子"，而不能称为真正意义上的知识分子。但他们身上同样具有知识者固有的特质，为了进一步看清知识分子形象书写的全貌，所以，笔者在这篇论著中有时也会把他们（在校大学生、"知青"）视为"知识分子"进行分析研究。

第三个关键词是"形象"。所谓文学形象，"就是指在文本中呈现出来的、具体的、感性的、具有艺术概括性的、体现着作家的审美理想的、能唤起人的美感的人生图画"②。文学形象是社会历史的，文学史的，作家心理、气质、审美意识等等的"综合创造物"。③ 毋庸置疑，知识分子形象就是这样的"人生图画"与"综合创造物"。

贵州现代小说知识分子形象书写发轫于五四文学，一百年来，贵州知识分子形象书写作品数量颇丰，质量也参差不齐，故研究时不可能也无必要全部涉及。所以论著采用点面结合的方法，既对贵州现代小说知识分子形象书写的流变做了考察，基本上厘清了贵州现代小说知识分子形象书写变迁史上的主要作家与主要作品；同时，又对其中颇具代表性的作家当作重点考察对象进行了较为深入的研究。

至于为何选定蹇先艾、何士光、欧阳黔森等作家为重点考察对象，主

---

① 中国社会科学院语言研究所词典编辑室. 现代汉语词典 [Z]. 7 版. 北京：商务印书馆，2016：1678.

② 童庆炳. 文学概论 [M]. 武汉：武汉大学出版社，2000：177.

③ 赵园. 艰难的选择 [M]. 上海：上海文艺出版社，1986：9.

要是基于他们的小说创作实绩以及他们在贵州文学史上地位。毋庸置疑，蹇先艾、何士光已经登上了中国现代文学史的神圣殿堂，欧阳黔森作为 21世纪初贵州文学领军人物也受到了全国广泛关注。

具体来说，中国文学史上论及蹇先艾的，有鲁迅《中国新文学大系·小说二集》，杨义《中国现代小说史》，钱理群等著的《中国现代文学三十年》，朱栋霖等主编的《中国现代文学史》，丁帆等著的《中国乡土小说史》等；中国文学史论及何士光的，有朱栋霖等主编的《中国现代文学史》，丁帆等著的《中国乡土小说史》，刘绍棠等编的《中国乡土文学大系》等。至于欧阳黔森，他于 20 世纪 90 年代末开始发表小说，此后一直处于旺盛的创作状态，是 21 世纪初贵州文坛上的领军人物。虽然 21 世纪文学尚未写史，但是欧阳黔森的小说创作表现出了相当的实力。他迄今已在《当代》《十月》《收获》《人民文学》等文学刊物上发表长、中、短篇小说五百余万字。於可训评价贵州文学时曾一言以蔽之："从蹇先艾、何士光到欧阳黔森，这三位作家所处时代不同，在文学上的成就和影响，也有轩轾之分，但作为一个历史链条上的三个重要环节，却共同串起了一部贵州文学的历史。"①

石果是贵州承前启后（蹇先艾之后，何士光之前）的一位代表作家，他的小说真实记录了新中国成立初期贵州农村清匪反霸、土地改革、农业合作化等历史事件，有一定的史料价值，但是与政治联姻过重，而且偏重乡土题材方面。叶辛在 1980 年代初期名噪一时，但他毕竟是因小说改编电视剧而成名的作家，而且他只是贵州文学驿站上的一个过客（1969 年他以"知青"身份从上海老家下放到贵州省修文县砂锅寨，1990 年调回上海，在贵州仅仅工作生活了 21 年），故在本论著中只分析了他们的重点作品。

三、文献综述

20 世纪以来，贵州小说创作中知识分子形象书写取得了瞩目的成绩，也引起了全国文学评论家们的高度关注。

一是对贵州小说创作整体走向进行综述，王鸿儒（1997）、谢廷秋

---

① 於可训. 主持人的话［J］. 小说评论，2015（5）：69.

（2012）、杜国景（2012）等人是这方面的代表，他们主要对贵州作家作个案分析，对作家的人生道路与文学成果进行详尽的梳理、评述。

二是对作家作品进行个案式研究。如秦家伦、钱理群（1979）关于蹇先艾的创作研究，钱理群（1983）关于何士光创作论，陈晓明（2004）、雷达（2005）、孟繁华（2015）从文本分析出发，按照不同的研究角度对蹇先艾、何士光、欧阳黔森等小说创作的主题思想、艺术特征进行了客观中肯而又富有个性的评论。

三是立足贵州地域文化，并把小说研究整合到贵州文学研究的整体格局之中，强调文学的传承性与独特性。撰写贵州文学史（小说史），其中最出名的莫过于何光渝、杜国景。何光渝（2000）全面深刻评述了 20 世纪贵州小说的发生、发展及转型等，概括出 20 世纪贵州小说总体性的历史特征及发展的基本线索；揭示了 20 世纪贵州小说与中国小说现代化进程、与贵州特定地域的历史联系和影响，揭示了文学的地域性特征；以历史批评和审美批评的方法为基础，融会贯通各种传统的和新的研究方法，从而在贵州小说史研究的格局和方法上产生了较多的新的见解；杜国景（2018）则以 20 世纪文学主潮为著作建构框架，把 20 世纪贵州作家分为四代进行了代纪研究。论著思路清晰，论述精彩到位，更为可喜的是该书在积极借鉴了何光渝研究成果的基础上，还把研究放在了 20 世纪中国文学的视野中，补充一些新的史料，而且还修正了何光渝专著中的一些瑕疵与失误。

论文研究中，特别值得一提的是王刚发表的《知识分子的心灵历程——何士光小说创作论之一》一文。该论文分析了何士光知识分子题材作品中知识分子的心路历程。这是一篇贵州小说知识分子形象书写的研究专论，虽然时间上只是阶段性的。

通过对研究文献的梳理，笔者可以这样说，对贵州现代小说中知识分子形象书写进行历时性"史"的梳理，并且对小说中各个文学分期的知识分子形象加以概括归类，找出变迁的轨迹与原因，并对知识分子形象书写叙事策略加以关注，最后归纳总结出贵州现代小说中知识分子形象书写的特色与价值，并对存在的不足以及知识分子形象书写为何薄弱进行反思，这些便成为本论著的题中应有之义。

四、研究思路与创新之处

本论著将采用文本细读法、统计法、理论阐释法、历史比较法等方法进行创新性的研究，以期能够在较短的时间内，得出比较全面的科学的研究结果；在研究结果出来后，也很有必要对研究方法、研究过程、研究结论进行回顾与总结，从而总结出本次研究的创新及得失之处。

（一）研究思路

贵州现代小说知识分子形象研究是一个比较重大的课题，价值与意义都比较深远，所以必须要有清晰的研究思路，在研究过程中，论者将根据实际情况灵活运用文本细读法、统计法、理论阐释法、历史比较法等研究方法，在进行文本分析时，不胶柱鼓瑟，灵活多变地运用叙事学、新文学版本学、社会历史批评、文学地理学、精神分析批评等文学评论理论，研究中力争做到宏观与微观、整体与个案的结合，把文学批评理论有机融合到小说文本分析当中，不至出现理论与文本"两张皮"的现象。

本论著是一部全面、系统研究贵州现代小说知识分子形象书写的专论，论著站在"史"的高度，建构了以"贵州—中国"为横坐标，"个人—时代"为纵坐标的坐标系，把贵州现代小说知识分子形象书写研究置于这样的坐标系中加以考察。

论著第一章对贵州现代小说知识分子形象书写的作品进行了较为全面的梳理，归纳出了贵州现代小说知识分子形象书写流变史。

论著第二章对贵州现代小说知识分子形象类型进行了总结，按照其特色归纳出了贵州现代小说知识分子形象类型如下："觉醒者"形象、"革命者"形象、"被改造者"形象、"理想主义者"形象、"世俗者"形象等五大类。

论著第三章主要以贵州现代小说知识分子形象书写的三位代表性作家蹇先艾、何士光、欧阳黔森的小说作品为主，结合段雪笙、思基、叶辛、谢挺、戴冰及王华等以知识分子形象书写的代表性作品为例，对贵州现代小说知识分子形象书写叙事策略进行了分析与研究。

论著第四章在前三章的基础上对贵州现代小说知识分子形象书写的特色、价值与不足进行了分析与反思。

论著安排的四个章节体现了如下的研究思路：贵州现代小说知识分子形象书写作品主要有哪些—这些作品中塑造的知识分子形象怎么样—这些知识分子形象是怎样被塑造的—知识分子形象书写的得与失，进而对知识分子形象为何薄弱进行反思。这样的一种研究思路，涵盖了课题研究的主要内容，体现了课题研究的重心，达到了课题研究的目的。

（二）创新之处

一是该领域之前没有专题研究，本论著带有明显的创新性。贵州作为一个偏重乡土文学创作的地域，知识分子形象是地域文学的薄弱点，但贵州现代小说如果只有农民形象不仅是不完整的，而且也是无法揭示其现代性的。因此对贵州现代小说较为薄弱的知识分子形象进行研究，不仅拓展了文学研究的空间，还凸显了贵州现代小说的现代性，因此选题具有理论创新的意义。

二是论著对贵州现代小说知识分子形象书写的特色、价值与不足进行了实事求是的分析论述，特别是对贵州现代小说知识分子形象书写为何薄弱进行了反思，论述了影响贵州知识分子形象书写的制约性因素，具有鲜明的问题意识。

三是论著极为重视研究中对"时空"的把握与"史"的梳理。论著试图站在前人研究的基础上，把贵州现代小说知识分子形象书写的每一个创造，置于贵州历史乃至中国历史的坐标系之中加以考察研究。一是在研究空间上，紧扣"贵州—中国"这个横坐标，如蹇先艾在北京期间的小说创作与他回到贵州之后的小说创作单单在题材上就有较大差别。二是在研究时间上，紧扣"个人—时代"这个纵坐标，如蹇先艾的小说创作就跨越了两个时代（从中华民国到中华人民共和国），前后小说创作观迥异；又如何士光以20世纪90年代为界，前后作品创作题材、创作主旨亦完全不同。笔者在考察贵州现代作家时，只有把握好了作家时空归属感，再结合相关史料进行"史"的梳理，注重论从史出，点面结合，才不会将其作为一个封闭、自足的对象，只有把知识分子形象研究置放在作家创作总体态势中考察，才能给人以整体感。

最后，笔者期望站在前人研究的基础上，通过自己不懈的努力，达到文学批评的较高形态与较高境界。记得杨守森把文学评论分为"四重境界"①，达至第三重境界（探讨创造规律）的分析评判形态，才更具有文学批评的本性；而最高境界则是思维空间的开拓与创造。但由于自己学疏才浅，水平有限，这第四种形态与第四重境界实在不敢奢望，但是笔者还是试图让自己的研究能够在第一、二种形态、境界的基础上，力求朝着第三种形态、第三重境界的方向努力。

──────────

① 杨守森认为："文学评论大致可分为复述归纳、体悟阐释、分析评判、提升创造四种基本形态，依次对应的是传播文学信息、丰富作品内容、探讨创造规律、开阔思维空间四重境界。"参见：杨守森.文学批评的四重境界［J］.文史哲，2006（1）：87－95.

第一章
贵州现代小说知识分子形象书写流变

在本章节的论述中，笔者将运用新文学版本学的研究方法，对贵州现代小说知识分子形象书写的流变情况作出大致梳理与说明。在研究中，尽量采用最原始、最权威的一手资料，小说文本尽量采用初版本或完善本，摒弃因时代变迁而受影响产生的某些修改本作为小说文本分析的母本。此外，贵州文学的发展离不开中国文学这个大环境，所以笔者还把贵州现代小说知识分子形象书写置放于中国 20 世纪以来文学思潮、文学运动的大背景下，以贵州现代小说知识分子形象书写面临重大转型（主要指受到国内政治大事件影响）的时间拐点作为分期，在对贵州现代重要知识分子题材小说作品反复进行文本细读的基础上，逐渐梳理出贵州现代小说知识分子形象书写的流变脉络。总体来说，贵州现代小说知识分子形象书写的流变史，大致经历了兴起、成长、拓展、回落、复兴、"众声喧哗"六个分期。

第一节　知识分子形象书写兴起

马克思曾经说过："人们自己创造自己的历史，但是他们并不是随心所欲地创造，并不是在他们自己选定的条件下创造，而是在直接碰到的、既定的、过去承继下来的条件下创造。"因此首先有必要厘清贵州现代小说与贵州古近代文学的关系。贵州现代小说知识分子形象书写不是一种抽象的存在，也不是孤立的文本，而是与贵州古近代小说、其他不同体裁的文学共同构成贵州文学的存在。所以论著要追溯到贵州现代小说真正意义上的起源与发生的层面上。

　　贵州文学起步较晚，汉代虽有三贤（舍人、盛览、尹珍），却没有文学作品流传。唐诗繁荣，宋词兴盛，却不见贵州这块土地的诗人，原因很多，也许没有记录留存是其中一个原因。但是，就文人创作而言，由明末到近代，截至1930年姚华去世，贵州文学却显现出骄人的成绩。明朝末年的谢三秀、杨师孔与杨文骢父子，清康熙时期的周渔璜，以及晚清贵州沙滩文化代表人物郑珍、莫友芝、黎庶昌等，他们不仅学识过人，而且在或诗或文上皆取得不俗成就，作为当时诗作风行一时"同光体"楷模的郑珍，为贵州赢得了"有清三百年，王气在夜郎"（钱仲联语）的美誉；清末民初之际，姚华蜚声京华，不仅书画为天下一流，词与曲亦各具本色，不让他人，曲论更为举国所注目。① 贵州最早的白话小说，据何光渝《20世纪贵州小说史》记载是1908年发表的《越南亡国史》与《社会鉴》。从所见的文字来看，这显然是两篇典型的政治小说，而且还是两篇艺术粗糙的未完稿，但这两篇白话小说，在贵州小说史上有着非同寻常的意义，因为它们开了20世纪贵州白话小说的先河。

　　1915年9月，以陈独秀主编的《青年杂志》（第2期更名为《启蒙者》）在上海创刊为标志的新文化运动，开启了中国20世纪小说发展史上的第一个转折。五四以后的贵州，却仍然是军阀统治地。贵州军阀与西南其他几省军阀你争我夺，互相倾轧，不断挑起战争。军阀的混战严重阻碍了文学艺术创作的发展，使得贵州的小说创作水平远滞后于其他省区。但整体来看，五四时期，受到新文化雨露的滋润，贵州的新小说仍然破土而出，开始蹒跚起步。当时，贵州的小说创作呈现出这样的一个局面：一方面，一部分文人受旧文学的影响，仍在用文言创作旧小说；另一方面，一部分激进的知识分子，在新文化运动的推动下，开始尝试创作新小说，如懦盦的《少年》、一岑的《一个爱国的小学生》、马二先生的《公道》、寄尘的《阁》等就是这类代表。但这些新小说，篇幅短小，故事简洁，语言粗糙，艺术性都不强。确切点说，它们还不是成型的小说，只不过是些速

---

　　① 王晓卫. 贵州文学六百年（古近代卷）[M]. 贵阳：贵州教育出版社，2014：1-2.

写或素描而已。① 但是，值得庆幸的是，在此之后，一批赴京求学的学生和海外学成归来的学者筚路蓝缕，开始小说创作，为贵州现代小说的发展起了开拓之功，其中，以蹇先艾、谢六逸等最为突出。

其中，蹇先艾在北京、谢六逸在上海，他俩分别用自己的笔写下了贵州现代小说知识分子形象书写"兴起"阶段的"游子小说"与"爱恋小说"等。

一、蹇先艾的游子小说

蹇先艾（1906—1994）出身于贵州遵义蹇氏大家族，从小受到了良好的家教。父亲蹇念恒是清朝光绪十六年（1890）举人，曾先后任四川越隽、涪陵、松潘知县，辛亥革命的前夜，其父弃官回乡，定居于老家贵州遵义。蹇先艾自小就随父亲联句作诗，打下了旧学根基。1919 年，蹇先艾 13 岁，被父亲送到北京游学，寄居在其二哥（蹇先榘）家里。第二年夏天，考入北京师范大学附中。那时的北京师大附中，语文教师大都醉心于五四新文化运动，提倡新文学，反对旧文学，还给学生们讲授五四时期优秀的白话文学作品和外国进步文学，这使蹇先艾受益匪浅。

蹇先艾在北京师范大学附中读书期间，就开始学习写作，自 1922 年他16 岁时发表了他的习作《人力车夫》后一发而不可收。1927 年，蹇先艾将他在 1926 年以前发表的 11 篇短篇小说结集定名为《朝雾》②，交北新书局出版。蹇先艾在序言中说："这并非我小说的全部分，只是选下自己最喜爱的几篇——借以纪念从此阔别的可爱的童年。"他又说："因自己的童年仿佛朝雾，所以集子就用了这个名字，并无深意宏旨。"③ 小说集出版后，得到张寿林的称赞，"作者的文章真切细腻而充满了动人的力量，自然地有一种清新的活气"，"他的小说也多少有点诗味，而特别有一种秀媚的风

---

① 贵州省地方志编纂委员会. 贵州省志·文学艺术志［M］. 贵阳：贵州人民出版社，2003：8 - 9.
② 这 11 篇短篇小说分别为《秋天》《当春》《失去的芳邻》《家庭访问》《到家》《一帧小照》《水葬》《旧侣》《回顾》《慧瞳》《狂喜之后》。
③ 蹇先艾. 朝雾［M］. 上海：北新书局，1927：1 - 3.

趣"①。这一年，蹇先艾年仅21岁。

小小年纪的蹇先艾在小说创作上竟然取得如此的成功，这除了与他天资过人、文学素养较深、勤奋创作分不开之外，还有一个最重要的原因是与他所求学和创作的圈子分不开，即京津地区特别是新文化运动策源地北京的文化风气②，志同道合的"曦社三友"（蹇先艾、李健吾与朱大柟）之间的相互鼓励，京城文学前辈徐志摩、王统照、鲁迅等的悉心培养。

关于"曦社三友"，蹇人毅（蹇先艾之子）曾在《曦社三友》③一文中有过详细介绍。

在《朝雾》这个短篇集子里，《到家的晚上》《狂喜之后》《家庭访问》《回顾》是知识分子题材小说。

小说《到家的晚上》中主人公孙少爷在外求学十载后重回故里时，看到家中景象已是物是人非，亲人或亡故或沦为乞丐，庭院荒凉破败。小说带有破落户子弟的感伤情绪，鲁迅认为小说"足够写出他心曲的哀愁"④。小说中"我"的心情或者说乡愁，被深深地打上了那个时代的烙印，表现了被生活驱逐到异乡见过"大世面"的知识分子重新面对故乡破败景象时独特的心理反应。

《狂喜之后》在《晨报副刊》连载时（1926年5月10日—26日），编者徐志摩特意用大字标题以示重视。小说主要讲述小学音乐教师K君与他的学生娴从相识、相爱到失恋的故事，因其所具有反封建色彩而很受当时读者欢迎，同时也为青年蹇先艾带来了声誉。张寿林在评论中称《狂喜之后》是全集中最优秀的作品。1933年王哲甫在《中国文学运动史》中认为，"直到蹇先艾发表了《狂喜之后》之后，大家才认识他的天才"。此外，《家庭访问》中平民学校教师"我"（蹇老师）和C老师到学生凤昌祖家家访时，切身感受到了战祸给穷人家庭带来的深重灾难：凤昌祖父亲被送去四

---

① 张寿林.评《晨雾》[N].晨报副刊，1927-10-01（4）.

② 杜国景.二十世纪文学主潮与贵州作家断代侧影[M].北京：科学出版社，2018：81-82.

③ 蹇先艾与同班同学李健吾、朱大柟一起，在1922年寒假前组织成立了新文学社团"曦社"，邀请鲁迅、王统照、徐志摩等到学校演讲，扩大新文学的影响，并自筹经费，出版文学刊物《熠火》，但此刊不久后便停刊。参见：蹇人毅.乡土飘诗魂：蹇先艾纪传[M].太原：山西人民出版社，2000：59-73.

④ 鲁迅.中国新文学大系·小说二集[M].上海：良友图书公司，1935：8.

川打仗音讯全无，母亲染上霍乱而死，房租作为家庭唯一的经济来源却因为租客工作的衙门发不了官饷而迟迟收不到，唯一剩下的祖孙三人只能相依为命，苦苦等待父亲归来。而《回顾》则写南京上中学的薇来到北京度假时得知姊姊琼的遭遇（年纪轻轻的琼嫁的丈夫是一个 60 岁的老官僚）后，对男女爱情与婚姻的不平等问题发出了自己的诘问。小说采用了插叙及意识流的手法。

总之，五四期间，蹇先艾在小说《到家的晚上》中表现了身在异乡"游子"的苦闷情感，其中既有对故乡往昔的美好回忆，也有对故乡当下之所以破败的清醒认识。《狂喜之后》《回顾》等小说中则表现了青年男女的恋爱生活，突出了五四新人勇敢冲出封建牢笼，反抗等级制度，大胆追求个人幸福的自由精神。

二、谢六逸的爱恋小说

谢六逸（1898—1945），名光，号六逸。贵州贵阳人，父亲曾任湖南沅陵、贵州都匀等县知事。他从小受到了良好的教育，1918 年春，谢六逸赴日本公费留学。他是文学研究会的第一批会员，他一生的文学活动主要在于研究日本文学史和撰写随笔。谢六逸还是中国新闻学教育的开拓者之一，著有《新闻学概论》等。此外，谢六逸偶尔也写小说，其中发表于 1924 年的短篇小说《H 与其友人》就是一篇典型的知识分子题材小说。

《H 与其友人》全篇 7000 字，主要人物是 H 及他的友人市子，同学 C 及 C 的恋人 E（未出场）。小说分为上、下两节。上节是主人公"我"（即 H）的第一人称叙述，写 H 与市子分离后，在回国的海船上，H 对市子情深意切的内心倾诉。H 追求的是一种"灵魂之爱"；下节则转为第三人称视角叙述，与 H 一同从海外归来的好友 C 爱上了 E。C 是从"肉体美"的角度爱上 E 的，C 追求的是一种"肉欲之爱"。于是，H 与 C 在如何对待爱情灵与肉的问题上发生冲突，引发了一场争辩。杜国景认为该小说"颇具五四运动时期爱恋小说的韵味"①。无疑，郁达夫的《沉沦》是五四时期爱恋小说的代表作，但谢六逸的小说《H 与其友人》也有与郁达夫《沉沦》同样

---

① 杜国景．二十世纪文学主潮与贵州作家断代侧影［M］．北京：科学出版社，2018：80．

的精神特质,小说中对于体现人正常需求的肉体之爱的肯定,给人耳目一新之感。

总之,无论是蹇先艾,还是谢六逸,此阶段的知识分子形象书写作品一般篇幅比较短小,语言比较简洁,情节多截取生活中的横断面,较为简单,但这些小说的问世,预示出贵州现代小说知识分子形象书写开始兴起。正如朱栋霖所言:五四文学带来了文学观念、内容、语言载体、形式各方面全面的革新与解放。其借鉴于西方的严肃的文学观念得到了确立,文学从审美内容到语言形式都接近于生活和人民。僵化的文言被摒除,白话由俚俗的边缘进入作家创作的中心,成为文学语言的正宗。外国多样化的文学样式与手法,丰富着新文学的创作。五四文学革命开辟了贵州小说史上现代化的新时代,促使了贵州现代小说知识分子形象书写的兴起。

第二节　知识分子形象书写成长

土地革命战争时期(1927—1937)是中国共产党领导中国人民进行深入开展土地革命,反对国民党恐怖统治的内战时期,也是"现代文学史上的第二个十年"①。当时的贵州还是军阀统治地区,军阀之间互相争权夺利,使得贵州战乱不止。1935 年国民党势力开始进入贵州,并剥夺了贵州军阀王家烈等的权力,然而国民党统治下的贵州人民的生活却未见有多大改善。此时,最能代表贵州现代小说知识分子形象书写水平的,仍然是贵州籍在外寻求发展的作家的作品,例如蹇先艾、段雪笙、卢葆华、陈沂等人的作品。这些作家以自己卓有成效的创作实绩推动着贵州现代小说知识分子形象书写的发展。

---

① 朱栋霖等主编的《中国现代文学史(1917—2000)》曾把中国现代文学史划分为以下六个阶段:以五四为代表的 20 年代文学(1917—1927)、人文主义文学与左翼革命文学并存的 30 年代文学(1928—1937)、以全民族的抗战文学为开端以及承续发展的多地域多元化的 40 年代文学(1937—1949)、十七年文学与"文革"文学(1949—1976)、新时期文学(1979—1989)、1990 年代以来的文学。

一、段雪笙的"革命三部曲"

段雪笙（1901—1946），原名泽杭，字翰荪，出身于贵州省赤水市一个知识分子家庭。他从小就钟情于文学，并且有着很扎实的古典文学功底，1925 年经孙炳文介绍加入中国共产党，1927 年至 1930 年，段雪笙在上海法南区从事党的地下工作，并时常有机会去拜访鲁迅，1930 年在中共北平市委宣传部任职，开始着手筹建北方"左联"，后任该组织党团书记，1946 年 8 月，段雪笙因积劳成疾，病逝于四川南溪女子中学，时年仅 45 岁。①

段雪笙是一位职业革命者，在他短暂的一生中，在为党工作，从事各种文化、文学组织活动之余，始终不忘笔耕，写下了不少文字，最著名的莫过于他的三部中篇小说：《女看护长》《两个不幸的友人》《林康节》。

小说《女看护长》（署名雪生，上海励群书店 1928 年出版）描写了长江南岸 K 城一所临时野战医院女看护长紫薇与少年医官柏森的爱情悲剧。小说中紫薇深受柏森革命思想的影响，在听闻柏森被反动派陷害逮捕后，悲痛难忍，同时也开始觉悟，勇敢地率领群众起来革命，手刃了医院院长张石齐这个反动派。

小说《两个不幸的友人》（署名段雪生，上海现代书局 1929 年出版）中故事发生时间为"一九二七年冬天"，此时正值"四一二"反革命事变后中国革命史上最为严酷黑暗的"冬天"。小说记述了"我"的两个友人——夏力人和卢曙青两人各不相同的爱情悲剧。夏力人是富家子弟，但他背叛了家庭，在大学读书期间，曾在大学所办的平民夜校兼职教书。他与在夜校读书的铁路工人女儿厢根真诚相爱。不幸的是，厢根的父亲因为京奉铁路发生的罢工事件被铁路局开除了，一家人生活无着。厢根父母无奈只好以三百块大洋把她"嫁与"一个喻姓商人做妾，夏力人想向父亲借钱求助反招其父痛骂，一对有情人就这样被活活拆散。夏力人绝不向"万恶家庭"妥协，贫病交加，苦苦挣扎，受尽了折磨，最后，在得知厢根已死、自己的疾病也无医可救的消息后，投井自尽自我了却。而卢曙青是"我"在去上海的旅途中，在火车车厢里偶然认识的一名少妇。卢曙青本是一个美貌

---

① 何光渝.20 世纪贵州小说史［M］.贵阳：贵州民族出版社，2000：84–88.

善良的女子，她与同学云雪岩相恋，但迫于父亲的逼迫，无奈嫁给了比她大 25 岁的军司令部参议，她受尽了欺凌，却始终思念着杳无音讯的云雪岩，最后，她只留下一张绝命字条，含恨跳进了黄浦江中。

小说采用第一人称叙事，用"我"的亲身经历，把两个故事串联起来，给人一种确有其事的真实感。两个爱情悲剧，从不同的角度告诉人们：黑暗的社会制度是罪恶的根源，青年们要争取自由、幸福，就必须坚决与之斗争，小说对当时的黑暗社会进行了深刻揭露与无情鞭挞。

小说《林康节》（署名夏雨晴，1931 年连载于北平《平等》杂志 1 卷 1~2 期）全文近四万字，叙述了"我"的旧友林康节玩世不恭的故事。曾经胸怀大志的青年林康节，与一个纱厂做工的平民女子吴杏华从相识到相恋，可惜美好姻缘中途夭折。此时一个有钱有势的女子郭晓露出现在他的生活中，他很快被郭晓露迷惑，成为郭晓露手中享乐花钱的"手袋"，当林康节向郭晓露求婚时，先是被骗去了九百块大洋，后又遭到拒绝和羞辱。于是林康节"猛然改变了"，他"想报复郭晓露这个女流氓"的玩弄和欺骗，他开始变得玩世不恭，纸醉金迷，"狂嫖滥赌，大吃大喝"，或肆意侮辱那些"贵族女子"，"虚伪的、炫惑人的女子"。作者通过林康节这个人物形象，反映了五四落潮后一批知识青年，由于缺乏前进的方向和动力，在苦闷与彷徨中找不到出路，最终走向了颓废与堕落的境地。

关于段雪笙的"革命三部曲"①，杜国景是这样评论的：段雪笙的这三部小说表现了大革命运动前后青年知识分子的生活状态及精神状态。类似作品还有巴金的《激流》三部曲（《家》《春》《秋》）与茅盾的《蚀》三部曲（《幻灭》《动摇》《追求》）。《女看护长》（署名雪生，上海励群书店 1928 年出版）讲述的故事发生在革命到来的高潮之中，小说具有高亢、激越的基调，而当作者创作《两个不幸的友人》《林康节》之时，大革命运动已经开始走向低潮，故而后两部小说的调子显得较为低沉与压抑。此段评论中所言"《女看护长》讲述的故事发生在革命到来的高潮之中"是恰如其

① "段雪笙的三部小说刻画了革命失败前后青年人的几种不同命运和不同性格，虽然没有采用当时流行的'三部曲'形式，但在内容上有某种一致性和贯通性。"参见：杜国景. 二十世纪文学主潮与贵州作家断代侧影［M］. 北京：科学出版社，2018：127.

分的，读者可以从小说关于革命高潮时期一些场景描写中深深感受得到，例如"我是午前十二点到会的，几万的贫苦人民都到了好久了。他们热烈地欢呼着，坚持不向国际资本主义及其在中国所使用的经纪人投降。他们要反对腐化领袖的妥协主张。他们要达到真正的人民政权"① 等。无疑这些动辄几万人集会的宏大、热烈的场景描写正是中国"大革命"时期声势浩大的革命运动的实录。

总之，段雪笙的这三部知识分子题材小说，具有某种内在的联系，从时间上看，《女看护长》表现的是大革命运动高潮到来之际，而《两个不幸的友人》《林康节》表现的则是大革命运动已经落入低潮期；从内容上看，都是表现青年知识分子生活状态及精神状态的作品，只不过小说格调有高亢与低沉之别而已。段雪笙的这些小说为读者提供了中国现代历史上大革命运动失败前后当时青年一代知识分子精神生活的真实写照，其史料价值与艺术价值都不容小觑。

二、卢葆华、陈沂的"控诉之作"

卢葆华（1903—1945），名夔凤，字韵秋，贵州遵义人，颇有家学渊源，父亲卢铭尊，是清末秀才，饱读诗书。她是一位极富才情、极有个性的女性，曾就读于上海艺术大学。

《抗争》（浙江印刷公司 1932 年版）是一部约三万字的中篇小说，自传性十分突出，在当时影响颇大。据卢葆华在《飘零人自传》中的记述："余上半生，遭逢不遇，缘自卑者轻，而用情与妇女之被欺骗者重，乃写《抗争》。"小说中，女主人公江绯娜的经历，几乎就是作家自己真实的人生写照；而小说中出现的"爱情的叛徒"，也确有其人，他正是当时国民党政要刘健群。卢葆华本人在回顾这部小说的创作缘起时曾说："我借报以自诉，并为其他妇女代鸣不平。"②

江绯娜师范学校毕业后，在父母的包办下，与表兄倩文结了婚，可丈夫整天吃喝嫖赌、花天酒地，江绯娜忍无可忍，毅然提出离婚，不顾父母

---

① 雪生. 女看护长 [M]. 上海：励群书店，1928：11.
② 何光渝. 20 世纪贵州小说史 [M]. 贵阳：贵州民族出版社，2000：107.

亲的反对，一气之下，带着幼小的孩子漂泊他乡异地。为了生活，她白天
到公司做缝纫工，下班后又去替人洗浆。而就在此时，当年在绯娜读师范
学校以前就倾心于她的刘健群开始展开对绯娜强烈不懈的追求，江绯娜一
时感动之下接受了刘健群对她的"爱"，然而，就在他们要结婚的时候，江
绯娜无意中发现了刘健群隐藏着的大束信件与相片，原来刘健群欺骗了她：
他不但没有离婚，而且在外面还有许多情人与妓女。江绯娜痛心疾首，终
于醒悟，"又做了一回噩梦！"她不再理会刘健群的谎言与要挟，毅然离去，
"现在她将用她的双手，来创造她的出路和生活！"作者对江绯娜的形象，
倾注了满腔的热情，正如作家在《抗争·自序》中所言："像绯娜这种忠诚
的牺牲精神，坚毅的苦斗，不但是可以骄傲我们二万万女同胞的，事实上，
是新女性中的典型。"①

小说处处着力于表现女主人公江绯娜面对爱情、婚姻时坚强的性格、
独立的人格与抗争精神，而男女主人公性格上强烈的对照以及小说对黑暗
现实的尖锐揭露，使这部小说已经超越了一般意义上的妇女解放的思想意
义，而成为对不平等社会制度的血泪控诉之作。而江绯娜无疑是贵州现代
小说知识分子形象书写中出现较早的一位光彩熠熠的"新女性中的典型"。

陈沂（1912—2002）系贵州遵义新舟镇人。本姓佘，名万能，号孟秋。
少年时就读于遵义省立第三中学，校长是当时贵州有名的教育家黄齐生。16
岁时，陈沂离家，到成都求学，1929 年考入上海吴淞中国公学预科班。
1931 年至 1933 年，他在北平从事革命文化活动，曾任北方"左联"负责
人。1933 年被捕，直到 1935 年出狱。后来他参加了八路军，曾在《新华日
报》《冀南日报》等处工作，新中国成立后，他先后任解放军总政文化部部
长，中共上海市委副书记兼宣传部部长等职。短篇小说《狱中的回忆》是
他的知识分子题材代表作。②

《狱中的回忆》（写于 1936 年 11 月，后收入《陈沂小说·纪实文学
选》，贵州人民出版社 2002 年版）带有明显的自传色彩。陈沂自 1933 年 5
月起，曾被捕关押在南京中央监狱中长达三年之久。这篇小说，实际上写

---

① 何光渝. 20 世纪贵州小说史［M］. 贵阳：贵州民族出版社，2000：108.
② 何光渝. 20 世纪贵州小说史［M］. 贵阳：贵州民族出版社，2000：127.

的就是他 1933 年至 1935 年在监狱中受迫害的"控诉"。小说由"晨—为了一根烟屁股—珍贵的安慰—圣诞节"四个片段组成，写的都是监狱中"我"和同监难友们的日常生活场景，当"我"和同监难友们每日清晨听到押解死囚的刑车"嘟嘟嘟"响起时，"大家都从梦中惊醒过来了，毛根竖着，心脏跳着，也把衣服穿起，准备着，等待着……'今朝又该轮到哪个去了？'"，"我们这些人的座右铭是：尽你的力量去求生，但不要因为求生就去出卖你的朋友"。这些言行与心理活动的描写真实而生动地表现了"我"在面对死亡威胁时视死如归的坦然与无畏。小说写得朴实、真挚而感人，小说充分表现了一位尽管身陷囚笼、屡遭迫害，但心境依然自信乐观、意志坚定的革命者形象。①

卢葆华与陈沂的小说《抗争》《狱中的回忆》让笔者看到了 20 世纪 30 年代先进知识分子们向社会发出的"妇女解放""反抗政治迫害"的"控诉"与革命宣言。《抗争》中江绯娜是贵州现代小说知识分子形象书写中较早的一位"新女性中的典型"，《狱中的回忆》中的"我"则是贵州现代小说知识分子形象书写中一位视死如归的真正的革命者形象。

三、蹇先艾创作的转向

蹇先艾 1927 年进入北京大学法学院经济系学习。1928 年 7 月，蹇先艾在与故乡阔别近十年后第一次回乡。此次返乡，主要是与青梅竹马的未婚妻完婚，他取道重庆，回贵州遵义居住了三个月。但返乡路上的所见所闻，却极大地影响了蹇先艾此后的创作，成为他小说从稚嫩走向成熟的"分水岭"。

如果说之前蹇先艾的小说创作仅仅是起步的话，那么 1928 年创作转向后的他已经比较成熟了。蹇先艾 1931 年北京大学毕业后，在弘达学院教书，并兼任松坡图书馆编纂部主任。1930 年代，他先后出版了《一位英雄》《还乡集》《酒家》《踌躇集》《乡间的悲剧》《盐的故事》六部短篇小说集。这时期，是他的创作精力最盛、创作成果最多的时期，与创作《朝雾》时相比，作者这时期的视野更加开阔，选材范围更加广泛，克服了当年鲁迅对

---

① 何光渝. 20 世纪贵州小说史［M］. 贵阳：贵州民族出版社，2000：130 – 131.

蹇先艾的评论中提到的"所描写的范围是狭小的,几个平常人,一些琐屑事"① 等不足。当然,这也与蹇先艾深受波兰作家显克微支的影响有关。曾经为了抄写《炭画》小说,蹇先艾整整花了两个星期的时间,由于两人经历的相似,蹇先艾的确能够体会到这位波兰作家小说中所充满的对于故国农民深重苦难的怜悯之情,同时小说《炭画》也激发了蹇先艾的文学创作内容开始聚焦贵州故乡人民的苦难、愚昧与野蛮。② 在蹇先艾这时期写的小说中,除了农民形象,知识分子形象也是较为常见的,经过梳理,大致可以分为以下几个类型:一是以知识分子"我"为小说主人公的,如《在贵州道上》等;二是描写社会变革者的,如《盐灾》《酒家》等;三是描写下层知识分子生活困顿的,如《仆人之书》《迁居》《晚餐》《看守韩通》等;四是描写爱国者形象的,如《流亡者》《父与女》《两位老朋友》等;五是描写毫无国家民族大义的享乐者形象的,如《公园里的名剧》、《一位英雄》、《国难期间》、《诗翁》、《诗人朗佛罗》、《初秋之夜》及《颜先生和颜太太》等。

（一）知识分子主人公"我"的形象书写

《在贵州道上》是蹇先艾重要的代表作品,所以很有必要花费较多的笔墨进行介绍,首先是它的版本流变。小说《在贵州道上》大致有五个版本:1929 年 5 月 10 日发表于《东方杂志》第 26 卷第 9 号上,这是初刊本;1934 后收入短篇小说集《还乡集》（中华书局 1934 年出版）,这是初版本;新中国成立后,作者对内容作了大幅改动,收录在《山城集》（作家出版社 1956 年出版）,这是修改本（增删本）;再之后,是 1981 年被收录在《蹇先艾短篇小说选》（人民文学出版社 1981 年出版）中的版本,这是选集本;最后是 2003 年收录在《蹇先艾文集》（贵州人民出版社 2003 年出版）中的版本,这是文集本。

雷内·韦勒克和沃尔夫冈·凯赛尔等都特别强调文学研究的第一步是要有一个精校本或一个能代表作家意志的版本。比较《在贵州道上》这几

① 鲁迅. 中国新文学大系·小说二集 [M]. 上海:良友图书公司,1935:8.
② 王晓恒. 五四乡土小说与八十年代寻根文学比较研究 [M]. 北京:中国社会科学出版社,2013:34.

个版本，就会发现除增删本异于其他版本外，其余版本均保持初刊本的风貌，内容与情节基本上没有改变。增删本中对初刊本的删减和改动使得原文的人物角色、人物形象、故事情节、作者的感情表达以及批判的主题思想等方面都大异其趣，有了本质上的区别。为忠实于作者的创作初衷，下面笔者以《在贵州道上》初刊本为对象进行文本分析。

《在贵州道上》着力描写边远省份乡镇人物以及这些人物的悲惨命运。小说中抬加班轿的"干人"赵洪顺的不幸，其实就是贵州无数"干人"苦难生活的缩影，赵世顺的生活经历以及最后结局，是当时贵州闭塞、野蛮和原始乡土风习的形象化表现。

小说中因为"先生，听见说你人不安逸，不让轿好啰，我们喊加班匠抬你"，所以，先生"我"才得以认识临时请来的加班匠赵洪顺。小说以坐轿人"我"为观察视角，在一定程度上更加逼真地写出了抬轿人"赵洪顺"们精神上的麻木与愚昧。自从加班匠赵洪顺沾染上抽鸦片恶习后，抬加班的钱不够抽烟，卖光了老婆的首饰和衣服也不够抽，为了抽大烟，他二十块大洋卖掉了勤劳、贤德的妻子，为了抽大烟，他连一百文的泡粑钱也赖着不还。当他得到了"我"额外赏给他的三百文钱后，又一头闪进了东厢房的"烟室"。后来他被军队捉住，却只有哭泣与求乞。小说中坐轿的先生"我""多年不回贵州"，这次还乡"因为在病中"，所以没有"让轿"，坐在轿中，"我很谅解他们不得已的苦衷"，听说要加班抬自己，嘴上忙说"那又叫你们贴钱了，真过意不去呢"。听到轿夫赵洪顺因为染上了抽大烟的恶习，不仅把自己的妻子卖了，而且就连老婆婆的一百文泡粑钱的债务都付不起时，到了晚上，"我"说到做到，替他还了一百文泡粑钱的债务，还赏了他两百文，当"我写完日记，已经将近十二点"，"我"开始入睡，但就在睡得迷糊的时刻，听到有一阵杂乱的吵闹声。第二天早上才得知真相，原来赵洪顺被军队当作"棒老二"（土匪）抓去了，生死未卜。此时，"我不由得愕然了"。小说中的知识分子主人公"我"除了对"赵洪顺"的不幸遭遇表现出同情，同时也对当时毒品泛滥给老百姓带来的危害后果表现出了痛恨，对贵州军阀混战造成的兵匪横行、民无宁日现象表现出了憎恶。

"我"对"赵洪顺"们的情感是复杂的，既有厌恶中的悲悯，也有责备中的同情，相对来说，悲悯大于厌恶，同情多于责备，颇接近于鲁迅先生书写国民性时"哀其不幸，怒其不争"的态度。

这篇小说 1929 年在《东方杂志》上发表时，并没有引起文艺界更多的注意，但经过时间的淘洗，其作为蹇先艾小说走向成熟的标志性价值，今天已成为文学研究者的共识。但即便这样，许多评论家在评介蹇先艾的这篇小说代表作时，评论的文字仍然更多的是分析文本中"干人"赵洪顺这个麻木不仁"阿Q式"的农民形象，却鲜有研究触及坐轿人"我"这个知识分子形象，未对其加以分析。有鉴于此，所以笔者也把《在贵州道上》作为知识分子形象书写作品提出来，并在论著的第二章中对"我"这个知识分子形象加以分析。

在《在贵州道上》中，小说知识分子主人公"我"不是以猎奇的视角去观察这些底层平民的日常生活，而是通过与他们相处之后，通过自己的所见所闻叙写他们人生的苦难与哀怨、他们地位的可悲与可怜，写出了劳动人民普遍性的社会悲剧。蹇先艾此类小说中的"我"无疑是一位有着深挚人道主义感情的知识分子形象，与鲁迅小说《一件小事》中亲眼看见车夫扶起跌倒的老女人这一件小事却能够"使我惭愧，催我自新，并且增长我的勇气和希望"的知识分子形象的"我"在精神上有某种共通之处；也与《故乡》中当闰土叫"我"为老爷时，"我只觉得我四面有看不见的高墙，将我隔成孤身，使我非常气闷"中的"我"有异曲同工之妙。

（二）描写知识分子社会变革者形象

小说《盐灾》也有五个版本。小说最初发表于 1936 年 5 月 1 日《文学》6 卷 5 号，原题名《盐》，这是初刊本；1937 年收入短篇小说集《盐的故事》（文化生活出版社 1937 年版），改题名为《盐的故事》，这是初版本；1959 年选入短篇小说集《倔强的女人》（上海文艺出版社 1959 年版）时，文本内容作了大幅度删削，题名由《盐的故事》改为《盐灾》，这是修改版（增删本）；1981 年收入《蹇先艾短篇小说选》（人民文学出版社 1981 年版），保留题名《盐灾》，这是选集本；2003 年收录在《蹇先艾文集》（贵州人民出版社 2003 年出版）中，保留题名《盐灾》，这是文集本。

有学者认为 20 世纪 50 年代至 20 世纪 80 年代初长篇小说的修改要么是

新中国成立前的小说名作的跨历史语境修改，要么是新中国成立后诞生的长篇在政治越来越"左"的条件下的修改。① 这虽然是针对长篇小说修改而言的，但在那特殊的历史时期，短篇小说的命运，又何尝不是如此呢？故1959年的《盐灾》修改本的内容与其他版本大异其趣，修改本对《盐灾》中不仅对知识分子、农民、地主盐商的形象进行了改叙，文本内容也作了大幅度删削（字数从15000字锐减至7500字）。例如原来关于盐巴客形象的描写，本来十分生动传神，但是这一段删除之后，盐巴客形象就变得模糊不清；语言部分亦是如此，初版本中原有的人物对话使用原生态的贵州方言，本来极富个性化、形象化，但是被修改之后，对话语言显得平淡无奇，艺术魅力大打折扣。

沃尔夫冈·凯塞尔认为一个可靠的版本代表了作者成熟的意志，代表作者最后决定的意志。此言非谬，但除了1959年的《盐灾》修改本外，其余版本内容均能与初刊本《盐》保持一致风貌。在此，笔者以文集本为文本分析对象。

《盐灾》取自贵州一个奇特的题材，因为这种缺盐而引发的"盐灾"，是其他地方特别是沿海地区闻所未闻、见所未见的。而造成这"盐灾"的，正是"厘金局把税加重以后，盐价飞涨起来了"；而各大盐商囤积居奇，造成边远乡间农民无力购买，户户淡食，一天"自杀了好几个人"的灾祸。在这篇小说中，蹇先艾发现并且反映了阶级对立的关系，进而以主人公臧岚初的愤怒之情，指控带给人民以不幸的剥削者的"为富不仁"。小说中，写到了农民自发的抗争。当在盐灾威胁下的红沙沟和樱桃堡已经有人自杀的时候，忍无可忍的农民们开始了自发的反抗，他们打了连升栈的伙计，掀起了抢盐的风潮，吓得"臧洪发"们坐卧不安。小说中的村自治公所书记臧岚初是盐商臧洪发的侄子，他受了改良主义的影响，同情农民的疾苦，决心为他们办一点好事。臧岚初凭着善良的愿望，以为可以说服盐商大贾们组织"施盐会"，去建议他的这位远房叔叔施盐却遭到训斥，且被盐商串通官府，将他逮捕了。臧岚初这样一位舍身为民请愿的知识分子却落得了悲剧的结局，不能不说这是时代的悲剧。

① 金宏宇.中国现代长篇小说名著版本校评［M］.北京：人民文学出版社，2004：24.

《酒家》中的师范生褚梦陶，是一个知识分子改良主义者，他有改良社会的愿望，痛恨旧式家庭，决心做一个"叛徒"，"同家庭和旧社会完全分离"。他想要创造新的家庭、新的社会，但根本不知道这"新家庭""新社会"应该是什么样子。他孤独而骄傲，并没有任何改革社会的行动。他爱酒家女招弟，不过因为她"美丽而可怜"。当招弟接受了巴团长的聘礼之后，他痛苦，但更多的却是表现出救世主般的轻蔑，尽情地对她挖苦与嘲弄，终于惹怒了巴团长的爪牙，以致丢掉了性命。小说真实地写出了这类带有空想性质的知识分子改良主义者在残酷现实面前的不堪一击，成为社会的"多余人"乃至牺牲品。

（三）生活困顿的下层知识分子形象

落后的中国经济不足以支持西欧那样以"沙龙文化"为标志的贵族化知识人士，中国更多的是一批真正来自社会底层"平民化"的知识分子。这些生活困顿的下层知识分子形象也频频出现在蹇先艾的小说如《仆人之书》《迁居》《晚餐》《看守韩通》等作品之中。

小说《仆人之书》以书信的形式刻画出了一位失业青年的侧影，商校毕业生安明通因为没有显赫的家庭背景，最后不得不去做每月六元半工资的校役，而且还是动用了他全部的人际关系才谋来的。类似表现下层知识分子困苦之作还有如《迁居》《晚餐》《看守韩通》。这些小说描写的都是一些生活困窘、境遇堪悲的知识分子形象。《迁居》中的私立大学教师鹤群居无定所，《晚餐》中翻译作家希之连晚餐菜钱也拿不出，当过小学教员及军旅书记的省文化馆看守韩通被辞退。这些下层知识分子被困顿的生活所迫，总是深陷入无穷的烦恼与忧愁之中。王西彦曾说过，"在自己的生活范围里，我的确太多地看到知识分子的备受苦难，看到他们生活的艰辛和思想的苦闷。我觉得，只要自己把这些现象真实地写出来了，也就成为一种沉痛的抗议"[①]。当然小说中知识分子人物的痛苦，也就是作家自己的痛苦。在上述描写生活困顿下层知识分子形象小说的小说中，读者或许可以看到蹇先艾当年自己生活经历的影子，他只有对这类知识分子的生活有着切身体验与深刻的认识，才能对这些知识分子人物形象刻画得入木三分。赵园

---

① 王西彦. 悲凉的乡土 [M]. 广州：花城出版社，1982：2.

认为：中国更多的是知识者小人物……他们被时代遗忘，自己也遗忘了时代，这正是中国相当广大的知识者的命运。①

（四）知识分子爱国者形象

《流亡者》中塑造了东北流亡青年大学生莫云璋的形象，"九一八"事变后，莫云璋流亡到 P 城读书，"在 G 学院变成了一个很活跃的人物，一个吸引着学生们的领袖"。他怀着国破家亡的满腔怒火，参加了"一二·九""一二·一六"抗日救亡运动，走在队伍的最前头，因而被国民党军警打成重伤。作家因此而直抒胸臆："中国像这样有为的青年，是死不得的啊！"在《父与女》（《文学》1936 年 8 月 18 日 7 卷 3 号）中笔者也看到了一个爱国热血女青年的形象。傅教授严厉教训过多次的女儿傅蓉芳，竟会是"一二·九"爱国游行队伍中"打大旗当头的女生"。蹇先艾在这些小说里真实地记录了 1935 年震惊中外的北平学生反日爱国运动的情景，表达了他炽热的爱国主义情怀和忧国忧民的赤诚之心。《两位老朋友》中英国留学回来的李寿翁与月波教授两位老先生，是老一辈爱国知识分子形象，他们虽然身在沦陷区，穷途末路，月波不得不变卖古董字画勉强度日，却洁身自好，决不附敌。李寿翁一方面极力支持鼓励儿女投入抗日活动，一面劝慰老朋友月波"不要悲观"，中国抗战必胜的信念，深深扎根于小说人物的心中。在莫云璋、傅蓉芳、英国留学生李寿翁与月波教授等青、老年知识分子爱国者人物身上体现了炽热的爱国主义情怀与忧国忧民的赤诚之心。

（五）知识分子享乐者形象

在同一时期的知识分子题材小说如《公园里的名剧》、《一位英雄》、《国难期间》、《诗翁》、《诗人朗佛罗》、《初秋之夜》及《颜先生和颜太太》等篇什中，笔者看到的却是一些蜕变的知识分子丑态。

《公园里的名剧》中的 H 教授和 B 官僚在公园里的一场对话，暴露了他们满脑子男盗女娼的卑污灵魂。H 教授仁明在讲台上大讲"救国毋忘读书，读书毋忘救国"的口号，但是为了能在方庐家打上八圈麻将，却不惜耽搁第二天学生的课程，想着"不相干，告一个病假得了"；满口"堂堂皇皇地为人师表，神圣不可侵犯"，"如今是敦品励学的人了"，却背着老婆暗地里

---

① 赵园. 艰难的选择 ［M］. 上海：上海文艺出版社，1986：181.

与女学生私通，而且还与风尘女子阿四勾搭。H教授仁明心口不一，言行自相矛盾，身为人师，却灵魂卑污。

《一位英雄》中大学生H先生"是一位漂亮得可以的英雄，至少在我过去的二十二年中是第一次看见这样的美男子。他梳着光可鉴人的分头，满脸红光，崭新的洋服"。他因为追欢逐乐而荒废了学业，"连续三本书的篇页都没有裁开过"的细节，将其刻画得再清楚不过，他其实就是一位无聊透顶，专以追求"金钱、美酒、女人"为人生最大乐事的享乐者形象。

《国难期间》中，一群大学生不顾国难当头，竟然无聊透顶地跑去承春馆看漂亮的女招待，大学生晏肇祺望着眼前的静芬，心想这才是他在北平留学的真成绩。小说对没有国家民族观念、醉生梦死的享乐者给予了讽刺。1933年5月23日蹇先艾在北平某女中监考时，看到日本飞机在头顶上盘旋，只有五六百米高，他怒火中烧，深感"中国领空竟听凭日本飞机自由飞翔，这是多么大的耻辱"①。北平沦陷之际，中国面临严峻的亡国灭种的民族危机，"正是国难最严重的时期，我目击当时几位大学生纸醉金迷的情形，愤慨极了，在一个失眠的夜间，我含泪完成了这篇作品"②。

类似的小说还有《诗翁》《诗人朗佛罗》《初秋之夜》《颜先生和颜太太》等，对于这类知识分子的蜕变与丑陋行径，作家用讽刺的手法进行无情的揭露与批判，以示心中几乎无法抑制的怒火。

总之，"土地革命"时期的段雪笙、卢葆华、陈沂以及1928年创作转向后的蹇先艾，他们以其成功塑造出的生动丰富的知识分子形象推动着贵州现代小说知识分子形象书写的不断成长。

第三节　知识分子形象书写拓展

日本帝国主义在1937年制造"七七"事变，发动了全面侵华战争。中国共产党倡导的抗日民族统一战线正式形成，全国各族各界人民，同仇敌

---

① 蹇人毅. 乡土飘诗魂：蹇先艾纪传［M］. 太原：山西人民出版社，2000：285.
② 蹇先艾. 乡间的悲剧［M］. 上海：商务印书馆，1937：2.

忾，奋起抵抗外敌入侵。同时，一大批文化机构、艺术团体、报刊社、图书出版发行单位和许多不愿做亡国奴的作家艺术家、知名学者、新闻出版工作者等，也纷纷疏散到西南大后方各省，同当地文化界的组织、爱国进步人士和广大民众一起，为挽救国家和民族的危亡而并肩工作。

正是在这样的背景下，一些原本在省外的贵州籍人士（如蹇先艾、谢六逸、寿生等）纷纷返回家乡；外省的一些报刊社（如武汉日报社、大刚报社、力报社等）和高等院校如浙江大学等陆续迁入贵州；随着大量难民的涌入，一批著名文化学者如茅盾、田汉、巴金、徐悲鸿等，以及许多爱国文学青年，路过或者暂居在贵阳、遵义等地，使得贵阳等地文艺呈现出一种空前的繁荣。

正如钱理群所言，"在抗战时期，贵州文化与五四新文化的历史性相遇"，"五四新文化运动所开创的思想解放、文化开放的新潮流，如何通过抗战的新契机，向贵州这样的边远地区扩散……对于贵州，这样的文化传递及所引起的精神变迁是带有根本性的"。① 在国难当头、民族危亡的时期，贵州这个西南腹地深处的高原成为文学交流最频繁，文学创作最活跃的地方。正是由于有了外来流亡作家作品的借鉴，再有回乡的贵州籍作家如谢六逸、蹇先艾等人的奋力扶助，贵州本土及滞留于贵州的各地文学青年的小说创作，在这一时期才得以有较多的实绩。② 这时，一批贵州文学青年开始在文坛崭露头角，出名的如田井卉、吴纯俭、王铣才等，改变了贵州现代小说知识分子形象书写之前完全由贵州籍在外发展的作家完成的文学格局，抗战促使贵州现代小说知识分子形象书写不断拓展。其中，蹇先艾长篇小说《古城儿女》1946 年的出版，以及思基（思基早在 1940 年就去到延安）的短篇小说《我的师傅》1945 年在《解放日报》的发表，是该时段的两个大事件，预示着贵州现代小说知识分子形象书写迎来了一个新的发展阶段。

一、蹇先艾的抗战小说

蹇先艾自 1937 年 10 月下旬从北平逃难回到贵州后，至 1947 年底，他

① 钱理群.抗战时期贵州文化与五四新文化的历史性相遇——在西南大后方文学活动与文化建设学术讨论会上的发言［J］.贵州师范大学学报（社会科学版），2006（2）：100.
② 何光渝.20 世纪贵州小说史［M］.贵阳：贵州民族出版社，2000：181.

曾先后在贵阳高中、修文高中、遵义师范学校、贵州大学、贵阳师范学院任教，曾先后主编《贵州晨报·每周文艺》《贵州日报·新垒》，他在担任报刊主编期间，十分注重贵州青年作家的培养，同时自己也继续以笔为武器，坚持文学创作。这一时期，他的创作大多以抗战为背景，这一类的知识分子题材小说作品主要有《古城儿女》《孤独者》《幸福》《破裂》等。

《古城儿女》（上海万叶书店 1946 年版）约十万字，是蹇先艾唯一的一部长篇小说，也是蹇先艾最重要的知识分子题材小说，小说真实地展示了沦陷区知识青年不同的生活道路，热情讴歌了爱国青年的民族气节。也可以说，蹇先艾的知识分子形象书写在此阶段达到了最高峰。1937 年 7 月，北平沦陷，中国面临严峻的亡国灭种的民族危机，蹇先艾为了再现和记录这段沉痛的民族历史，表达自己抗击侵略的信心和决心，以极大的热忱、强烈褒贬爱憎的态度写出了《古城儿女》这部抗击日本帝国主义侵略的小说。他以现实主义的创作手法，以 1937 年"七七"事变后两三个月间的北平为背景，真实地再现了北平沦陷后的社会现实：日寇、汉奸卖国贼蹂躏古城人民罄竹难书的罪行，以及古城儿女尤其是知识青年们不甘心当亡国奴、用生命和热血奋起抗日救亡的英勇行动。此外，小说还从正面表现了北平郊区抗日游击队英勇袭击日寇汉奸的爱国斗争，抒写了一曲知识青年不惧牺牲矢志爱国救亡的抗战悲歌。《古城儿女》中关于北平沦陷初期状况真实的、几近于报告文学似的记录，具有不可替代的认识价值和历史价值，它作为一个伟大时代转折期的忠实记录，非其他小说所能替代。小说成功地塑造了一群矢志报国、英勇抗日的热血青年知识分子形象，其中以岑昌、蒙森的形象最为突出，这两位革命者形象将在第二章作专门的评析。

同样表现知识分子抗日题材的作品还有《孤独者》。小说写中学教师侯聪之在抗战中的遭遇，他的老母在家乡沦为亡国奴生死不明，在逃难途中他的儿子失散、妻子病死，他孑然一身，流亡到大后方，处境仍然十分悲惨。然而，这位饱经患难的流亡者，却被某些人视为"侯神经"，只因为他在"孙中山先生逝世纪念日"大会上发表了抗日演说，而被"满脸横肉"的朱县长诬为"胡说八道"，把他赶下讲台。作家借主人公侯聪之的口，感叹如此"大后方"，"简直是世外桃源，没有警报，连一点儿火药气都闻不到"。侯聪之心中的沉重与悲愤之情溢于言表。出于无奈，侯聪之被迫选择离开这个"世外桃源"般的县城中学，而且临别前留下话语："没有原因，就是在这个地方我住不惯。"侯聪之是一个因报国无门而导致满腔悲愤之情的抗日知识分子形象。

正如爱伦堡的著名警句所说的那样："一面是庄严的工作，一面是荒淫和无耻。"抗战时，国民党"前方吃紧，后方紧吃"到了令人不堪的地步，而蹇先艾的短篇小说《幸福》《破裂》就是揭露当时这种黑暗现实的作品。

《幸福》以讽刺的笔调描写流亡到省会贵阳的伊祥福教授，口里常说一些冠冕堂皇的话说要"开发蛮荒"之类，暗地里却是成天吃喝玩乐，游山玩水，品茶访女，醉生梦死，怕妻子孩子妨碍他所谓的"幸福"，甚至将他们都送到乡下。这样一位大学教授完全置国家民族利益于不顾，是一位典型的自私自利而且虚伪的知识分子堕落者形象。

《破裂》是蹇先艾的一部中篇小说，作者以更为犀利的笔墨，刻画了朱明方这位知识分子堕落者形象。当年在京替报馆撰写社论的朱明方从沦陷区逃到内地后，他的思想与生活完全沉沦：不仅学会了吸烟喝酒打牌，赌博乱谈恋爱，而且还成天梦想着如何投机取巧，大发国难不义之财。面对妻子张琴玉苦口婆心的劝导，"朱明方像一只疯犬咆哮"，无奈之下，妻子只好与之决裂。朱明方这位从前以大时代青年自命，在五四运动期间也曾做过一些伟大工作的知识分子，现在竟然蜕变成一位行为堕落的小官僚了。

蹇先艾此时的知识分子题材小说，与他寓居北京时期不同的是，这些以抗战为主题的知识分子题材小说，贯穿着强烈的爱国主义精神，已经突破了过去小说中只是"几个平常人、一些琐屑事"（鲁迅语）的取材和写个人命运不幸的限制，他扩大了视野，从不同侧面，写出了对国家前途的深刻忧患担忧，作家逐渐自觉地将小说人物的个人命运，与国家、民族的命运联系起来思考，从而充分体现了"有国才有家""救亡才能图存"的爱国主义主题。但也有学者认为，"抗战小说存在有普遍的粗糙，因为抗战文学对比其他时期的文学不同在于内心观照中的道德评价更加被注重。虽然形之于文字，但抗战文学决不像五四文学那样热衷于直接表现'自我'。内省的倾向，也因而更内在地包含在作品中，作者本人的道德感情、道德实践，更深沉地渗透在对人物人格的具体评价中"①。的确如此，当时全国抗战文

---

① 赵园. 艰难的选择 [M]. 上海：上海文艺出版社，1986：201.

学普遍都带有"急就"的痕迹，缺少谨严的构思，缺少鲜活的性格，缺少作品赖以丰润起来的细节。这不能不说是时代的遗憾。

尽管如此，蹇先艾的《古城儿女》《破裂》等知识分子形象书写作品标志着作家已经从人道主义向爱国主义的文学立场上前进，开始具有了与人民大众相一致的立场。这也使得蹇先艾的知识分子形象书写，在抗日救亡的爱国思想中，呈现着一种反迫害、争民主的色彩，进一步扩大了他的文学创作的思想境界，具有较为强烈的时代特色，闪耀着现实主义的光彩。

二、思基的《我的师傅》

全民族抗战时期，不同于蹇先艾以表现国统区的生活为主的创作，思基的短篇小说《我的师傅》则表现的是解放区知识分子的生活，这也是当时贵州作家较少涉及的创作领域。

思基（1920—2003），土家族，出生在贵州印江县，早在 1940 年就去到解放区延安，在陕北公学及鲁迅艺术学院文学院文学系学习和工作，后在鲁晋冀豫边区文联的《北方》杂志工作，在东北大学当过教师。思基早期创作的主要作品，大部分收入他的短篇小说集《生长》（哈尔滨光华书店 1947 年版），这些小说多取材于解放区平凡、朴实的生活。与生活于国统区的贵州作家沉郁、激愤、抗争的心境迥然不同，思基的这些作品都是在解放区写的，留下了解放区宝贵的历史影像。

小说《我的师傅》通过知识分子"我"到木工厂拜师学艺的经历，塑造了木工师傅王德明的形象。这是一个热情诚恳、粗中有细、"火性大"而且固执的新人形象。"我"的学习"拉大锯"的过程，正是"我"对王德明的认识由浅入深、由表及里的过程，也正是"我"决心要改变的过程。在描写"我"因不听师傅的话而受冻生病时那段描写，可谓情景交融，传达出一个知识分子对于一位伐木工人的情感上所发生的变化。这样的思想情感，是国统区小说中所不可能出现的，却是解放区小说中所特有的。思基小说《我的师傅》的意义，并不在于小说艺术性如何，而在于小说成功表达了知识分子虚心向工人师傅学习的思想主题，《我的师傅》曾被主流文学史认为是"描写知识分子与工农相结合的一篇典范性的作品"①。这一类

---

① 唐弢，严家炎．中国现代文学史（三）［M］．北京：人民文学出版社，1980：350.

的题材、主题、思想和情感，后来随着人民解放战争的胜利，逐渐成为新中国成立初期小说中几乎最重要的特征。

三、冰波的《狂雨》

冰波（1915—1949），本名王启霖，原籍贵州省仁怀市，出生于贵阳。他是一位为无产阶级革命而牺牲的烈士，在他短促的一生中，他却留下了足以让后人倾慕和赞叹的文学作品。

冰波最重要的作品，无疑是创作于 1948 年的中篇小说《狂雨》。曾有学者评价："冰波的《狂雨》，的确是贵州小说史中一部重要的作品。也因此，虽然我们十分遗憾未能得见他的那两部不知所终的长篇小说稿，但我们也可以确认，冰波是 20 世纪上半叶贵州少有的优秀小说家。"①

1948 年定稿的中篇小说《狂雨》以嗣成中学的校园生活为背景，展示了国统区革命与反动、正义与邪恶的尖锐斗争。小说深入刻画了抗战胜利后国统区的黑暗，因而具有积极的思想意义。《狂雨》中复旦大学毕业的青年教师江明受聘某中学训导主任后，决心兴利除弊，他"懂得生活领导"，在学生中组织"烽火社""新芽文艺社""沙鸵剧社"等，引导学生们关注时局、锻炼才干，给学校带来了新鲜的空气。为了严明校纪，他坚决主张把侮辱女学生的学校董事长的侄儿章现才开除，因此而惹下大祸。最后，校长与乡长竟合伙密谋，要以"异党分子"等足以杀头的罪名来抓捕江明等，不得已，江明被迫离开"现在还在流氓重压下挣扎"的学校。江明是一位由小说作家匠心独运、精心塑造出来的抗战胜利后国统区进步教师形象。

类似《狂雨》揭露和谴责国民党政府统治黑暗腐败之作的还有吴纯俭的《藤教授》。

四、吴纯俭的《藤教授》

吴纯俭，1922 年生，笔名采风官、吴昉，是在抗战爆发、家乡浙江沦陷后，只身流亡到贵州的青年学生。他主要写诗，也创作发表了小说《藤

---

① 何光渝.20 世纪贵州小说史［M］.贵阳：贵州民族出版社，2000：176.

教授》（重庆《大公报》1949 年 4 月连载）。小说中藤教授是 K 大物理系主任兼教授，是"国内研究光学的权威"。可是，他却养活不了自己的一家，不得不在学校饭厅旁边摆了个摊子，卖些熟食挣钱补贴家用。大学教授的孩子们，因为穷，竟然也不能上学。小说采用倒叙手法，通过几个细节来完成人物形象的塑造，生动表现出当时大学教授穷困潦倒的生活，其社会批判的锋芒十分尖锐。

总之，抗战期间，高校西迁，以及全国众多文化名人（包含贵州籍）的到来，推动了贵州文学事业的发展。这些文化名人办刊物、编报纸，开展多种文艺和学术活动，据不完全统计，此期间在贵阳先后出现的文艺性刊物和报纸文艺副刊多达 70 余种，在报刊上发表作品的贵州作者有近 30 位。"中华全国文艺界抗敌协会贵阳分会"成员除省外寓黔的著名作家外，贵州本籍也有不少。正是在这如火如荼的文学运动中，贵州现代小说知识分子形象书写之前完全由贵州籍在外发展的作家完成的文学格局被打破，大批贵州本土文学青年在成长，贵州文学的土壤日益丰厚。其中蹇先艾《古城儿女》中的知识分子抗日者形象、思基《我的师傅》中积极与工人相结合的知识分子"被改造者"形象、冰波《狂雨》中国统区黑暗统治下的进步教师形象、吴纯俭《藤教授》中生活在国统区的穷困潦倒的大学教授形象等，无不栩栩如生、生动传神，这些成功塑造的知识分子人物形象标志着贵州现代小说知识分子形象书写得到进一步发展与壮大。从某种意义上说，没有抗战时期大批高校的西迁，没有抗战时期大批文化名人（含贵州籍）的齐聚贵州，贵州的文化教育事业不可能会得到如此快速的引领式发展，贵州现代小说的知识分子形象书写也不会得到如此迅速拓展。

第四节　知识分子形象书写回落

20 世纪 40 年代开始，毛泽东 1942 年《在延安文艺座谈会上的讲话》（以下简称《讲话》）确立的"文艺为工农兵服务"的文艺方向推向全国，成为全局性的文学构成，这对于当时的贵州小说创作具有不可低估的影响。20 世纪 50 年代初，文学开始形成统一的规范，如为政治服务、写工农兵人物、乐观取向、赞歌格调等。① 中国文学进入洪子诚所言的"文学一体化"② 时期。

就贵州而言，1949 年 11 月 15 日，贵州解放，贵州历史亦开始了新的篇章。贵州的文学事业亦开始了新的变化和发展，新作家、新作品纷纷出现。在特定的历史条件下，文艺被赋予了特殊的使命，文学创作从"无名"状态转向"共名"状态③，文学创作日益"模式化""脸谱化"，最终走向"样板化"。笔者此时所面对的这近三十年间的贵州知识分子题材小说，与贵州乃至全国这一时期的文学态势并无二致。《讲话》中对知识分子有过定性的评价之后，知识分子逐渐边缘化，知识分子问题一度成为敏感话题，知识分子题材小说也曾一度成为题材禁区，知识分子形象书写不可避免地处于低谷期。同样，此期间贵州小说知识分子形象书写整体上亦呈现出一种回落的态势，仅有蹇先艾、石果、伍元新等写了为数不多而且艺术质量也不甚高的知识分子题材小说。

一、蹇先艾的最后一篇知识分子小说

蹇先艾作为老一代贵州著名作家，他自 1948 年 5 月《贵州日报·新垒》停刊后，暂时搁笔。但是新中国的成立、贵州的解放，让他欢欣鼓舞。"他作为文艺代表，应邀出席 1950 年 2 月 17 日召开的'贵阳市各界人民代表大会'。当时贵州军代表陈大羽、军管会接管会部长申云浦亲自拜望他，邀请他参加贵州省文联的筹委会工作。自此，他又重新拿起笔，开始新生活赞歌的描写，并创办《新黔文艺》副刊《贵州文艺》"④，他在《贵州文艺》月刊创刊号（1950 年 8 月第 1 卷第 1 期）上，发表了新中国成立后他的第一篇短篇小说——《春耕》。此后，他在发表了大量叙事性散文、指导帮助文学新人的文艺评论之余，也创作了《龙明德的故事》《大枫树谭家》

---

① 金宏宇. 中国现代长篇小说名著版本校评 [M]. 北京：人民文学出版社，2004：18.

② 所谓当代"文学一体化"，指文学界的高度组织化和制度化。参见：洪子诚. 当代文学的"一体化"[J]. 中国现代文学研究丛刊，2000（3）：132 – 145.

③ "无名"与"共名"概念乃陈思和提出。参见：陈思和. 中国新文学整体观 [M]. 上海：上海文艺出版社，2001：71.

④ 蹇人毅. 乡土飘诗魂：蹇先艾纪传 [M]. 太原：山西人民出版社，2000：295.

《黎教授下乡》《赵兴成赶车》等短篇小说，这些小说中的一部分，后来选入《蹇先艾散文小说选》（贵州人民出版社 1979 年版）中。显而易见的是，在这些作品中，蹇先艾一改新中国成立前小说中那种沉郁、充满悲愤的笔调，对新中国成立后的人民的新生活发出由衷的赞歌，他赞美新社会中出现的新人、新事、新风尚。他尝试着用当时倡导的革命现实主义的创作方法，把他在新中国成立初期到农村参加土改、互助合作、统购统销、建立初（高）级农业社等运动的经历和见闻，写进小说之中。

《黎教授下乡》是一篇知识分子题材短篇小说，以一个到公社招待所去接省城来的黎教授去参观两道河水库的李子坝老农陆长文的视角展开叙事，在这位老农眼中，刚开始，这位黎教授给他的印象并不太好。但是，黎教授在参观路途上，深受劳动的苗族妇女与工地上两位青年行动的影响和教育，思想开始发生了转变，短短的一阵子时间，这位教授的言行，同刚刚来的时候相比，发生了巨大变化。可以毫不夸张地说，蹇先艾当年学习了鲁迅敏于批判、敢于揭露、勇于反思的现实主义创作手法，而且在写作生涯的前三十年知识分子形象书写中取得了不俗的创作实绩，但是在新中国成立之初，他再次提笔书写知识分子形象时却感到了明显的无所适从，力不从心。主要是他始终无法在小说中安放好知识分子应处的合适位置，从而导致小说所包容的生活内容显得单调且单薄，而且他描写的黎教授在受到农民教育后，短短半天时间里，就前后判若两人，这不能不说是"虚假"的体现。对此。蹇先艾后来也有所认识，认为自己的小说"使人读后不免有浮光掠影之感"①。故在此之后，他只写一些散文和评介性、回忆性文章，小说家蹇先艾事实上已经中断了自己的小说创作。

二、石果、伍元新的知识分子形象书写

石果（1917—2003），本名何恩余，贵州湄潭人，早年当过红军、打过游击战。石果 1946 年开始发表作品，是贵州解放后最早发表小说的作家之一，他 1951 年后陆续发表的《石土地》《喜期》《官福店》《清明时节》《深山行》《铁马乡跃进曲》等小说，后结集收入《喜风集》（贵州人民出

---

① 蹇先艾. 蹇先艾散文小说选（1953—1979）［M］. 贵阳：贵州人民出版社，1979：315.

版社 1982 年版）。1950 年代英文版《中国文学》译载过他的《风波》和《喜期》，日本、丹麦曾译介过他的小说，日本《读卖新闻》还评介过他的作品。石果是 1950 年代"贵州文坛成绩最大的一位作家"①，可以说，他创作水平的高低，显示着新中国成立初期贵州文学的优劣。

《深山行》（《山花》1962 年 4 月号）描写主人公知识分子古望道相隔 30 年在太白峰、野人冲一带的不同遭遇见闻，歌颂在社会主义制度下，深山谷里也已"旧貌换新颜"，"那峰的神态也变了，它正在望着山里山外建设社会主义"。小说既有对保持优良革命传统好干部的歌颂，同时也暗含着对现实生活中某些干部脱离群众、脱离实际、失信于民等不良作风的披露与批评。《深山行》发表后，便有人指责它"基本上是一篇美化旧知识分子的作品"，作家几乎招致批判。此后的二十年时间里，石果几经沉浮，再也没有发表过任何小说。直到 20 世纪 80 年代，他才重新提笔创作了长篇小说《沧桑曲》，小说"再现了新中国成立前夕至新中国成立后十多年广阔而繁复的社会生活，描写了黔北山区黎阳屯农民在中共地下党的领导下，在东方欲晓的关键时刻，与地主恶霸展开的惊心动魄的斗争场面以及新中国成立后，军民配合，一举清除匪巢，迎来了土地改革的新局面，一批新人在斗争中成长起来的经历。作品还真切表现了对私营工商业的社会主义改造、农业合作化运动，以及接踵而来的"人民公社化、反右扩大化、大跃进、大炼钢铁、反右倾等历史事件"②。小说可谓结构宏博，内容丰富，刻画了丁化雨（原为清江中学教师）、徐宛如（原为西郊小学教师）、龙家贵、金云汉等一系列知识分子形象。

1975 年，在当时全国为数极少的几家红极一时的文学期刊之一的上海刊物《朝霞》上，先后发表了贵州作家伍元新的《洪雁度假》（1975 年第 3 期）、雨煤的《水妹子》（1975 年第 4 期）、《山寨钟声》（1975 年第 7 期）。这是三篇以上海下乡知识青年到贵州山乡插队落户生活为题材的短篇小说。《水妹子》讲述了知青"水妹子"阿珍，在村寨里兴建小水电站时，与破坏建设的老地主斗争的故事。《山寨钟声》则是围绕着队长蒙龙在关于"一手

① 王鸿儒，黄邦君，黄万机.贵州当代文学概观［M］.贵阳：贵州民族出版社，1989：6.
② 何光渝.20 世纪贵州小说史［M］.贵阳：贵州民族出版社，2000：489.

抓副业一手抓农业的两条腿走路"的工作思路所引发的是是非非中，最后得出了"即使钱再多，也买不到社会主义"的思想主题。①

伍元新的短篇小说《洪雁度假》发表于《朝霞》1975年第3期的头版后不久就赢得了读者的喝彩。小说写洪雁从北京农机学院放暑假回来，选择了昔日插队落户的山乡红星大队作为度假之地。她的回归，她的日常生活习惯，以及她对毕业后去向的抉择，都表明了她思想、情感、行为上对农村、农民发自内心的绝对认同。正如木卡大爹说："洪雁你上了北京，还是这山里人打扮？"而洪雁的回答则是："我是利用暑假回来参加抗旱的！"洪雁是贵州现代小说特殊时代少见的知识分子形象。

这一时期贵州知识分子题材小说免不了染有当时的时代痕迹，此时贵州小说知识分子形象书写主要是对当时形势的主动适应，作品的思想和艺术质量都不高，贵州小说知识分子形象书写整体呈现出一种回落的态势。但是此种回落确实是对下一时期贵州小说知识分子形象书写复兴的一种必要过渡。

第五节　知识分子形象书写复兴

文学创作总是伴随着生活的潮流行进，历史终于翻过了那沉重的一页。党的十一届三中全会作出伟大决策，决定把全党的工作重点和全国人民的注意力转移到社会主义现代化建设上来。这是中国向着新的历史阶段跨越的历史性标志。

1979年1月，在贵阳召开了由贵州人民出版社编辑部、《贵州日报》编辑部与《山花》杂志编辑部等参加的"落实文艺作品政策座谈会"，对蹇先艾、邢立斌、汪小川、藤树嵩、周青明、张世珠等人的作品进行了实事求是的评价。② 这使得贵州作家们预感到文学艺术创作的新时期即将到来。距离感是欣赏"崇高美"的心理条件。到了这个时候，历史才终于提供了必

---

① 何光渝. 20 世纪贵州小说史［M］. 贵阳：贵州民族出版社，2000：346.
② 王鸿儒，黄邦君，黄万机. 贵州当代文学概观［M］. 贵阳：贵州民族出版社，1989：45.

要的距离，使小说家们得以看清楚历史的进程，也正是在如此大好形势下，贵州现代小说的知识分子形象书写，才得以出现了一种前所未有、期盼已久的复兴局面。

在 20 世纪 80 年代，何士光是贵州作家在知识分子形象书写短篇小说创作中取得成绩最大、最引人注目的作家。鉴于他 1985 年前后小说创作态度及创作风格的迥异，笔者把何士光的小说创作分为 1985 年前与 1985 年后用两小节分别进行论述。

此外，1969 年从上海来到贵州的"下放知青"叶辛的"知青小说"也曾在 20 世纪 80 年代引起轰动，笔者把他的作品放在本章的第三小节进行论述。

一、1985 年前何士光小说中的知识分子形象书写

何士光，1942 年生于贵阳，1964 年大学毕业后被分配到了偏远的凤冈县一所中学教书，随后又到了更偏僻的琊川区中学任教，并在此成家立业生女，一共在此居住生活了大约 20 年，成为"梨花屯世界"中名副其实的一员。他在教书之余，开始了小说创作。何士光的短篇小说大抵上有两类：一是以梨花屯、走马坪、杉树沟、落溪坪等村寨为背景，表现党的十一届三中全会以来我国广大农村、中国农民命运发生巨变的作品；二是以作家亲身经历作为小说创作的素材，描写以乡村教师为主的乡村小知识分子的悲欢，但与之同时，他也对省会城市、县城里某些带有强烈怀旧情绪的人物投以揶揄。其实他的第二类小说的创作背景也常常与梨花屯相关，这类小说虽然有着城市生活的斑斓色彩，但仍然与梨花屯世界的乡土气息相通，大家可以看作是梨花屯世界的某个侧面或者说是梨花屯世界的一次延伸。

1980 年代前期，何士光主要以乡土小说创作为主。他的乡土小说《乡场上》等三次荣获全国优秀短篇小说奖，奠定了他在贵州小说史中的显著位置。正如福克纳在写作中苦心经营着他的约克纳帕塔法县，莫言用笔塑造他的高密东北乡一样，何士光也念念不忘他的下放地，他为读者再现了一个黔北乡间小镇梨花屯的世界。他在"梨花屯"（当时称凤岗县琊川公社琊川大队东风生产队）安家居住近 20 年，他自 1973 年开始提笔创作小说以来，创作了为数不少的知识分子题材小说，例如《秋雨》《梨花屯客店一

夜》《山林恋》《似水流年》《草青青》《青砖的楼房》《相爱在明天》等就
是其中的代表之作。

短篇小说《秋雨》中的故事发生在 1975 年，写一位来梨花屯落户的女
知青齐凤容因为要找掌管梨花屯文教工作的视导员伍校长申请上大学的推
荐表，但假公济私的伍校长却避而不见，因而与"我"（伍校长手下唯一的
一名工作人员）产生了一段交往，通过交往，两人似乎形成了一种共识：
"是的，我们都相信，一切丑恶的，绝不能长久。我们的生命还正年轻，我
们的前面还有长长的未来。我们要在我们的心中保存着我们的信心，我们
总有一天会看到阳光普照大地，到处鲜花盛开！"① 齐凤容与"我"是在风
雨如晦的年代里仍对未来光明前途充满信心的两位有理想的青年知识分子
形象。

短篇小说《遥远的走马坪》则主要是通过回忆的方式，记录了克新与
当初一起在走马坪小学插队落户的恋人项玉玲的一段恋情，克新返回到城
里工作，而项玉玲则选择坚守乡村，她说："就算我回到城里，和你一起，
我们多半也是不会好过的。离开走马坪，离开这儿的人们，离开我已经过
了这样久的生活，我会不惯，会难受，会老是思念、老是不安！"② 玉玲展
现的是一个真心热爱乡村教育、矢志献身乡村教育事业的青年女性知识分
子形象。

短篇小说《心：一个文学青年的故事》可以看作是一篇意识流小说，
小说主要描写了主人公"他"得知朋友其贵借走自己的文学手稿后，手稿
却被工作队严队长收走了的消息之后的一系列紧张的心理活动。小说的结
尾则迎来一个出人意料的好消息，严队长把"他"的手稿归还给了其贵，
而且还要其贵保证不对任何人说这件事，还要求他们以后小心。叙述者
"他"终于如释重负，发出了"艺术是用一颗真诚的心去连通另一颗真诚的
心""人类历史所创造和昭示的真理与光明是这样源远流长，浸渍着人们，
有时觉得它仿佛没有流淌，其实却一刻不停，无数的水沫和浪花都心心相

---

① 何士光. 故乡事［M］. 成都：四川人民出版社，1982：11.
② 何士光. 故乡事［M］. 成都：四川人民出版社，1982：69.

印"① 的感喟。"他"是一位在艰难岁月里对真理与光明不懈追求的人。

短篇小说《梨花屯客店一夜》中的故事发生在 1973 年,一位首都某所大学的毕业生徐树民与落户梨花屯的妹妹徐树萍夜宿梨花屯乡场,巧遇当年传闻曾替换徐树萍招工名额的知青颜丽茹(但她后来也没有去成),原来颜丽茹此行是来找夜宿在此的张主任申请招工指标的。徐树民与她进行了一场深入的交谈,徐树民说道:"在这个社会思想与感情崩溃的年代,要保存我们对人类历史创造的真理的信心,的确不容易。但是如果我们就连这一点也不能做到,那么我们还能做些什么呢?"颜丽茹在徐树民的感召下,终于对自己的行为有所反思与悔悟。后来,两人在一次又一次的通信中加深了感情,并结成了一对夫妇。小说表达在特殊艰难的岁月里,有理想的青年知识分子依然保持乐观的坚定信心。

短篇小说《山林恋》叙述了 1976 年的初秋,大学毕业的城里人"我"被编入工作队,住在杉树沟社员周正良家里,"我"对周正良的女儿惠逐渐产生爱慕之情,但这段爱情最后却因为当时城乡之间巨大的经济差别以及认识上的误解而付之阙如,惠就在"我"回城过完春节即将带回彩礼之际出嫁,嫁给了一位所谓门当户对的庄稼人,留给城里人"我"的是对杉树沟永久的美好回忆。"我"是一位对特殊时代城乡巨大差别有着切身感受的青年知识分子形象。

中篇小说《草青青》有着较为浓重的伤感情调。孙梦陶被分配到了一所偏远的乡下中学任教,正当他前女友要跟他分手之际,一位乡下代课的女孩小萍却给了他精神上的抚慰,但是,在强大的传统习俗压力之下,小萍最终跟着一个军官远去。这一变故,对于地位卑微的知识分子孙孟陶来说,虽是一种沉重的挫折,却又能使他"怀着一种深爱来看待日子"。小说中他认为这"尽管是一段苦难的日子,留给我们的也并非全是黯淡的东西"②。从孙孟陶对待他自己与小萍的态度来看,孙孟陶是一个精神强大、心地善良正直的知识分子形象。

1984 年发表的中篇小说《青砖的楼房》,写的是二十世纪七八十年代发

---

① 何士光. 故乡事 [M]. 成都:四川人民出版社,1982:174.
② 何士光. 草青青 [M]. 成都:四川人民出版社,1983:111.

生在偏远山区一所中学里的故事，而弥漫于作品中的则是令人难忍的氛围，仅仅是为了一个学生的升学问题，却尽是上下串通共同作弊，而且又让人拿不出证据。小说主人公颜克民虽不愿同流合污，却也无回天之力。而女教师聂玉玲的出现，似乎为作品增添了一些"亮色"。她比谁都更理解颜克民的空虚，但是她却否定他的虚无主义，当她听说自己班里的女学生范丽丽，凭着有权者父亲的力量走后门升学的事，她不愿让那些事"安然地存在下去"。她的行为表明，能做到哪一点，就先做到哪一点，作家试图从聂玉玲身上寻求当时知识分子自身应有的精神面貌。比起《草青青》来，《青砖的楼房》在写作上更注重于场景的描写和心理上的剖析，正如作家自己所说的："在生活场景和人物心理的层次上，要尽量深入到更深乃至最深的层次，写其然，更要写其所以然，从人生的角度追踪历史的和现实的原因，庶几才有说服力。"① 女教师聂玉玲毫无疑问是作品中最大的"亮色"，她是贵州文学中熠熠生辉的被正面歌颂的知识分子形象。特别值得一提的是，中篇小说《青砖的楼房》曾得到日本研究中国当代文学专家近藤直子的好评，她认为"何士光在尝试着寻求作为知识分子的自己的精神面貌"②。

中篇小说《相爱在明天》写城市机关工作人员"我"因为拾着了文学青年霍小玉遗失的稿件而去她家归还，两人由此交往而产生了一段心照不宣的美好情愫，但因"我"的迟疑或者"我"自认为"不配"等借口而导致自己最后还是错失了这段美好的恋情。"我"当时的心理矛盾而复杂，既有对自己身上某种所谓身份的自卑，同时更有"清者自清"的自信与坚强，他希望能在文学事业上闯出一条道来以求自证。"我"是顽强拼搏的青年知识分子形象。

何士光1975年写作的长篇小说《似水流年》（贵州人民出版社1983年版）以当时特定的时代为背景，围绕着为女知青林玉君寻找插队落户地点的事件，关注一群青年知识分子升降沉浮的命运，回顾、透视了那个年代青年知识分子的苦闷、彷徨与追求以及他们或沉沦或挣扎或得意或混世的不同生存状态和内心世界。生活中既有在"知青"安置办公室工作因而握

---

① 何士光. 关于《青砖的楼房》的写作［J］. 人民文学，1984（4）：126.
② 近藤直子. 何士光的中篇小说《青砖的楼房》［J］. 山花，1985（7）：68.

有权柄的钱永年、颜宗绪那样以权营私的丑恶灵魂，也有善良诚恳、热情勇敢、在危难和不幸中经受磨炼的谢仲连、叶家琪、高则生那样正直的知识分子。① 小说不仅真实地记录了那些风雨如磐令人痛苦和沉闷的日子，而且在谢仲连、林玉君这些人物身上，寄托了作家洁身自好，不愿同流合污的情操。② 小说中着力塑造的专科大学毕业生谢仲连，思想敏锐、办事果敢，面对权势不屈不挠，敢于向社会恶俗宣战，他曾这样概括人生的意义：来到这人世上的每一个人，他应该明白他来到这人世上并不是来享有一切的，而是来努力地与合理地创造这一切的。他是这样说的，同时他也是这样做的。谢仲连是一个敢于抗争的知识分子形象。

何士光这一时期的知识分子题材小说，都有他自身的经历和遭遇，这些作品中的男、女主人公大多自爱而自尊，身处逆境而常常忧虑国家、民族的前途，对恶势力都有一种发自内心的不满和憎恶，在屈辱中常常能保持独立的人格，而这一切正是优秀文化传统的熏陶以及多少年不公平的生活在作家心中留下的感情积淀。

二、1985 年后何士光小说中的知识分子形象书写

在 1985 年左右，小说创作中的创新意识日趋高涨。随着文化寻根意识的出现，以贾平凹、阿城、韩少功等为代表的寻根小说作家崛起。以此为标志，小说创作呈现出异彩纷呈、多元发展的态势。这期间，出现了几种堪称代表性的创作文本，即后来被文学批评家概括的"寻根小说""先锋试验小说"和"新历史小说"。这股迅猛发展的潮流，无疑也波及偏于一隅的贵州文坛，引发了贵州小说家探索的兴趣。一些作家开始在中篇小说创作中探索自我超越的突破口，从反思"文革"走向对历史和现实纵横深处的多角度思考，并陆续出现了一些在思想上和艺术质量上都具有一定新质的作品。③

这一时期，受"文化寻根"一脉的影响，贵州小说家也用作品来表达

---

① 何光渝 . 20 世纪贵州小说史［M］. 贵阳：贵州民族出版社，2000：481－482.
② 王鸿儒，黄邦君，黄万机 . 贵州当代文学概观［M］. 贵阳：贵州民族出版社，1989：45.
③ 何光渝 . 20 世纪贵州小说史［M］. 贵阳：贵州民族出版社，2000：461－462.

自己对于寻中国文化之"根"的理解和认识的热望。这种文化意识从不自觉到逐渐自觉，作家们在观照现实、反思历史的过程中，日益看到了传统文化与现代化之间的矛盾、碰撞和交融。何士光的知识分子题材小说《薤露行》《蒿里行》与《苦寒行》无疑就是这方面的代表。

如果说何士光在他1985年以前的小说中，还一再对生命的自然、天真、纯朴的本色流露出深深的赞叹与敬仰，那在此后，他醉心于在小说中描写日常琐事，并以一种絮絮叨叨、松松垮垮的方式讲述着人物委琐的人格和生命状况的艰难，以此来自觉地构成他作品中的悲天悯人、忧心忡忡的特色。他后来的创作中几乎不再出现像之前小说《乡场上》《喜悦》那种的故事性文本，而主要叙写一些日常性的琐屑之事，零碎得不能再零碎。他开始独自躲在了"日子"中重塑他的经验世界，他冷漠了故事，而把他的现实性焦虑假托给了"日子"的意象，以驳杂的质朴的日常性叙写方式探究生命、生活和生存的本相。这种特色，集中反映在短篇小说《远行》《日子》及中篇《雨霖霖》《薤露行》《蒿里行》《苦寒行》等篇什中。

在反映知识分子生存状态的《薤露行》《蒿里行》和《苦寒行》三部中篇里，体现了他这时小说创作的一个基本倾向，是还原人的日常性生活。同样，在他的这些小说中，在表面上醉心于描写的日常琐事、饮食起居、内心摩擦和心际隔膜的背后，其实蕴藏着一种逆向的心理情绪和反讽的审美特征。作家在状写主人公委琐的人格，也在状写生命困境的艰难。①

在《薤露行》中，中学教师王传西是作家着力描写的人物，这篇小说虽然只是叙述了王传西1965年到1985年这20年的人生经历，但这些正是王传西一生重要经历的缩写。他的"适应环境的能力"，他的自轻自贱的思想，"成功地穿过了长长的一段日子"。

在《蒿里行》里，借次要人物"我"（一位大学毕业生）的叙事视角，叙述了部队转业军人、曾经当过酒厂厂长、曾经蓬勃向上的主人公黄祖耀从旺盛的创造，到黯淡无光、沉沦落魄直至自我毁灭的命运。小说中的故事十分平常，但在知识分子作家的笔下，却生发出某些意料到和意料不到的意味，从而达到对严酷真实的人类生活的审视，对人的灵魂的叩问。小

---

① 何光渝.20世纪贵州小说史［M］.贵阳：贵州民族出版社，2000：465.

说通过"我"的视角，来剖析存在于人类生活和人的灵魂中的现实世俗的因袭重负。毫无疑问，"我"不啻是黄祖耀人生经历的见证者，而且"我"还是黄祖耀玩弄恶作剧勾当时名副其实的冷血"帮凶"，甚至可以说，是"我"亲手把黄祖耀送上了一条人生不归路。小说主人公知识分子"我"并不比黄祖耀高强多少。

《苦寒行》（收入何士光中篇小说集《相爱在明天》）描写了乡场上的一名小学教师"我"试图帮助居住在同一个院子中的小邻居朱老大，但由于朱老大身上具有某种落后思想，导致"我"帮助他失败。关于小说的创作动机，作家曾说过："弄清小农经济留给我们所有的重负，正与我们的现代化进程互为表里，是历史赋予的使命之一。"①很明显，这样的创作初衷体现了一位勤于思考的知识分子作家的良知。小说叙述者"我"从朱老大等青年一代农民身上找到了某种落后的东西，比如好吃懒做、妄自尊大、缺失责任心、得过且过。在小说结尾，小说主人公知识分子"我"的心灵独白："会不会，这样的大街上走着的，不是我而是老大？"这些看似奇特突兀的独语和自白其实是直接展开的对人性的反思与拷问，当年鲁迅笔下的阿Q其实并未死去，他还附在朱老大身上，同时也附在"我"的身上。从朱老大，想到了阿Q，想到了自己，也想到了"小农经济留给我们所有的重负"，从这个意义上来说，"我"是一个清醒的知识分子形象。

《薤露行》《蒿里行》《苦寒行》这三部知识分子小说正是现实主义作家进行文化自省所带来的令人警醒的力量，它所引发的反思是更为深刻而久远的。

总之，"作家对农民历史状态的隔膜，使他难以从农村题材深入下去，他的批判意识旋即转向知识分子领域，在《青砖的楼房》《薤露行》等作品中鞭挞了不正之风及传统文化中的中庸、与世无争、投机性等等，有明确的抗争意识"②。王鸿儒的评价可以概括出何士光1980年代知识分子形象书写的本质。

在后来的20世纪90年代及接下来的21世纪初期，何士光开始转向文

---

① 何士光. 写在《苦寒行》之后 [J]. 小说选刊, 1987 (7)：107-112.
② 王鸿儒, 黄邦君, 黄万机. 贵州当代文学概观 [M]. 贵阳：贵州民族出版社, 1989：91.

化研究，花费了很大精力研究儒释道三家文化。他关于佛法道义的研究心得及关于生命的思考，则全部记录在纪实性的长篇小说《如是我闻：走火入魔启示录》（海南出版社 1993 年版）以及文化随笔性质的长篇小说《今生：经受与寻找》（中央编译出版社 2011 年版）与《今生：吾谁与归》（贵州人民出版社 2016 年版）当中。

小说《今生：吾谁与归》主要叙述了小说主人公"你"早年的一些往事，特别是去到黔北山乡"梨花屯乡场"任教及写作的经历，以及回到生于斯长于斯的省城贵阳后自己从小说创作转向佛法道义研究的缘由及心得等。关于小说创作"中途转向"，叙述者解释说，小说写作"触及不到生命这棵树，触及不到这棵树的根部，若是我换了一个故事，便也仍然还是生老病死和悲欢聚散，之外便不会有什么深意。这样的重复，也就和万花筒里的情形是一样的。而要让一个人把不断重复的万花筒永远摇动下去，并且始终保持着热爱和激情，实在就是很困难的"①。

特别值得一提的是，从小说《今生：吾谁与归》中抽出的关于叙述者与岳母故事的部分文字，何士光以《日子是一种了却》为题曾经发表在《人民文学》2015 年第 10 期，并获得"2015 年度人民文学奖"。

三、叶辛的"知青小说"

从 1950 年代至 1970 年代末，有一批年轻人自愿或被迫从城市下放到农村当农民。这些年轻人在那个特定历史时期有个称谓叫"知青"，这类"知青"形象也大量出现在 1970 年代中后期至 1980 年代前半期贵州作家的笔下。

新时期贵州最出名的"知青小说"作家非叶辛莫属。叶辛的知青小说产生在 1977 年之后，此时作家已经解放了思想，选准了他的艺术视点，对十年知青生活进行了回顾与思索，同代人的命运引起了他浓厚的兴趣与表现的强烈欲望，他的艺术才能在这一领域内得到了最好的发挥。

叶辛，1949 年生，上海人。1969 年 3 月从上海来到贵州修文县一个偏僻的山乡砂锅寨插队落户，此时他年仅 19 岁。在十多年的"知青"生活

---

① 何士光.今生：经受与寻找 [M].北京：中央编译出版社，2011：31.

中，他在极度困难的环境中学习小说创作。1977 年其处女作《高高的苗岭》问世，1979 年调入贵州省作家协会，1990 年调离贵州回到上海，其间他创作了数量颇多的小说。其创作以长篇为主，兼及中篇，短篇较少。① 他连续创作的《我们这一代年轻人》《风凛冽》及《蹉跎岁月》等代表作品，使得他成为同代"知青"的代言人。

《我们这一代年轻人》（1977 年《收获》第 5、6 期）是叶辛的第一部长篇"知青小说"，具有明快、抒情的特点。小说围绕着程旭、慕容支的爱情故事，描写 24 个上海知识青年来到贵州农村插队落户后所发生的矛盾、冲突。作家没有刻意渲染知青生活的艰苦不幸，而是着意于展现这一代人各不相同的精神气质、理想情操、苦乐悲欢与追求奋斗，从中描写了几类知青不同的性格和命运，在一定程度上概括出一代青年不同的精神风貌。② 而《风凛冽》（1980 年《红岩》第 3、4 期）以 1976 年 1 月的上海为背景，刻画了一代知识青年的不同形象及不同的人生际遇。关于《风凛冽》的创作，叶辛自己说过，《风凛冽》最初的构思就是起源于某一次知青回沪探亲的生活，而知青们在探亲期间的这段生活很少有人挖掘。③

《蹉跎岁月》（1980 年《收获》第 5、6 期）是叶辛"知青小说"中较有影响的长篇小说。此后，他自己据此改编的，经导演的再创作，摄制播映后的同名电视连续剧收到电视观众的好评，反过来又扩大了小说的影响。小说围绕着两个插队落户的知识青年：出身不好的柯碧舟与军队干部家庭出身的杜见春的爱情波折，描绘出这一代青年曲折的人生之旅。诚如作家在后记中所言的：尤其是在那泥泞遍地的坎坷岁月里，一个青年要坚定地走一条正确的路，需要多大的毅力。④ 小说中着力塑造了柯碧舟这个感人的艺术形象，他出身不好，父亲是旧社会上海工头，柯碧舟为此吃尽了苦头，遭受了非人的待遇，但他在山寨当"知青"期间仍然坚持文学创作，坚持为山寨发展出谋划策，而且把回上海的指标让给了妹妹……柯碧舟是"于逆境中奋进，于痛苦中进击"的理想主义者形象，而且随着电视剧《蹉跎

① 何光渝.20 世纪贵州小说史［M］. 贵阳：贵州民族出版社，2000：462.
② 何光渝.20 世纪贵州小说史［M］. 贵阳：贵州民族出版社，2000：476.
③ 叶辛. 叶辛文集（第 2 卷）［M］. 南京：江苏文艺出版社，1996：288.
④ 何光渝.20 世纪贵州小说史［M］. 贵阳：贵州民族出版社，2000：476 - 477.

岁月》的播放，他也因此成为 20 世纪 80 年代家喻户晓的"知青"形象。

叶辛的"知青小说"，题材多取自他上山下乡经历的"知青"生活。作为"知青作家"，贵州修文县砂锅寨插队落户的经历确实是他独有的人生"财富"，贵州修文县砂锅寨近十年的生活经历使他得以进入社会的最底层而进一步或重新认识了社会特别是农村的现实生活和历史文化，这给了他一种思考的材料和思考的背景，而这种思考多是以一种理想主义的形态表现于作品之中。小说不仅揭示出知识青年不幸命运的时代根源，也透过他们的人生经历，展示了特定时代及社会的风貌。1985 年前后，叶辛的小说创作路向发生了明显的改变。他放弃了自己写了多年的熟悉的"知青"和农村题材，开始进入城市生活的题材领域。

总之，"综观 20 世纪 80 年代的贵州小说创作，无论作家队伍的建设还是作品的数量和质量，均取得了长足发展，达到了新中国成立以来的最佳状态。这首先表现在现实主义精神得到了恢复与发扬，一些新的创作手法开始引进，小说的品类逐步增多，题材的范围大大扩展，作家的小说观念正在逐步更新"①，20 世纪 80 年代贵州知识分子形象书写更是如此，在何士光、叶辛的带领下，勇敢地突破了"文学一体化"时代尘封已久的知识分子题材创作禁区，通过作家们的辛勤耕耘，克服了"文学一体化"时代僵化的创作模式，使得曾经一度回落的知识分子形象书写重新迎来久违的春天，特别是何士光《青砖的楼房》中的聂玉玲、叶辛《蹉跎岁月》中的柯碧舟，业已进入中国现代文学史知识分子人物形象画廊之中。

第六节　知识分子形象书写"众声喧哗"

20 世纪 90 年代以来，随着"深化改革，扩大开放"的迅猛推进，以城市经济改革为突破口、以建立社会主义市场经济为目标的国家经济体制的全面改革，显然更为复杂和深刻。中国的社会已经进入了一个不容置疑的"转型期"。

---

① 王鸿儒，黄邦君，黄万机. 贵州当代文学概观［M］. 贵阳：贵州民族出版社，1989：5.

随着市场经济的发展，文学被逐渐推向市场。在此背景下，敏感的文学观念自然也发生了急剧变化，20 世纪 80 年代的"伤痕小说""反思小说""改革小说""寻根小说"等，作为一股股文学思潮，到 20 世纪 90 年代已宣告终结，这已是不争的事实。从总体来看，此时的小说对包括这些形态在内的所有主题，采取了新的态度和视角，在立场、深度和指向上都有所不同，创作朝着多元化方向迅速发展；小说的创作，无论是在生态环境、观念、功能上，还是在创作队伍的分合上，各种文体的盛衰上，都出现了与 20 世纪 80 年代中后期迥异的变化。小说创作的个性越来越突出，形成了多元化发展的景观。①

20 世纪 90 年代以来，中国经济面临"转型"，从计划经济走向市场经济，文学也面临"转型"，"20 世纪 80 年代是一个充满了二元对立观念的时代，它以主题'改革开放'为主导"②，而 20 世纪 90 年代小说则从"共名"走向"无名"。从单一走向多元，从共性走向个性。就贵州而言，贵州知识分子形象书写出现了一种巴赫金所谓的"众声喧哗"③ 现象。

此时贵州创作知识分子题材小说的作家，主要有久负盛名的老一代作家何士光，他创作了佛法道义三部曲；还有在 20 世纪 90 年代后期迅速成长并开始走向国内文坛的以欧阳黔森为代表的"黔山七峰"以及"鲁迅文学奖"获得者肖江虹等。他们用自己的作品共同支撑起了 20 世纪 90 年代以来贵州现代小说知识分子形象书写的广袤天空。

一、何士光的知识分子自传体小说"三部曲"

文学自古以来，就与宗教有着难分难舍的联系。宗教信仰属于一种特殊的社会意识形态和文化现象。就中国而言，道教是中国土生土长的宗教，《道德经》是道家经典；而佛教据说是汉朝开始传入我国，唐朝开始兴盛，

---

① 何光渝.20 世纪贵州小说史 [M]. 贵阳：贵州民族出版社，2000：516–518.

② 陈思和. 新文学整体观续编 [M]. 济南：山东教育出版社，2010：278.

③ "'众声喧哗'这个词援用了俄国批评家巴赫金的一个观念，该观念原来的意思是有不同的声音——在一个明确的有历史定位的社会或者时空里面，各种参与这个社会运作的不同阶级的成员交汇、互动所发出来的各种声音的一种集结。"参见：王德威.众声喧哗以后：当代小说与叙事伦理——在人民大学的演讲 [J]. 当代文坛，2011（6）：4.

《金刚经》《心经》《坛经》等是佛教经典。人们常常认为文学做到极致，往往会进入到哲学的层次；而哲学研究到了某种深度，又往往会进入到宗教的层次，三者往往不可截然划分。

20 世纪 90 年代之后，何士光出版了自己学习佛法道义经历及体悟的鸿篇巨制三部曲：《如是我闻：走火入魔启示录》《今生：经受与寻找》《今生：吾谁与归》。这些作品无疑是他关于佛法道义的研究心得，以及对哲学问题、宗教信仰问题进行探讨的文学作品。

"小说，在我面前没有了模式"①，何士光的佛法道义三部曲正是没有模式的自传体小说，作品通过第二人称叙述者"你"叙述了对佛法道义研究所体察到的心得以及对人生终极意义的叩问，表达了叙述者"你"（其实是隐含作者）对世界的看法，对人生的思考，对自己过去的否定，以及对当前自己"脱胎换骨"后的欣喜，作品中的"你"可视为一个对佛法道义研究造诣颇深的知识分子形象。

二、欧阳黔森小说中的知识分子形象书写

欧阳黔森，1965 年生于贵州铜仁市，曾任地质队员。20 世纪 90 年代主要以诗歌散文创作为主，出版散文、诗歌集《有目光看久》（贵州民族出版社 1994 年版），但是他自从描写"知青"生活的短篇小说《十八块地》发表后，他即开始转向小说创作，而且创作效率惊人，21 世纪最初的短短几年时间里，他就先后在《十月》《当代》《人民文学》等文学刊物发表了中篇小说《穿山岁月》《白多黑少》《水晶山谷》等，他前期的中短篇小说主要收在短篇小说集《味道》、中篇小说集《白多黑少》中，长篇小说《非爱时间》单行本 2004 年出版。其中涉及知识分子形象书写的作品主要有《十八块地》《梨花》《远方月皎洁》《扬起你的笑脸》《穿山岁月》《莽昆仑》《非爱时间》等。

短篇小说《十八块地》（《当代》1999 年第 6 期）讲述的是"知青"时代的人与事。小说发生的地点是十八块地知青农场，小说主人公是一群花

① 余昌谷."小说，在我面前没有了模式"——谌容小说文体三题 [J]. 江淮论坛，1988 (2)：94.

样年纪的少年知青"我"、卢竹儿、鲁娟娟、萧美文等人，小说以一个知青"我"的眼光聚焦到了偏僻农场里人们的互相关爱、积极向上的生活态度，单纯而懵懂的爱情，无私崇高的爱心等种种美好的人情与人性。小说通过当年在十八块地知青农场发生的一系列故事的回忆书写，生动展现了知青农场战友们之间，以及优美的当地乡村里村民人性的真善美，与此同时，也让我们看到了物资极度匮乏的特殊岁月里人间无限留恋的温情与无比心痛的忧伤。小说着力塑造的知青卢竹儿、鲁娟娟、萧美文等人就是这样人性中有着真善美的形象。

短篇小说《梨花》（《红岩》2003 年第 4 期）讲述了三个鸡村唯一考起中等师范学校且毕业后返回公鹅乡中学任教的梨花的人生经历，小说叙述了她在生物课堂以及担任学校校长期间发生的一系列因对待工作过于认真而出现的一些搞笑的趣事，小说还叙述了她的升迁及恋爱的经历。梨花是一位对工作极度认真负责，有理想有追求的乡村女知识分子形象。

短篇小说《远方月皎洁》（《边疆文学》2013 年第 3 期）通过回忆的方式，叙述了地质普查队员"我"与中等师范学校毕业后自愿选择来到某乡村小学教书的城里姑娘卢春兰交往的故事。交往中，她乐于谈论她的学生如何有趣，"我"则乐于谈论"我"的野外找矿怎样有趣，两人相约一起游览了七色谷，开始了一段非常友好的交往，但因为"我"的工作性质注定了"我"要不断迁徙，于是两人不得不分手，卢春兰在与"我"临别时送了"我"一条小黄狗作为礼物，而当这条两人感情延续象征的小黄狗长成大黄狗却被"我"的同事打死了之后，"我"心痛不已，却又无可奈何，只有把大黄狗的皮垫在自己的床上，就这样一垫就是二十年。而最后这张皮垫子被女儿收拾时扔掉了，那天晚上，"我"在梦中梦见了大黄狗，梦见了卢春兰，半夜醒来，怀念起了当年远方月的皎洁。小说生动地再现了1980 年代年轻一代知识分子为了实现自己的理想甘愿奉献自我的心路历程以及别样的青春记忆。

短篇小说《扬起你的笑脸》（《山花》2013 年第 11 期）也是一篇描写乡村教师生活的小说，小说叙述了梨花寨小学教师田大德平日的教学工作以及日常平淡的生活经历。当田大德老师得知学生山鬼（大名龙德隆）没有来学校上课的信息后，带着两位学生黑夜来到山鬼家，为了与遥远的对面山上山鬼的火光相呼应，他们在田埂上用稻草点起了一堆篝火，告诉远方的山鬼，家中有人在等他。小说表现了一位乡村有德的教师对自己学生无私的关爱。

中篇小说《穿山岁月》（《十月》2001 年第 4 期）讲述的是地质队工程师们野外的生活经历。小说叙述了地质队工程师"正确"（真名叫郜德）、"算卯了"（真名苏方）、小李和"我"四人成年累月在武陵山脉主峰梵净山附近采集矿石样品的野外工作经历，小说生动地表现了他们因为心中有理想，所以生活中能够苦中作乐的珍贵品质。小说写得情趣盎然，同时也描写了当地苗族同胞浓郁的民族风土人情。毫无疑问，这是四个非常热爱地质事业、工作兢兢业业的野外地质工程师形象。

中篇小说《莽昆仑》（《十月》2006 年第 2 期）讲述的也是地质队工程师们野外的生活。小说叙述了地质队工程师石头博士、李子博士、张铁三人为了开展地质科研项目离开云贵高原来到青藏高原东昆仑的木香措乡的工作经历，以及邂逅美丽的藏族姑娘格桑梅朵所发生的一系列甜蜜而忧伤的故事。小说同时也描写了青藏高原的神鹰、藏獒、旗树、雪狼等独特风物。石头博士、李子博士、张铁等人是满怀一腔为国找好矿的热血才来到这荒无人烟的青藏高原的，他们展现的是有理想的野外地质工程师形象。

长篇小说《非爱时间》（贵州人民出版社 2004 年版）讲述当年十八块地的知青二十年后的生活现状。小说从黑松、陆伍柒接到唐万才的电报赶赴枫木坪抢救村口十棵百年大枫树开始，逐一引出现实中黑松与鸽子的婚姻生活，现实中陆伍柒的事业、情感纠葛，当年十八块地农场知青生活，以及当年在武陵山脉主峰梵净山附近野外找矿等故事，小说通过对照现实与回忆，对当代人的情感生活、精神状态作了一次透彻的呈现。同时，小说生动地塑造了黑松这位"世俗化"的知识分子形象。

欧阳黔森的知识分子形象书写作品大多以自身"知青""野外地质队员"的工作经历为素材，大多以第一人称"我"为小说叙述者，叙述了当年那些凄美动人的美好往事，往事中不乏美好人性人情的描绘与渲染。

三、谢挺与戴冰小说中的知识分子形象书写

谢挺与戴冰都是 20 世纪 90 年代以来贵州城市文学书写的代表作家，他

们都擅长都市文学创作，他们的都市小说中塑造了不少知识分子人物形象。尤其是谢挺，迄今已经创作了不少知识分子题材小说。

谢挺，1966 年生，湖南郴州人，1988 年云南大学毕业，1990 年开始发表文学作品。出版中短篇小说集《沙城之恋》《有青草环抱的房间》《想象中的风景》，发表了长篇小说《爱别离》《当爱已沧桑》《留仙记》等。《杨花飞》获 1997 年"《北京文学》短篇小说奖"。《沙城之恋》是他的知识分子题材小说代表作。

中篇小说《沙城之恋》(《十月》杂志 2004 年第 1 期) 写城市知识分子的情感纠葛。曾是一个工厂助理工程师的林飞与公务员吴小蕾本是一对恋人，可吴小蕾调到北京部委后，对林飞的感情立刻出现裂痕，追赶过去的林飞备受冷落，却又与丈夫出国、在京独守空房的"北漂"同乡王岚发生了"一夜情"，但是"他们有了那么多的性，却竟然没有爱！就像口渴了之后喝水，肚子饿了吃饭，说高级点，他们在用性疗伤，用对方的身体疗伤"，最后一切复归原处，林飞选择离开北京这座被沙尘暴强烈袭击的"沙城"。小说对人物的心理剖析深入细致，揭开了情感后面物质主义的毁灭性力量，那正是市场经济大潮中的世俗人生。

这篇小说很好地表现了现代都市知识分子的生存状态及精神状态，特别是在表现物欲时代对人性扭曲的真实性方面，达到了一定的深度。林飞这个曾经的强者也正是在物欲时代被扭曲的人性所击败的"世俗化"的知识分子形象。

戴冰，1968 年生，男，贵阳人，著有中短篇小说集《我们远离奇迹》《心域钩沉》《惊虹》《月的暗面》。对博尔赫斯长达十五年的研究，使得戴冰的小说带有"迷宫小说"的特质：构思奇特，语言练达。

戴冰的《有那么多书的病房》(收入戴冰选集《月的暗面》，广西师范大学出版社 2017 年版) 讲述一位名叫蒋浩的作家，其实他只不过才发表了一篇六千字的小说，但他却自封为这个城市最优秀的小说家，他因此就有了不分时间场合跟人炫耀、辩论自己小说构思的癖好，甚至有一次他偶遇一位妓女，还以为是个落难的良家妇女，准备马上写一篇小说来纪念此事。后来他因割盲肠手术住院了，医生全面诊断时已经确诊他患了肝癌，但他自己却浑然无知，在病房的矮柜上摆满了书籍，住院期间仍然在构思自谓

"精彩得要死"的小说。其实蒋浩无意中虚构出来的东西正是现实中他自己的人生写照，蒋浩是一位类似鲁迅笔下当年不肯脱掉长衫的孔乙己之流酸腐的知识分子形象。

四、肖江虹与王华小说中的知识分子形象书写

同为县镇教师出身的肖江虹与王华都是 21 世纪初贵州乡土文学书写的代表作家，他们创作的乡土小说中塑造了乡村教师的形象。

肖江虹，1976 年生，贵州修文人。贵州师范大学中文系毕业后，他被分配到一所乡镇中学当了一名语文老师。2007 年开始文学创作，小说作品代表作有《傩面》《百鸟朝凤》《蛊镇》等，中篇小说《百鸟朝凤》发表后在国内有一定影响，肖江虹也因此从修文县被调到了贵阳市作家协会工作，开始了专业文学创作。2018 年 8 月肖江虹的《傩面》获第七届"鲁迅文学奖"中篇小说奖，体现了贵州文学的后发实力。

肖江虹的短篇小说《当大事》（发表于《天涯》杂志 2011 年第 3 期）中描写了一个前乡村代课教师的形象。小说中当管事的铁匠喊："杀猪匠来没有？"只见一个人提着篮子跑过来说他就是杀猪匠。在场所有人都惊讶了，杀猪匠嘛，就该有杀猪匠的样子，可这位杀猪匠"像根晒干的豇豆，细胳膊细腿，你还看不见他的眼神，因为他戴了一副眼镜"。铁匠嘿嘿笑着说："这位，我们请你来是杀猪哦！不是杀鸡。"杀猪匠点点头，笑着说："除了人，我啥都能杀。"铁匠上下打量了一番，说："看上去你该有五十出头了吧？无双镇的杀猪匠我几乎全认得，没见过你啊！"那人笑笑，有点不好意思，挠挠后脑勺说："当了三十二年代课老师，不让干了，进城没人要，就捡起我爹的营生了。""哦！"铁匠应声："教书匠变杀猪匠了，你这弯儿拐得有点儿猛了！"杀猪匠眼神蓦然黯淡了，说："总得混碗饭吃不是？"院子里一阵沉默。但是手无缚鸡之力的前教书匠对杀猪始终没有"进入角色"，"猪出来了，前教书匠刚伸出手，那猪就一头将他顶倒在地，还嚣张踏着他的肚子扬长而去"。小说中用夸张的手法写道："那一天，这个村子的老老少少都目睹了一场奇怪的杀猪场面。先是看见杀猪匠从里屋阴着脸，红着眼出来，手里提着雪亮的杀猪刀。接着就是一场艰苦卓绝的旷野追逐，瘦小的人和肥硕的猪在野地里跑了整整两个小时，最先倒下的是

猪，然后倒下的是人，花白的阳光下，那个瘦弱的男人慢慢爬过去，将手里的刀往猪的喉咙猛捅……一旁观看的孩子被杀猪匠眼里绝望骇人的光芒给吓得掉头就跑。开始，院子里被人和猪的追逐逗得放声狂笑，慢慢地，是低声的嬉笑，最后，天地都安静了，每个人脸上都起来了一层冰凉的秋霜。"① 任教三十二年五十岁出头的教书匠变成了杀猪匠，原因是"不让干了"，所以才要当杀猪匠"混碗饭吃"，但是却当不成一个合格的杀猪匠。三十二年几乎是人生的大半辈子时光，美好的青春与精力都奉献给了乡村教育事业，可是最后却落得个衣食无着！小说中这种看似戏谑的场景描写，却暗含着教师出身的作家对现实生活中乡村代课教师待遇现状的深切担忧与对小说背景年代下教育体制的反思，体现知识分子作家的一种悲悯情怀。

王华，1968 年生，女，仡佬族，贵州道真人。著有小说集《天上没有云朵》及长篇小说《傩赐》《桥溪庄》《家园》等。

王华的中篇小说《旗》（《人民文学》2008 年第 11 期）曾被改编为同名电影。小说《旗》的故事发生地在"木耳村"，小说主人公爱墨"十六岁开始在村里教书"，教了"三代木耳村人"。到了退休年纪的他仍然选择坚守教育阵地，他心中始终固守着这样一个信念：木耳村的文化传承绝对不能在他这儿断了。哪怕是只有一名学生需要他教育，他也义不容辞地承担起教育的职责，哪怕是没有任何报酬他也毫不在乎。他为了教好患有孤独症的学生，可谓煞费苦心吃尽了苦头。小说体现了深切的人文关怀，并以此呼吁全社会关注农村留守儿童，而小学教师爱墨则是一个被作者"理想化"了的知识分子形象。

20 世纪 90 年代以来，贵州小说中知识分子形象书写绝不止以上所述作品，其他如冉正万书写地质队员形象、肖勤书写乡村教师形象的小说，不一而足，但限于篇幅，不再一一列举。总之，20 世纪 90 年代以来，贵州小说正从单一走向多元，从排斥走向互补，从"共名"走向"无名"，却是不争的事实。贵州小说中知识分子形象书写同样如此，作家们都在力图发出属于自己个人的声音，而这样的声音往往是借小说知识分子主人公之口发出来的。例如何士光佛法道义三部曲中的"你"发出的是对人生终极意义

---

① 肖江虹. 当大事 [J]. 天涯, 2011 (3)：91 – 94.

的叩问，欧阳黔森《非爱时间》中的小说主人公黑松、陆伍柒以及谢挺《沙城之恋》主人公林飞敲响的是物欲时代的警钟，肖江虹小说《当大事》中乡村代课教师沦为"杀猪匠"带给人们的反思，王华小说《旗》里面小学教师爱墨则发出了文化传承不能断的警告，等等。

总之，小说开始摆脱宏大叙事和抒写英雄的模式，偏离独立精神、崇高理想的题旨，亲近当下百姓的日常生活，表现市民的喜怒哀乐。在审美形态上，正从政治宣传走近大众娱乐。而且，作家的创作的个性越来越突出，形成了多元化发展的景观。① 所以，笔者可以把 20 世纪 90 年代以来贵州小说中知识分子形象书写的时代特征用"众声喧哗"四个字来加以概括。众声喧哗，莫衷一是，但这不但不是小说创作的倒退，反而意味着这时期的小说创作开始进一步追求人性的解放与直面复杂多变的人生。

王国维曾言"凡一代有一代之文学"②。在本章的研究中，笔者均采用作家小说作品的可靠版本或者定本进行文本分析与研究（例如蹇先艾新中国成立前后小说不同版本的厘清），以确保贵州现代小说知识分子形象书写的真实特征与实际流变。笔者通过对贵州现代小说知识分子形象书写各个阶段的梳理与归纳，可以看出：五四时期是贵州现代小说知识分子形象书写的兴起阶段，其中以蹇先艾、谢六逸的创作为代表的"游子小说""爱恋小说"，体现了当时小说的时代特征；"土地革命"时期是贵州现代小说知识分子形象书写的成长期，段雪笙等的"革命小说"与蹇先艾 1928 年的创作转向，体现了这一时期不俗的创作业绩。五四时期与"土地革命"时期贵州现代小说知识分子形象书写主要由贵州籍在北京、上海等地发展的知识分子作家如蹇先艾、谢六逸、段雪笙等承担，他们或以求学、工作的都市生活为素材，或以"老远的贵州"（鲁迅语）为背景，书写了一系列知识分子形象。全民族抗战时期，抗战题材居于主流地位，"在抗战时期，贵州文化与五四新文化的历史性相遇"（钱理群语），蹇先艾是这一时期贵州小说知识分子形象书写的重要代表，而抗战时期的高校西迁促进了贵州本土文学青年的成长，促使了贵州现代小说知识分子形象书写的不断拓展；新

---

① 何光渝 . 20 世纪贵州小说史［M］. 贵阳：贵州民族出版社，2000：517.
② 王国维 . 宋元戏曲史［M］. 上海：上海古籍出版社，2008：I.

中国成立后三十年里因为"文学一体化"时代语境的变化，知识分子题材变得敏感，所以这方面的创作开始出现回落；20 世纪 80 年代是贵州知识分子题材小说发展的复兴时期，何士光、叶辛是这一贵州文学"黄金时期"的重要代表；时光推移到了 20 世纪 90 年代，由于市场经济的影响，中国社会开始"转型"，贵州知识分子形象书写呈现一种多元化、个性化趋势，从"共名"走向"无名"，佳作纷呈，此时的贵州知识分子形象书写的时代特征可以用"众声喧哗"来概括。

任何事物的发展都不会总是直线上升的，它的发展曲线如同一个螺旋式形状，有时出现某种周期性曲折，也算是规律性的现象，文学的发展同样如此。贵州现代小说知识分子形象书写流变正好体现这种发展的轨迹，但值得庆幸的是，在不同的历史时期，作家们都能够向文学史提供一批经受得住时间淘洗的作品，总能成功塑造出一批经受得住时间淘洗的知识分子人物形象。

第二章
贵州现代小说知识分子形象塑造

　　人物是小说的核心。小说的发展，从根本上说，是人对人认识的深化，人对人审美和表现的演进。莱辛甚至说，一切与性格无关的东西，作家都可以置之不顾；不断地加强性格，鲜明地表现性格，是作家最应当着力表现之处。人物形象是小说三要素（人物、环境、情节）的核心因素。老舍曾说，写一篇小说，人物是必不可少的，没有了人也就没有了事件，也就没有了小说。

　　马克思曾说："人并不是抽象栖息在世界以外的东西，人就是人的世界，就是国家、社会。"这说明了人与社会的密切关系。作品中的人物，显然与作家的思想和生活有密切的关系。作家总是从自己的思想出发，依据自己已有的生活印象来认识作品中新的人物的，所以当他创作时，总是把这种人想象成那种人，赋予这种人以想象中那种人的某种品质。由于各人的思想和生活经历、生活感受不同，所以对人物的认识也不同，这样就产生了不同的视点。可以说，中国现代小说中不同的知识分子形象，主要是作家在不同的生活经历和感受中产生的。

　　文学是时代的一面镜子，一定的时代特征产生相应的人物性格，作品的人物形象与时代特征是紧密相关的。小说是知识分子的精神产品，小说中的知识分子形象有时就是一定时代知识分子的自我反省与自我塑造。① 但曹文轩认为，知识分子形象是很难刻画的，因为他们在思想、性格等方面更让人难以捉摸。同时，每位作家都有自己对时代的理解和表达，故他们

---

　　① 赵园. 艰难的选择［M］. 上海：上海文艺出版社，1986：6.

笔下的人物形象也有各自的独特性，故知识分子形象刻画之难是可以想见的。反过来，小说中知识分子形象一旦成功刻画，就更能反映出小说家对时代的独特理解与表达，这也是不容置疑的事实。

论著本章节主要采用社会历史批评的文学研究方法。这种批评类似孟子所言："颂其诗，读其书，不知其人可乎？是以论其世也。"鲁迅也说过：倘要论文，必须顾及作者所处的社会状态，要不然，是很容易近乎说梦的。① 故采用社会历史批评方法，能更进一步厘清知识分子形象与历史背景和文化背景须臾不可分离的联系，更加有效地研究贵州现代小说知识分子形象的变迁。

根据贵州现代小说知识分子形象在贵州文学史的流变中一直秉承的或者在各个文学分期呈现出的阶段性的宏观映像与生动侧影，以及它们所呈现出独特的思想情感特征，笔者把贵州现代小说知识分子形象归纳为以下几大类型：知识分子"觉醒者"形象、知识分子"革命者"形象、知识分子"被改造者"形象、知识分子"理想主义者"形象、知识分子"世俗者"形象等五类。具体见下面分析。

第一节　知识分子"觉醒者"形象

"启蒙"原意指照亮，英文为 enlightenment。《辞海》的解释是"启蒙：开发蒙昧。"《风俗通义》中言："每辄挫衄，亦足以祛蔽启蒙矣。"而康德的解读则是：启蒙就是人从他自己所造成的不成熟状态中挣脱出来。启蒙的箴言就是："敢于明智！大胆地运用你自己的理智！"② 董健也对启蒙进行了解读：他认为中国现代知识分子的历史使命就是启蒙，启蒙在现代普遍被理解为：将人的思想从非理性的愚昧、黑暗中解放出来，使得"人"成为现代之"人"，"国"成为现代国家。③

---

① 鲁迅. 鲁迅全集（第6卷）[M]. 北京：人民文学出版社，2005：444.
② 张汝伦. 坚持理想 [M]. 上海：上海人民出版社，1996：3.
③ 董健. 现代启蒙精神与中国话剧百年 [J]. 文学评论，2007（3）：53.

知识分子启蒙者形象在中国五四文学、中国新时期文学中是较为常见的知识分子形象，但是因为贵州偏僻落后，贵州现代小说并未成功塑造出真正意义上的知识分子"启蒙者"形象，至多是一些受到启蒙思想影响的"觉醒者"形象。

陈思和认为"五四"不是一个文艺复兴运动，而是一个启蒙运动，这可看作是对五四新文化运动本质的最科学的说明。① 即肇始于20世纪初的五四新文化运动，其核心主旨在于思想启蒙。何为五四时期的"觉醒者"？陈独秀在《青年杂志》发刊词《敬告青年》一文中概括他们的部分特征：进步的而非保守的，自主的而非奴隶的，进取的而非退隐的。② 可见，五四时期知识分子"觉醒者"形象必是受到"五四"启蒙精神洗礼的知识分子。五四时期得风气之先的作家在小说中也必然会积极塑造这样的"觉醒者"形象来反映当时的时代特征，并借此践行自己的"启蒙"主张。

（一）蹇先艾小说中的"觉醒者"形象

知识分子无疑是五四时期的时代主角。青年蹇先艾在北京受到了以思想启蒙为主导的五四新文化运动的洗礼，所以，1920年代的他以小说的形式，以现代思想的先觉者姿态以及对中国传统旧文化、旧思想以及旧观念种种弊端的深刻洞察、揭示与批判，完成了小说中"觉醒者"形象的塑造。具体如《到家的晚上》中的孙少爷、《狂喜之后》中的K君等，无疑就是这样的形象。

《到家的晚上》中的孙少爷，是一个在外地求学十年的破落户家庭少爷，重回故里，"生疏如在一座荒岛上旅行"，"脚下踏到的都是蓬蒿……他不曾想到园内已经这般荒凉"，家中已"不是十年前的光景了"，亡故的亡故，分家的分家，搬走的搬走，就连"在街上要饭的朝宾十四老爷"，也"好像有半年没有看见"了。原红润肥胖的老仆"竟瘦得很可怜：下颊尖削，凸起很高的颧骨"。③ 在这篇短短的小说中，孙少爷对于故乡的思想感情是十分矛盾和复杂的：作为破落的旧家子弟，他哀痛故园的凋零破败，

---

① 陈思和. 中国新文学整体观［M］. 上海：上海文艺出版社，1987：260.
② 陈独秀. 独秀文存·论文（上）［M］. 北京：首都经济贸易大学出版社，2018：1-2.
③ 蹇先艾. 蹇先艾文集（一）［M］. 贵阳：贵州人民出版社，2003：14-16.

"万想不到我走后这几年，家里的光景都大变了！我走后的情形怎么样？何以闹到这样的荒凉呢？""他默听着，只是揩泪，半句话也说不出了"，而且"他细细咀嚼着老王的谈话，想到自己此后身世的飘零，便倒在椅子上抽泣起来"。作为接受新思潮的青年，他理解旧式大家庭走向衰败是社会发展的必然之趋势。

《狂喜之后》中的 K 君是 D 大学的一位大学生，小说通过回忆的方式，叙述了 K 君两年前在 E 小学当音乐兼理科代课教师时，与他的学生娴相恋的故事。

娴"性情是不躁不急的，人也聪明，姿态又好，功课不出前三名，对人十分和蔼"，K 君"每星期一三五教她练琴，还带着补习英文"，在不断的交往中，这对受过新思潮熏陶的师生不顾及封建伦理的束缚以及社会上众人世俗的眼光，走到了一起。只可惜娴的父亲"在前清做过官，现在当医生，境况还不错，但家庭管束得非常严。父亲竭力反对新思潮，这一点使她时时刻刻茹着苦痛"。当娴打电话告知 K 君："昨儿夜里我父亲跟母亲吵了一大架，就为的这件事情。你如果是真跟我要好，让我母亲少受点气的话，请你就快点寄来①吧。"K 君听后，"许久才挣扎出断断续续的一句话：'这……是……她……的本心吗？'"② 小说就此戛然而止。面对娴父亲竭力的反对，K 君与娴的爱情能够得到圆满的结果吗？这给读者留下了一个悬念。但不管结局如何，小说中 K 君是一个反对世俗偏见、勇敢追求自由恋爱的觉醒者形象。正如 K 君在自己发表在《P 报》的小说《求婚》中所说的"旁人的物议与讥讽，狗屁！管他师生不师生，早就哥哥妹妹地叫起来了"那样。小说描写的师生恋正是受过新思潮熏陶青年们对于时代大潮的回应。

《到家的晚上》中的"我"也罢，《狂喜之后》中的 K 君也罢，其实他们身上都带有青年蹇先艾的影子，《朝雾》出版时，蹇先艾正在中学与大学预科读书。他流寓京华，寂寞烦闷，难免怀乡，憧憬着少年时代的旧影。那时的蹇先艾是很苦闷的，但是尽管苦闷，蹇先艾并没有追逐当时流行一

---

① 指寄来娴的相片和写给 K 君的信。
② 蹇先艾. 蹇先艾文集（一）[M]. 贵阳：贵州人民出版社，2003：56 - 71.

时的鸳鸯蝴蝶派创作潮流，而是坚持"为人生"的现实主义创作态度
（1925年，蹇先艾经王统照介绍，与李健吾一起加入了文学研究会），并模
仿波兰现实主义作家显克微支小说《炭画》的写作技巧，把热情隐藏在冷
峻的现实背后，平正而客观地描写农村旧式大家庭的破败和社会上年轻人
爱情的悲剧，营造一种令人窒息的气氛，激起人们的哀怜与愤怒，甚至反
思。同时也体现了作家自己首先就是一位有着强烈自觉意识的"觉醒者"，
一位受到新思想启蒙的觉醒者。知识分子作家似乎比以往任何时候，都更
为清晰地看到了他们自己，既看到了自己的历史主动性，又看到了自己作
为"觉醒者"、作为知识分子的局限性。写青年，也写进了自己，写出了自
己的希望与信念。在对于"觉醒者"形象的探索中，小说家们发现着"未
来中国"的形象。

（二）谢六逸小说中的"觉醒者"形象

1917年以官费生赴日留学就读于日本早稻田大学的谢六逸，更是名副
其实引领时代潮流的启蒙者，他小说《H与其友人》中的C是一位五四
"觉醒者"形象。

谢六逸以路易为笔名发表的小说《H与其友人》中有两位男主人公：H
与C。由于市子父亲要求H入日本籍的事"依然没有转机"，使得H与市子
这两位"爱友"被迫分开，中间"隔着一片汪洋"，H陷入深深的痛苦之
中，心灵和肉体都不得安宁，但又无法解脱，只有"一个可悲的恳求"。这
是一个敏感而软弱的宿命论者形象。而与H一同从海外归来的好友C则不
同，C从"肉体美"的角度，"又发现新大陆了"，爱上了"母亲是西班牙
人"的E。于是H与C在如何对待爱情中灵与肉的问题发生了冲突，引发
了一场争辩。当追求灵之爱的H听了C夸耀E的肉体后，极为反感，说C
是"第三帝国的叛徒，异性的蹂躏者"。而C则忠告并期望H："无论或灵
或肉，我们总得把这个神秘之井的水汲尽，一直到它成为眢井才止，我们
要彻底地看这个井里的因。大自然之中，有的是欢乐，我们要尽量地享乐，
我们的有限的生命，不要为痛楚和不惬于心的事所役使呵！"[①] 相对于H的
保守与固执，小说中C公开追求别人羞于启齿的个体正常的欲望与欢乐，

---

① 路易. H与其友人 [J]. 文学周报（第一辑），1921（88）：2-4.

无疑是一位强调自我解放与个性自由，并表现出颇不寻常的胆识与勇气的"觉醒者"形象。

关于这篇小说的创作缘起，杜国景认为"这篇小说其实也是作者个人的一点心曲，作者25岁在上海神州女校任教务长时，与另一位知识女性暗生情窦又难于启齿，于是便成就了这篇小说"①。事实的确如此，谢六逸的父母曾为他与易家订下了一门亲事。1917年在他赴日本求学前，尽管还不到弱冠之年，父母却急忙给他完婚。1922年年关，谢六逸被上海商务印书馆辞退，满心怨愤，抑郁不乐。1923年初，得人举荐到神州女校去任教务长。他在这里结识了女教员鲍歧，并产生爱慕之情。然而，已婚的事实又常常使他不知所措，以至神伤。这段感伤的往事，如鲠在喉，不吐不快，但他又不便对外人讲述这桩往事，于是选择了小说的形式，照直诉诸文字，通过H与市子相恋、终至分离的感情纠葛的往事，抒发感伤之情，为婚恋的不自由而呼喊抗争。②

受到思想启蒙的觉醒者是活跃在五四时期的新一代知识者，他们是觉醒的个性主义青年，他们把自我个性解放、追求自由恋爱以及对抗封建传统观念结合在了一起，体现了时代青年对于封建道德观念的彻底背弃，这是历史的巨大进步。

中国近代自康梁变法以来，知识分子在社会变革中所起的作用越来越大，因而作家们便把塑造知识分子形象和社会变革联系起来，无疑蹇先艾、谢六逸就是这样的作家。

也有学者认为五四时期大多数小说中的主人公因为刻画过于简单尚不能称之为"文学形象"，与其说是"文学形象"，不如说是"精神现象"。③其实，无论"文学形象"也罢，"精神现象"也罢，作家蹇先艾、谢六逸在创作知识分子题材小说时，都不是以"表现自我"为目的，而是着眼于社会的变革，他们试图通过小说中的这些人物，呼吁婚恋的自由、个性的解

① 杜国景. 二十世纪文学主潮与贵州作家断代侧影［M］. 北京：科学出版社，2018：80.
② 何光渝. 20世纪贵州小说史［M］. 贵阳：贵州民族出版社，2000：100.
③ 赵园. 艰难的选择［M］. 上海：上海文艺出版社，1986：9.

放、社会的进步。很明显，通过这些人物的刻画也表现出了作家们的清醒认识与使命担当。

第二节　知识分子"革命者"形象

"革命"一词最早出于《易经·革卦》："汤武革命，顺乎天而应乎人。"[①]"革命"的含义即改朝换代，以武力推翻前朝，杀戮旧皇族。"革命者"的含义即为实现社会变革推动历史进步并试图诉诸暴力手段对抗反对势力的人物。

20 世纪 20 年代中后期至 20 世纪 40 年代，中国处于一个风起云涌的革命时代，发生了"五卅"运动、北伐战争、大革命失败、"九一八"事变、"七七"事变等重大历史事件，这是一个"大时代"[②]。这样的革命环境，促使"文学革命"向着"革命文学"转变，小说中知识分子革命者形象也应运而生。

我国那时期绝大多数知识分子地位低下，遭受着失业和与失学的威胁。地位低下的知识分子，往往最早觉醒，首先就会认识到当时社会制度的不合理。可以说，在当时的每一场重大革命历史事件中，都能看到知识分子的身影。身处历史洪流中的贵州作家同样不甘寂寞，要为时代发声，要为时代代言。由于他们本身是知识分子，身边交往的也大多是知识分子，当时争先恐后参与革命活动的也大多是知识分子，所以，在他们的小说中笔者看到较多的是那个特殊年代革命事件中的革命者形象。当时贵州籍作家利用手中的笔，在小说中较好地塑造了知识分子革命者形象，这些作品有段雪笙的《女看护长》、陈沂的《狱中的回忆》、蹇先艾的《盐灾》《古城儿女》等。

---

① 王辉. 易经 [M]. 西安：陕西旅游出版社，2003：164.
② 鲁迅. 鲁迅全集（第3卷）[M]. 北京：人民文学出版社，2005：571.

一、"土地革命"时期小说中的"革命者"形象

大革命失败后,一些革命者流落到了上海等地。这是从政治革命走向革命文学的一代作家。他们把文学视为武器,如同上战场一样,以无产阶级革命者的热情,投入文学创作。他们是:段雪笙、陈沂。

职业革命者段雪笙的中篇小说《女看护长》(署名雪生,上海励群书店1928 年出版)中女看护长紫薇以及医官柏森是小说重点刻画的知识分子革命者形象。当紫薇从柏森那儿得知原革命军指挥官背叛革命,要对 K 城工农举起屠刀时,主张立即反抗,立即离开医院到敌人的营垒里去放炸弹。她又不乏女性的善良和温柔,并且忠贞于自己的爱情,家庭条件优于柏森的她,被恋人的悲惨身世深深打动,她同情工农的遭遇,对反动的官僚阶级的冷漠充满了仇恨,两人心心相印。当得知柏森逃离了医院,但最终还是遭到张石齐等的毒手之后,她强忍着失去恋人的悲痛,眼中闪现着爱人的"血影"。当坐镇 K 城的桑总指挥要求野战医院随部队去攻打 C 城王军长而引发军队骚乱之际,她强忍住内心的悲痛趁机机智地把医护人员以及在医院养伤的负伤士兵都发动起来,忍无可忍的她最后终于勇敢地站起来率领大家开始起义、暴动。"这慷慨激昂的女看护长,她正在当这医院里开始扰乱的头领,她穿一件青布的棉短装,戴一顶灰色绒织的鸭舌帽,拿一把梭镖,有四尺来长,她这模样,好像扮演的梁山好汉一样。"① 她挺身站到队伍的前列,率领大家高呼着革命口号,当众揭露了医院院长张石齐草菅人命、坑害伤病员、贪污公款的种种罪行,并率众杀死了张石齐及其走狗赵医官。小说最后,革命群众高呼:"打倒一切压迫的,摧毁一切!⋯⋯冲入他们的堡垒!占领了他们的钱库!男人们解放万岁!我们的首领紫薇万岁!万岁!万万岁!"② 这段口号描写,是对反抗斗争最直接的描写,体现了革命文学的特质。女看护长紫薇勇敢、正直、刚毅、果断,是一位坚定的革命者,也是贵州现代小说较早的一位从正面描写的女革命者知识分子形象。

---

① 雪生.女看护长 [M].上海:励群书店,1928:106.
② 雪生.女看护长 [M].上海:励群书店,1928:113.

而出身贫寒的医官柏森，历经多次革命洗礼后，除了勇敢，他多了一份理性。当得知曾经的少年党领袖王吉唯投降叛变并指使军警开枪扫射革命者后，承认自己"以前犯了错误，犯了信仰某个偶像的错误，时代的潮流和事实告诉我们，个人是靠不住的。无论他过去做过什么，说过些什么"①。他反对紫薇采取不理智的冒险行为，当他听说紫薇要"到民间去和取得最后的手段"时，柏森认为："炸弹只能打伤或打死有限的人民反叛者，但是这不是根本的斗争，我们的斗争不能这样。白牺牲一两个，或者打死了一两个，又有什么用处呢?"② 柏森的冷静、理智对性格急躁紫薇的成熟起了至关重要的作用。柏森可谓贵州现代小说一位较早的较成熟的知识分子革命烈士形象。

陈沂自 1933 年 5 月起，曾被捕关押在南京中央监狱中长达三年之久。这篇小说《狱中的回忆》，实际上写的就是他 1933 年至 1935 年在监狱中受迫害的史实。正如陈沂自己所言，他的小说中所写的任何事，都是从生活出发的。《狱中的回忆》是陈沂自己三年铁窗生活的生动写照，当然，并非照搬生活的实录，而是经过了一定的想象与虚构加工而成的小说作品。小说中的"我"是一个视死如归的知识分子革命者形象。每日清晨"我"听到汽车"嘟嘟嘟"响起时种种心理活动的描写非常真实，因为那是来押解死囚的刑车。"大家都从梦中惊醒过来了，毛根竖着，心脏跳着，也把衣服穿起，准备着，等待着。……'今朝又该轮到哪个去了?'"③"我"因为要替同监的老唐去拾烟屁股，竟遭到钉上脚镣一个月的惩罚。小说中描写了刽子手对革命者的惩罚，还描写了监狱中大小头目们为了迎接张总司令参观，强迫各监房囚犯们整理内务弄虚作假的种种丑态。从这些似乎更接近于速写的文字中，读者不难体会到"我"这个知识分子革命者形象，尽管身陷囚笼但依然自信、乐观、坚定的心境。

小说与作家的精神联系首先表现为作家都是经历过复杂生活，对现实不满，希望通过小说对生活和历史进行回顾和探索之人。这些知识分子革

---

① 雪生. 女看护长 [M]. 上海：励群书店，1928：14.
② 雪生. 女看护长 [M]. 上海：励群书店，1928：28.
③ 陈沂. 陈沂小说·纪实文学选 [M]. 贵阳：贵州人民出版社，2002：68.

命者形象书写作品都企图用批判的态度来检讨现实生活，总结历史经验，探讨社会问题，推动社会进步。相对于五四文学强调个性，大革命后至 20 世纪 30 年代的文学则更强调时代性，知识分子形象开始了从知识青年到时代青年的改变。

总之，"土地革命"时期，中国左翼作家联盟（简称"左联"）举起了革命文学的旗帜，革命文学运动成为 20 世纪 30 年代文学的主流。走出贵州的作家们或聆听鲁迅先生关于左翼文艺运动的教诲，或参与北方"左联"的创建工作，并留下大量的革命文学作品，记录了时代发展的轨迹。同时，他们借各种时机返回故里，对贵州革命运动和文学运动的开展，起到了积极的推动作用，培养了大批人才。

"土地革命"时期，贵州小说中知识分子"革命者"形象之所以塑造成功，是因为段雪笙、陈沂等顺应时代潮流，勇敢地冲出闭塞的大山，去到中国革命的中心北京、上海、南京等地从事革命工作，可以说，他们这些小说中的知识分子"革命者"形象，从某种意义上来说正是他们自身的写照。

二、"全民族抗战时期"小说中的"革命者"形象

"七七"事变之后，当时滞留北平的蹇先艾尝受了"亡国奴"似的痛苦，不甘心做敌人治下的顺民，他决心逃出死城，历经周折，终于在 1937 年 10 月下旬回到贵阳。蹇先艾在《古城儿女》这部长篇小说中，用他逃出北平前自己亲眼所见亲耳所闻为创作素材，生动真实地再现了北平在沦陷前后的多个生活场景，既有对日寇侵占古城之后种种罪行的揭露控诉，也有对汉奸卖国贼背叛国家民族利益无耻行径的暴露与痛斥，同时，小说还比较成功地塑造了一批热爱祖国、报效祖国的青年知识分子形象。《古城儿女》是作家蹇先艾唯一的一部长篇小说，同时也是蹇先艾最重要的知识分子题材小说，小说真实地展示了沦陷区知识青年不同的生活道路，成功塑造了岑昌、蒙森这两位不甘当亡国奴，奋起进行救亡的"革命者"知识分子形象。

作家着笔最多、贯穿整部小说的主人公当属岑昌，他是北平某文化机关的中级职员，岑昌具有强烈的爱国热情。他总是从老远的西城跑去参加 M 大学开会和游行，他经常帮助比他年轻的同学，比如起草宣言，撰写标语，

编小册子，做讲演稿，排演救亡话剧。他组织成立了名为学术团体实为小小抗日组织的"实践学会"。他对于救亡工作，始终没有懈怠过一天。岑昌嫉恶如仇，与汉奸走狗势不两立，在得知曾经的朋友阮钢清同意"华北特殊化"主张之后，他就发出誓言表示不再登阮家之门。他宣传抗日道理，秘密从事救亡工作，竭尽全力帮助黎挹芬、武思敏等爱国青年逃离"死城"北平。他即使在迁居广西北海之后，当地绮丽的自然风光隐藏不了他的赤诚之心，心中常怀报国杀敌之情。岑昌敢于行动，他总是认为"凡牺牲都应当换取一些代价，最起码也要杀死几个日本鬼子才值得"。报国心切的岑昌，最后在用炸药炸日本驻扎在北平旃檀寺的兵营时英勇为国捐躯。

蒙森相对于岑昌，他这位 N 大学政治系的助教，东北流亡过来的青年，政治头脑相对更加细密。蒙森清醒地认准了目前不过是日本人暂时让郭尔森出来收拾一下残局而已，日寇是绝不会让他长期代理北平最高政务长官的。他痛恨日寇入侵，参加北平西郊的抗日游击队，渴望能早日把北平从日本侵略者手中夺回来。他讲究抗日策略，主张持久抗战。他在岑昌牺牲后的第二天投奔了抗日游击队，据说还当上了游击队长，经常带领队伍在黑山扈、八大处一带活动，随时出来袭击鬼子汉奸，使得鬼子汉奸们日不安食，夜不安寝，坐立不宁，只能固守北平城圈，就连一步都不敢迈出城去。小说在结尾时写道："他已经变成了一个强有力的战士，不再是一个柔弱无能的书生了。我相信只要有这班生龙活虎的青年人在，你们看吧！古城早晚还是要收复回来的！"①

作家希图以长篇的容量，概括知识者在一个相当的时间长度内的命运，他们的思考、奋斗与追求。透过历史运动，总结知识分子命运、道路；透过知识分子的生活与精神变迁，总结历史。一部《古城儿女》，最后归结为肯定蒙森所选择的道路，也是沦陷区爱国青年应走的道路。作家既然肯定蒙森持久抗战的思想，就等于否定了岑昌个人盲目拼命的倾向，岑昌的形象更加衬托了蒙森形象存在的价值，显示了这个人物性格的光辉。②《古城儿女》作为一部忠实记录一个伟大转折时代的小说，应当引起读者重视。

---

① 蹇先艾. 古城儿女 [M]. 上海：万叶书店，1946：142.
② 杜惠荣，王鸿儒. 蹇先艾评传 [M]. 贵阳：贵州人民出版社，1986：145.

自近代以来，帝国主义列强纷纷侵略中国，肆意瓜分中国权益，英勇不屈的中国人民也奋起反抗，勇敢站起来与帝国主义做不屈不挠的斗争。这种反帝爱国的传统观念深深地影响着中国的现代作家，所以他们常常从民族尊严出发，去体察生活。特别是从 20 世纪 30 年代到 40 年代中期，当日本帝国主义践踏中国领土，蹂躏中国人民的时候，他们更是以中华民族的眼光来审视每一个人特别是知识分子，考察他们对祖国和对帝国主义的态度。"七七"事变后，日本帝国主义的全面入侵中国，使得"救亡压倒了启蒙"①。抗日战争使中日民族矛盾上升为中国的主要矛盾，战争的命运规定着每一个人的命运，时代主旋律变为"一切为了抗战，一切服从抗战"。歌颂正义的民族抗战，歌颂战争中的英雄人物，谴责非正义的侵略战争，揭露敌人的暴行，是抗战小说的应有之义。于是贵州现代知识分子题材小说中出现了光彩照人的抗日"革命者"形象。

第三节　知识分子"被改造者"形象

1942 年《在延安文艺座谈会上的讲话》提出"我们的文艺应当为工农兵服务"的指导思想，成为解放区文艺创作原则，抗战结束后这一文艺指导思想推向全国，新中国成立后，更是成为全局性的文学构成，中国文学进入"文学一体化"（洪子诚语）时期。

毛泽东在《在延安文艺座谈会上的讲话》中说过对知识分子进行定性的话语，在此语境下，工农兵再不能成为文艺创作中的反面典型，而知识分子则被视为"改造"对象。此后，贵州小说中的知识分子形象不言而喻大部分都是"被改造者"形象，例如思基《我的师傅》中的"我"、蹇先艾《黎教授下乡》中的黎教授等。

一、解放区小说中的"被改造者"形象

在解放区，工农兵文学无疑是主流，知识分子形象书写处于边缘地带。

---

① 李泽厚. 中国现代思想史［M］. 北京：生活·读书·新知三联书店，2008：21.

仅有的一些短篇或强烈地体现工农兵认同，或对作家的知识分子立场进行批判。如思基在短篇小说《我的师傅》中塑造了"我"这个卑微的知识分子形象，与能干无私的木匠师傅王德明形成了强烈的对比。

思基早在 1940 年就去到解放区延安，后在鲁晋冀豫边区文联的《北方》杂志工作，在东北大学当过教师，属于解放区作家。尽管解放区的知识分子题材小说也有着比较复杂的情况，但总的来说，表现作家顺应形势变化肯定、赞扬工人、农民的创作是当时文学创作的主潮。思基的小说《我的师傅》正是这样的作品。

小说《我的师傅》以"我"的视角展开叙事，小说开篇就介绍"我"是一个知识分子，"我"去的地方是个木工厂，"我"到这里来学的是拉大锯。

小说通过"我"到木工厂拜师学艺，与木工师傅王德明交往，特别是"我"生病受到了王德明的无私悉心照料等情节描写，展示了"我"从排斥到配合的情感态度的变化，"我"也因此认识到底层劳动人民身上蕴藏的美好品质，最后"我"心甘情愿接受工人师傅的改造。

> 我很难过地看着他，心里谴责着自己："为什么不听他的话呢？他熬坏了，我还拖累他，黑天打洞的，他还得去为我跑。哎……"想着，一颗热泪从我的脸上滚下去，我悄悄地哭了。我想："像这样人家会把我看成什么人呢？……我要健全的生活！"
>
> 我决心明天要干干净净洗个澡，把一切都向他谈清楚，像他一样生活……①

这是知识分子甘愿俯下身子，自觉向工人阶级虚心学习的内心独白。像《我的师傅》这样的题材、主题、思想和情感，后来随着人民解放战争的胜利，逐渐演变成为新中国成立三十年间小说创作的范式。

但是因为过分强调文学的政治功能，小说中知识分子"感情的变化"

---

① 何积全，陈锐锋. 贵州新文学大系·现代文学卷（上）[M]. 贵阳：贵州人民出版社，1997：330 - 331.

与其说是指"和工人的思想感情打成一片",不如说是对于知识者感情弱点、精神局限的超越。区别自然还在于,解放区的作家例如思基意识到"变化"的必要,转而面向工农的世界,把"变化"体现在对"新的世界""新的人物"的艺术把握中;而蹇先艾的小说中,则把知识者的"变化"过程作为直接对象,描写中掺入了作者的个人体验。

二、"十七年文学"① 中的"被改造者"形象

贵州解放时,蹇先艾有一年多没有公开发表作品。人民的解放、新中国的成立,以及他对于新中国文艺思想的重新认识,促使这位成名于 20 世纪 20 年代的贵州作家重新拿起笔来,为新的时代讴歌。他一方面参加了贵州文艺事业的组织、重建工作;一方面感受、认识新的生活。《黎教授下乡》(发表于《山花》1959 年 9 月号)就是一篇典型的知识分子题材小说。

小说以一个到公社招待所接省城来的黎教授去参观两道河水库的李子坝老农陆长文的视角展开叙事,在这位老农眼中,刚刚开始,这位黎教授可不咋的,"教授的年龄不算太大,或许是养尊处优惯了的缘故吧;要不是这样,为啥下雨天就怕走路,已经来了好几天了,总是不下去,一天一天地往下拖?"而且爱睡懒觉,陆长文对黎教授说自己在家都去挑了几挑粪才来的,而且还在这里又等了许久了,"已经十点多了","亏你这位同志还真睡得着"。此外,小说着力描写了黎教授穿着的臃肿,在厚呢大衣上罩上了一件雨衣,用毛线围巾缠了几圈保护着脖子,头上还戴了一顶带耳朵的棉帽,直把身子箍得紧绷绷的,而且"走路的本领很差"。但是,黎教授在参观路途上,深受劳动的苗族妇女与工地上两位青年行动的影响和教育,思想开始发生转变。"这些同志们的劳动精神的确伟大,也说明了人民公社真是了不起,我当初简直没有想到",来到工地上后,"黎教授很惊奇地望着宏伟的场景",心里有说不出的激动:"看来我游山玩水的那些想法已经不对头了。"小说接着写道:

---

① 十七年文学是指从中华人民共和国成立(1949)到"文化大革命"开始(1966)这一期间的文学。

黎教授很自然地也跟着去了，一个人借到一把锄头兴致勃勃地爬上坡，跟工人们一道挖起土来，他们一起挖了三个多钟头。

黎教授已经把雨衣、大衣、呢工作服一层一层地脱下来，摆在岩石上，只穿了一件毛线衣，挖泥巴正起劲得很，尽管满头大汗，还是舍不得放手。他对陆说：

"老陆，没有关系，你先回去开会。黄书记不是说好了，待会儿来找我们吗？我就在这里一边挖土，一边等他。工地上太有意思了，说不定我还要在这里住上几天哩！"①

黎教授对待农业劳动前后态度转变之大，就连陆长文心里也不觉一怔："怎么这位教授的行动，同刚刚来的时候，变成了两个人呢？"就这样，一个知识分子在农民的教育帮助下，一天时间不到就完成自己的思想进步。

很明显，像《我的师傅》《黎教授下乡》这诸多知识分子题材小说受到了当时"主题先行"创作模式的影响。

中国文学自古强调"文以载道"，强调文学的教化作用，所以，自从小说脱离"志怪"之后，文人们就一直以政治、道德的眼光来审察生活，审察人物。同样，新小说产生以来，《孔乙己》对吃人礼教的揭露，《家》中觉新对封建礼教的又依顺、又反抗的矛盾态度，《围城》中方鸿渐对抗日的消极，《莎菲女士的日记》中莎菲对个性的追求，《早春二月》中肖涧秋对下层人民的同情，也无一不是着眼于政治、道德的角度来写的。关于《黎教授下乡》这篇小说作品，蹇先艾后来也作出了反思："除了新中国成立初期参加土改，我在贵州农村时间稍长外，1966 年以前，每年照例下乡走走，时间都很短，我并没有深入工农兵群众，深入生活，认真进行观察、体验、研究、分析，艺术构思也很不够，这些散文和小说，使人读后不免有浮光掠影之感。"② 这样的反思，对于一位早已成名的老作家来说，无疑是沉重的。无奈之下，蹇先艾最终选择了放弃了小说创作。在此之后，他除了撰

① 蹇先艾. 蹇先艾散文小说选（1953—1979）［M］. 贵阳：贵州人民出版社，1979：302 - 303.

② 蹇先艾. 蹇先艾散文小说选（1953—1979）［M］. 贵阳：贵州人民出版社，1979：315.

写一些散文和评介性、回忆性文章之外，以小说家名世的塞先艾事实上已经中断了自己的小说创作。

人是政治的动物（亚里士多德语），人与政治的关系，是人的现实关系的一部分，是构成人的现实存在的基本材料。1942 年以后先从解放区开始然后遍及全国的知识分子形象书写中，出现了知识分子"被改造者"形象。

第四节　知识分子"理想主义者"形象

理想主义指基于信仰的一种追求。理想主义往往与信仰紧密结合在一起，有信仰的地方，理想主义才会形成。笔者把有信仰追求之人称为理想主义者。他们年轻、有信仰、有追求。应当说，理想主义者形象是小说中常见的一类人物形象，我们在贵州现代小说各个不同阶段都能看到，譬如20 世纪 30 年代段雪笙小说《女看护长》中的紫薇，20 世纪 80 年代何士光小说《青砖的楼房》中的聂玉玲以及叶辛"知青小说"《蹉跎岁月》中的柯碧舟等也是理想主义者。20 世纪 90 年代以来，随着市场经济的建立，物质生活成为不少人的追求目标之一，20 世纪 90 年代以来小说中的知识分子"理想主义者"形象还有吗？答案是肯定的。

一、叶辛小说中的知识分子"理想主义者"形象

"知青"是特定历史时期的称谓，指从 20 世纪 50 年代开始一直到 20 世纪 70 年代只获得初中或高中教育的年轻人。本论著采用的"知青"称谓就是这个定义。

论著之所以把"知青"也归入知识分子，主要是基于如下两点的考虑：一是在那个特定历史时期（1966—1976），高考制度已经被取消，"知青"在当时相对来说也算是符合宽泛的"知识分子"定义；二是因为贵州知识分子形象书写本身就比较单薄，选入"知青"题材小说更能扩大研究的范围，能更好地认识知识分子；三是因为这些"知青"形象本身就具有知识分子的某种特质，比如超乎常人的理想主义、完美道德、知识者的超越性等。这些特殊年代的"知青"形象，主要出现在叶辛与何士光的小说创作

中。这也跟他们两人的人生经历有关：叶辛在贵州修文县砂锅寨有十年的"知青"生活经历；何士光 22 岁大学毕业后，被迫下放到遵义市凤岗县任教，在凤岗县琊川公社琊川大队东风生产队安家居住也有将近二十年的时光。

叶辛 1969 年中学毕业后到贵州修文县砂锅寨插队，出工之余，他守着"知青点"茅屋中昏暗的煤油灯，拿起笔来写起了小说，长达十年之久。1979 年调入贵州作家协会从事专业创作，1990 年调回上海，现任中国作家协会副主席，在中国文学史上被定位为"知青作家"。柯碧舟是其长篇小说代表作《蹉跎岁月》中的"知青"形象。

小说《蹉跎岁月》（发表于 1980 年《收获》第 5、6 期）中的故事从1970 年夏天的一个星期日开始，暗流大队湖边寨的其他上海知青（苏道诚、王连发、肖永川、唐惠娟、华雯雯）都去赶场了，柯碧舟趁此安静之机，抓紧时间创作短篇小说《天天如此》，屋里黄泥巴墙上贴着鲁迅的名言也是他的座右铭："不要自馁，总是干；但也不可自满，仍旧总是用功。"这些描写，表现了柯碧舟是一个善于利用空余时间努力学习创作，并且不气馁不自满的上进青年。而就在此时，他与前来躲雨的杜见春偶然相识了，随着交往的不断深入，两人心里都慢慢产生了朦胧的爱意，但是柯碧舟出身于"上海工头"的家庭，而杜见春出身于军队干部家庭，两人家庭出身的巨大差异成了横亘在两人爱情面前难以跨越的鸿沟，但是作家没有走爱情悲剧的老套路，所以小说结局两人还是走到了一起。在两人爱情发展的主线下，小说还设置了多个故事情节来塑造柯碧舟这个人物形象，例如描写了柯碧舟在赶场时揭露了"小偷"肖永川想要偷盗一位老乡卖猪款的阴谋的情节，表现了柯碧舟的正直与仗义；替装病的华雯雯到湖边寨防火瞭望所值通宵夜班的情节，表现了柯碧舟的善良与乐于助人；因为要追回被白雨（冰雹）砸昏了头的两头水牛免于跳崖丧命，他滚下山坡脚跌成骨折，表现了他的急公忘私；出谋划策砍伐八月竹卖钱建小水电站改变山寨落后面貌的描写，表现了他的聪明才智；根据国家有关文件规定，他与妹妹柯碧霞中可以有一个指标回到上海，重新安排工作，可是他却把名额让给了妹妹柯碧霞，自己选择待在知青点湖边寨这一情节的描写，表现了他为了手足亲情甘愿作出自我牺牲；等等。这些行为都有力地刻画了柯碧舟这位道德近乎完美的理想主义者形象。

除了叙述他的行动，小说还从他的言语上进行刻画，例如他与杜见春的对话：

> "这不是野心，这是我的志向。我长大了，要当一个小说家。"①
>
> "我相信自小立下的志向不会错。没有足够的信心，是注定干不出伟大的事业来的。"②
>
> "可决不能因为生命有风险，我们就……就害怕生活，就自暴自弃，就自……自寻短见。你说，这些话对吗？"③

柯碧舟的言语是他内心思想的真实表达，柯碧舟的心声也代表了那一代"知青"中有为者的心声，同时，柯碧舟的心声也代表了作家叶辛的心声。正如马克思认为的那样：语言是思想的直接现实。叶辛在创作谈中曾说过："这是整整一代人的青春……我应该把这一点写出来，告诉所有关心我们这一代知青的人。"④"作品在感情的表达及其生活内容的展示上，也显得笔力饱满，是一部现实主义表现得比较充分的成功之作。"⑤ 王鸿儒的这个评价是比较中肯的。此外，叶辛在之前的长篇小说《我们这一代年轻人》《风凛冽》中也分别塑造了程旭、叶铭等知识分子"理想主义者"形象，但因为这些人物形象的丰满度及影响力均不及《蹉跎岁月》中的柯碧舟，故在此不再赘述。

二、何士光小说中的知识分子"理想主义者"形象

何士光 1964 年贵州大学中文系毕业后，被分配到偏远的凤岗县中学教书，1966 年下放到山村劳动，后调到琊川公社中学任教，直至 1985 年正式调回贵阳（回贵阳的前三年任琊川区副区长）。为了记录这段经历，何士光

---

① 叶辛. 叶辛文集（第3卷）[M]. 南京：江苏文艺出版社，1996：38.
② 叶辛. 叶辛文集（第3卷）[M]. 南京：江苏文艺出版社，1996：39.
③ 叶辛. 叶辛文集（第3卷）[M]. 南京：江苏文艺出版社，1996：338-339.
④ 叶辛. 叶辛文集（第3卷）[M]. 南京：江苏文艺出版社，1996：459.
⑤ 王鸿儒，黄邦君，黄万机. 贵州当代文学概观 [M]. 贵阳：贵州民族出版社，1989：5.

从 20 世纪 70 年代开始，创作了短篇小说《秋雨》《梨花屯客店一夜》《草青青》《相爱在明天》，以及长篇小说《似水流年》等，他在这些小说中塑造了一系列知识分子"理想主义者"形象。

短篇小说《秋雨》中的故事发生在 1975 年，写一位来梨花屯落户的女知青齐凤容因为要找掌管梨花屯文教工作的视导员伍校长要申请上大学的推荐表，但假公济私的伍校长却避而不见，故意刁难，有志气的齐凤容不愿降低人格，决定放弃推荐。在风雨如晦的年代里，有理想的青年知识分子仍然坚守自己的人格操守。短篇小说《梨花屯客店一夜》的故事发生在 1973 年，小说中颜丽茹在徐树民的感召下，终于对自己当年替换徐树萍招工名额的行为有所悔悟，表达了有理想的青年知识分子在特殊的艰难的岁月里依然保持真理必胜的坚定信心。写于 1974 年的中篇小说《草青青》中到偏远的乡村中学教书的孙梦陶，在那个人性湮灭的历史环境和强大的传统习俗压力之下，先后失去了女友的恋情以及乡村姑娘小萍的感情抚慰。面对这一沉重的挫折，孙梦陶还能理性乐观地认为"尽管是一段苦难的日子，留给我们的也并非全是黯淡的东西"①，表明孙梦陶在苦难岁月中仍然相信真理、坚持理想，其实，孙梦陶的遭遇何尝不是何士光自身的写照呢？

长篇小说《似水流年》以女知青林玉君寻找插队落户地点的事件，关注一群青年知识分子升降沉浮的命运，回顾、透视了动乱年代青年知识分子的苦闷、彷徨与追求，以及他们或沉沦或挣扎或得意或混世的不同生存状态和内心世界。小说不仅真实地记录了那特殊年代的风云岁月，而且林玉君、谢仲连这些人物身上，寄托了作家洁身自好，不愿同流合污的情操。② 小说中着力塑造的大专毕业生谢仲连，是一个思想敏锐，对社会恶俗、不正之风敢于抗争的知识分子形象。③ 谢仲连艺术专科学校毕业后，分在省城一所中学教音乐。谢仲连是一个有自己独立思考和主见的人。"通常，是颜宗绪一开始说什么的时候，谢仲连就沉静下来，嘲讽地微笑着，注意地听着。但他这样，不是为了别的，而是为了记住其中可笑的地方。

---

① 何士光. 草青青 [M]. 成都：四川人民出版社，1983：111.

② 王鸿儒，黄邦君，黄万机. 贵州当代文学概观 [M]. 贵阳：贵州民族出版社，1989：45.

③ 何光渝. 20 世纪贵州小说史 [M]. 贵阳：贵州民族出版社，2000：48.

之后，在第一个间歇里，他就开始反诘了"，而颜宗绪"从来就觉得谢仲连有许多想法是奇怪而危险的：人人都那样说，他却是这样"。① 在生活中，谢仲连始终认为"一个人如果认定了要尽力相搏，也怕还是能办成一点事情的"②。谢仲连是一个知识分子"理想主义者"形象。

美国小说家托马斯·沃尔夫认为一切严肃的作品说到底必然是自传性质的。③ 作品中的人物，显然和作家的思想和生活有密切的关系。作家总是能从自己的思想出发，依据自己已有的生活印象来认识新的人物的，所以他创作时，总是把这种人想象成那种人，赋予这种人以想象中那种人的某种品质。由于各人的思想和生活经历、生活感受不同，加之作家的创新意识的影响，所以作家对人物的认识也不同，这样就产生了不同的小说人物形象。可以说，中国现代小说中不同的知识分子形象，主要是在作家不同的生活经历和感受中产生的。

三、欧阳黔森、王华等小说中的知识分子"理想主义者"形象

在面对市场经济条件下五光十色的种种诱惑时，仍有部分知识分子坚守心中的理想与信仰，固守知识分子特有的那份清高及圣洁的精神领地。在地处偏远边地的贵州，欧阳黔森、王华等作家在自己小说中高高扬起了理想主义的旗帜，塑造了"理想主义者"知识分子形象。

欧阳黔森《十八块地》中的"知青"卢竹儿、鲁娟娟、萧美文，《梨花》中的梨花，《远方月皎洁》中的卢春兰，《穿山岁月》《莽昆仑》《非爱时间》小说中的地质工程师苏方、张刚、郝鸽子一家三代以及王华小说《旗》中的小学教师爱墨都是这类"理想主义者"知识分子形象。

短篇小说《十八块地》（《当代》1999 年第 6 期）讲述的是"知青"时代的人与事。小说中的卢竹儿、鲁娟娟、萧美文等人是具有理想主义气质的"知青"形象。

小说故事发生在 20 世纪 70 年代后期十八块地农场，卢竹儿是"我"

---

① 何士光. 似水流年 [M]. 贵阳：贵州人民出版社，1983：58.
② 何士光. 似水流年 [M]. 贵阳：贵州人民出版社，1983：168.
③ 托马斯·沃尔夫. 一部小说的故事 [M]. 黄雨石，译. 北京：生活·读书·新知三联书店，1991：24.

的同事，"我和卢竹儿在农场共事时都才十五岁"，她"从来不去吃偷来的东西的"，"她很爱笑，但不爱唱歌"。有一次，"我"带卢竹儿去三个鸡村一个姓唐的老乡家"改善吃喝"，返途中碰巧在山洞遇见了分娩的母山羊，"我"正要寻找石头向山羊发起进攻，"她几乎用整个身子抱住了我，阻止我的进攻"。在继续回农场的路上，卢竹儿再三嘱咐"我"，这事不要告诉别人。政委带来五个人来接应我们，此时"我"热烈地过了头，兴奋地告诉了政委有一头老山羊在山洞里躲雨。"政委一听高兴得直叫"，山羊被政委率人顺利地打回来了，这头老山羊被大家美美地饱餐了两天，而卢竹儿却一口也未吃，而且从此之后不再理"我"，也不听我唱歌了。后来"我"成为作家，只要有作品出世，"我"总要送她一份，她在收下时，却总用一种很古怪的神色看"我"。再后来，她与某某结婚了，去了外省，生了一男一女，此后，"卢竹儿的消息不再传来，她在什么地方我不知道"。

卢竹儿"从来不去吃偷来的东西的"，正如孔子不饮盗泉之水一样，表现了她的洁身自好；卢竹儿为了保护分娩的母山羊，先是用尽了全力阻止"我"，当"我"违背了对她说的"这事不要告诉别人"的承诺后，她竟然选择了与"我"绝交。若干年后，她对待"我"的态度是沉默，"看我时神色很古怪"。

这些情节的描写，在"身子很纤弱"的卢竹儿身上体现了一种众生平等、大爱无疆的思想。应该说，从卢竹儿漂亮的外貌，到她对同事偷鸡摸狗行为的态度，再到她对分娩母山羊的爱心，作者给读者塑造的是一位美丽、善良无比、纯洁无瑕的女性，她是人们理想之中美与善的化身。

同样，高中毕业的农场知青鲁娟娟曾去枫木坪公社代课，她代课的第一节课是充满戏剧性的。鲁娟娟那天刚好上的是董存瑞那一课，而她学着董存瑞炸碉堡时的那一番表演实在感人至深。1979 年她考上了师范大学，她大学毕业后坚决要求去了没人愿去的即她当年待过的枫木坪乡中学。五年后的某一天传来消息，说她得了出血热，但因为她教书的枫木坪乡中学实在是太偏远了，她就在送医院的半道上去世了。一个年轻的生命就这样消逝在了她生前热爱的枫木坪乡中学的土地上。

而萧美文是农场"知青"中最有学问的。"萧美文的父母是 20 世纪 50 年代初从北京支边来黔的"，现在"我"也想不起她那时的发式和神情，她最爱蓝色与绿色，经常去溪流边，采来兰草置放在家中与窗台上。后来萧美文参了军，在不久之后就上了云南前线，"我"从此之后没有再见到她，但是，在"我"的窗台上，却还留存着她临走时送给"我"的那一盆有暗香飘来的兰花草。后来传来她因抢救伤员不幸阵亡的消息。一个热爱绿色蓝色，热爱兰草兰花的女性为了祖国的需要把自己年轻美丽的生命奉献给了云南老山前线。

卢竹儿、鲁娟娟、萧美文等"知青"平凡而伟大行为的动机，与其说是人性中与生俱来的善，毋宁说是她们心中始终不渝坚守的那份理想与执着。

而短篇小说《梨花》（《红岩》2003年第4期）塑造了梨花这样一位质朴、较真、不断追求进步的带有理想主义气质的乡村女性知识分子形象。"梨花已经把自己变成了一个理想主义者，她经过多年的奋斗，从一个普通的教员成了几个乡村中学合成的一个重点中学的校长，可能因为不仅仅是她有过硬的教学水平，更重要的是她把自己变成了一个顾不上个人生活而拼命工作的铁女人形象，以此博得了组织上的信任。"她为了工作进步顾不上自己的生活，甚至放弃了与李老师之间美好的爱情。

同样，短篇小说《远方月皎洁》（《边疆文学》2013年第3期）是一篇回忆性质的文章，叙述者地质普查队员"我"在小说中更多是在回忆自己的人生经历，对卢春兰的描述并不是太多，但是，读者依然能够从小说中清晰地看清楚卢春兰这样一位理想主义坚守者的形象。她是城市姑娘，中等师范学校毕业后，放弃在城市里就业，选择了一所山区最为偏远的乡村小学任教。学校条件非常之差，学生不到三十人，只有她一个公办教师。用作教室的生产队遗留下的谷仓太大，没法住人，她就借宿在学校的一个民办老师家。她在与别人的交往中，最"乐于谈论她的学生如何有趣"。卢春兰可谓是为了实现自己的理想甘愿作出自我牺牲的女性知识分子形象。

欧阳黔森描写野外地质工作的中篇小说《穿山岁月》与《莽昆仑》中刻画的地质工程师苏方、张刚，以及描写城市生活的长篇小说《非爱时间》中提到的地质工程师郝鸽子及她父亲、外公等也是具有理想主义气质的知识分子形象。

《穿山岁月》（《十月》2001年第4期）中采样组组长苏方是湖南凤凰

人，工农兵大学生，因为爱说当地人特有的一句口头禅"算卵了"而得此"算卵了"的外号；又因为他办事认真，有时候管的一些事却超出了他组长的职权范围，所以又得了个"苏经管"的绰号。其实这些绰号并无多少恶意，不过是同事们在野外闲谈当笑话取乐用的。

> 在这儿我们是平等的，在这儿不需要面具。说话，骂人，一切都真真实实。在野外这么多年，就是这样过来的，有时候我想在城里的人，说一百句话都可能不带一个"脏"字……我们在这儿基本句句都带"脏"字，却什么"脏"事也干不了。想想这也是有得有失吧！①

苏方突然改变路线走老鹰梁，只因为"他很尊敬的一个老前辈就跌死在五马回头沟，当时条件太差，就地埋在那儿了，距今已是有二十年了，他说他想去看一看"。但当他听到"'正确'和小李说什么也不同意。说身体又累又疲，为了一个死人多走几个小时不划算"时，他听了大怒说："你们不去算卵了，老子一个人走。"这个细节表现了苏方真挚的战友情。苏方为了使得他们很晚才能回住地，故意把每天的工作预计得比平时多一点，其目的就是教育小张。这是他们普查小组对待新来同事的惯例，他们都这样做的目的是展现他们的野外工作能力并给新来的一个下马威，让他们知道什么才是真正的野外地质工作。苏方还是一个有思想的人，他说：

> 我看到那些装成一副苦大仇深的知青作家就恶心，哪样鸡巴不得了的事，点点的苦，把它形容得不得了啦，再苦还能有我们搞野外地质的苦？其他地方我不知道，反正我们下乡那里是公平地推荐的。我看现在还应该上山下乡，让娃娃们都去大自然里面看一看斗一斗，要不一个个的生存能力真他妈的弱智。你看看现在的待业青年这么多，考不上大学的人毕竟是多数，这些人干什么，一天东游西荡，没有理想，没有信仰，真他妈的是垮了的一代，想起这些我就痛苦不已。②

---

① 欧阳黔森. 白多黑少 [M]. 贵阳：贵州人民出版社，2006：189.
② 欧阳黔森. 白多黑少 [M]. 贵阳：贵州人民出版社，2006：235-236.

    小说最后写道，因为近年来国家地质基础项目逐渐减少，很多地质队员被迫下了岗，有的转产去搞第三产业了。"我"也听说苏方去了一家私营铅锌矿厂了，还当上矿厂的技术负责人。"我"当然能够理解苏方（"算卵了"）的德性，他在野外待惯了，只要不去野外，待在城里久了就会憋出病来的。苏方，一个一辈子坚守野外地质事业的理想主义者形象跃然纸上。

    《莽昆仑》（《十月》2006 年第 2 期）中的李子与石头十年前在阿尔金山搞野外地质工作时，为了改变现状相约选择考博，拿到博士学位后，他们也没再提改变什么，因为他们原来骨子里就爱好野外找矿这一行。这不，现在他俩又来到了东昆仑搞野外地质工作。小说中最感人的故事应该属于张刚，"张铁的父亲张刚是我和李子本科学校的校友，比我们高九届"①。有首赞美张刚的诗《勋章》这样写道：

> 一条腿的代价
>
> 并没有换来一座矿山
>
> 这成了你终生的遗憾
>
> 毕竟与山为侣十几年
>
> 常望远山而泪眼矇眬
>
> 你说这算不得英雄泪
>
> 这份上还能说这话
>
> 同志们叫你好汉
>
> 常回来与你举杯
>
> 痛饮悲欢
>
> 最后离开山时
>
> 你也没有得到一枚找矿的勋章
>
> 借来同志们的勋章抚摸
>
> 一声声叹息
>
> 该对儿女们如何交代

---

① 欧阳黔森. 白多黑少［M］. 贵阳：贵州人民出版社，2006：307.

同志们默默地为你送行

想告诉你

你的勋章不挂在胸前

是埋在深沟里的那条短腿

你的腿就是一枚血的勋章①

张刚的遗憾最后终于由他 26 岁的地质专科学校毕业四年的儿子张铁完成了。张铁跟随石头博士来到东昆仑的腹地已经两年，现在他们如愿以偿地为国家提交了一份大型矿床报告。父子两代人同圆一个为国家找矿的梦想，他们不是理想主义者又是什么呢？

《非爱时间》（贵州人民出版社 2004 年版）中主人公郝鸽子出身于地质队员世家，一家三代都是地质人。郝鸽子的外公生活的时代，祖国大西南刚刚得到解放，新中国政务院决定加强野外地质找矿的力度，郝鸽子的外公就是为了新中国的经济建设，响应当时开发大西南丰富矿产资源的号召，而毅然放弃了他在南京的优越条件，随国家地质队来到了云贵高原。不料，这样的地质专家在乌蒙山脉探宝时竟然被当地的土匪开枪打死，年仅 37 岁。鸽子的父亲郝学仕同样如此。那时候西南地质局 303 地质队刚刚成立，那时的郝学仕风华正茂，是唱着《勘探队员之歌》这首充满理想充满朝气的歌，从地质大学毕业分配到地质队，而随地质工作队走进那片原始森林的，却不料因一次失足从悬崖上跌下而牺牲了。应鸽子父亲的要求，抬他的同事萧华宇"还是满足了同学最后的愿望。他带头唱起了那首让他们报考了地质院校而又投身找矿的歌子——《勘探队员之歌》"。而就在鸽子父亲刚刚落气之际，一封关于生了鸽子的电报被分队长即黑松的父亲送到了。十多年后，郝鸽子在高考志愿表的三个志愿全部填上了地质院校，当她读完地质大学后也成了一名地质队员，终于继承了外公、父亲的地质事业。

郝鸽子外公、郝鸽子父亲以及郝鸽子本人都是如小说中所言的"洋溢着革命浪漫主义的人"，他们放弃条件更加优越的其他工作，而自愿选择无

---

① 欧阳黔森. 白多黑少 [M]. 贵阳：贵州人民出版社，2006：316.

比艰辛的野外地质工作。可见，他们正是"理想主义者"知识分子形象。

此外，王华的短篇小说《旗》中爱墨也是这样的"理想主义者"形象。

王华的中篇小说《旗》（首发《人民文学》2008年第11期），曾被改编为同名电影。《旗》的故事发生地在"木耳村"，小说主人公爱墨"十六岁开始在村里教书，现在六十"，"是一木耳村人的老师"，但到了退休的年纪，他却仍是一名收入低微的民办教师。尽管如此，他内心仍固执地坚守着村里的文化传承不能在他这儿断了血脉的信念。他特别重视升旗仪式，他曾经对学生们这样说："升国旗是一件神圣的事情，每升一次旗，就是一次心灵的洗礼，每接受一次洗礼，就往崇高靠近了一步，只有心灵崇高的人，才配作国之栋梁。"① "学校一个学生也没有了，爱墨老师没课上了，但爱墨老师还照样升旗。每个周一的清早，他一个人站在旗杆下，按响录音机，把国旗升上去。到周五，他又把旗降下来拿回家。"② 在这所只有他一名教师只有一名孤独症学生的小学校里，他为了教育好孤独症学生端端可谓煞费苦心吃尽苦头，但他不计得失。端端没了，他的母亲等开花坐在了教室里面，爱墨老师站在讲台上讲课，即使只是一场游戏，但他们却做得特别认真；当得知母小七、孙飞无处上学时，他决定进城去接他们回来自己教。爱墨是一个不计个人得失、热爱乡村教育事业的"理想主义者"形象。

出生于农村，当过乡村教师、县城记者的王华，对农村自有一份特殊的情感与记忆，作家通过塑造爱墨这位被作者"理想化"了的"理想主义者"形象，希图借此呼吁全社会关注农村留守儿童，关注农村教育工作者，从某种意义上说，作家本身何尝不是一位"理想主义者"呢？

柏拉图在《文艺对话录》中，把人的灵魂描述为三个部分：情欲、意志、智慧。而美国马斯洛把人格需求由低级到高级依次分为五个层面：生理、安全、社会、尊重、自我实现的需求。高级的人格总是追求克服情欲

---

① 贵州省文联. 纪念建党90周年贵州文学精品集·小说卷（下）［M］. 贵阳：贵州人民出版社，2011：902.

② 贵州省文联. 纪念建党90周年贵州文学精品集·小说卷（下）［M］. 贵阳：贵州人民出版社，2011：912.

等生理需求，逐步追求智慧及自我实现。理想是人生中的火花，是人的精神活动中至高的向上力。因为人类总是为着希望而活，为了理想而活，"没有希望，人生将是一个黑暗，一个无穷限的长夜"①。

文学作品中蕴蓄着的那种对于生活的理想，正是人类社会生活中对生活追求的文学表现。不但浪漫主义文学常常以想象和理想的色彩来表现生活及希望，就是现实主义文学在描绘现实主义生活的时候也常常闪现着理想的光辉。

第五节 知识分子"世俗者"形象

20 世纪 90 年代初，文学逐渐从"中心"向边缘发展。作家逐渐从宏大叙事的模式中摆脱了出来，转向更为贴近生活本身的个人叙事方式，叙事立场发生了变化，从共同划一的社会理想转向个人叙事立场，各自以不同的方式来书写他们自己所体验到的时代精神面貌。中国文学对西方文学的有意识模仿，也体现了当时中国社会面临着的西方社会共同的问题。正如丹尼尔·贝尔曾反思资本主义社会在发展过程中存在的诸多问题：如中产阶级的享乐主义盛行、文化大众的人数激增、民众对色情的追求非常普遍、文化日趋粗鄙无聊等。② 其实这些不良的现象同样值得市场经济条件下中国的警惕。

此外，随着文学地位的下行，作家乃至小说中的知识分子也随之走下神坛，知识分子面临无所适从的困境以及进退失据的尴尬人生际遇，他们不再是所谓时代"天之骄子"，而"老总""大款"成为人们艳羡的对象。在此尴尬境遇下，知识分子也不甘寂寞，他们也在随时准备着，希望有朝一日实现身份的华丽转变，当时在"商潮"的吸引下"下海经商"的成名作家数不胜数就是生动的例子。知识分子开始关注自身的生存情景，企图

---

① 王西彦. 王西彦选集（第 3 卷）[M]. 成都：四川文艺出版社，1985：669.

② 丹尼尔·贝尔. 资本主义文化矛盾 [M]. 赵一凡，蒲隆，任晓晋，译. 北京：生活·读书·新知三联书店，1989：37.

通过世俗人生的价值追求来拯救自我。① 企图通过世俗人生的价值追求来拯救自我的作家必然在小说中塑造"世俗化"的知识分子形象。

知识分子除了追求世俗人生的价值来证明自己或者拯救自己以外，其实说到底，知识分子并不是何方神圣，也是普通人，也是"世俗之人"②。这类"世俗者"形象在贵州作家欧阳黔森、谢挺、戴冰等的笔下较为常见。

一、欧阳黔森小说中的"世俗者"形象

欧阳黔森曾当过"知青"、地质队员，还曾"下海"经商，最后才从事专业文学创作。他以自己人生经历为素材创作的长篇小说《非爱时间》（贵州人民出版社 2004 年版）刻画了黑松等当年在十八块地农场的知青长大后的"世俗化"的知识分子形象。

小说中黑松从十八块地农场出来后，成了地质工程师，而且有文学作品发表，后被调到省地质局，还被任命为筹备地矿开发总公司的副总经理。黑松这个人物身上有很多优点，但是他身上也有世俗的一面，例如，他非常懂得享受生活，黑松接过唐万才老婆倒来的茶杯，递了一支中华烟给唐万才③，他说："你他妈的不是集团老总吗，一瓶茅台酒还要我告诉你怎么得到呀！"④ 鸽子在沙发上睡去的时候，是黑松正与陆武柒喝茅台喝得天昏地暗的时候。两瓶茅台已喝了一瓶半，陆武柒大着舌头打电话要来两个陪酒女。黑松也比较在乎自身在社会上的身份地位，他说："我不是县长，是县处级。"⑤ 自己与郝鸽子结婚 20 年了，仍然对初恋卢竹儿念念不忘，并自嘲曰："握住老同学的手，后悔当初没下手。"⑥ 小说中这样的一些细节描写正说明了黑松这位知识分子人物身上具有世俗化的一面。

---

① 颜敏. 论新世纪小说中的知识分子形象 [J]. 天津师范大学学报（社会科学版），2013（3）：42.

② 爱德华·W. 萨义德. 知识分子论 [M]. 单德兴，译. 北京：生活·读书·新知三联书店，2002：100.

③ 欧阳黔森. 非爱时间 [M]. 贵阳：贵州人民出版社，2004：7.

④ 欧阳黔森. 非爱时间 [M]. 贵阳：贵州人民出版社，2004：32.

⑤ 欧阳黔森. 非爱时间 [M]. 贵阳：贵州人民出版社，2004：8.

⑥ 欧阳黔森. 非爱时间 [M]. 贵阳：贵州人民出版社，2004：136.

孟繁华认为《非爱时间》"写得感伤而无奈，沉默的大山亘古不变，短暂的人生却变幻无常，青春时节浪漫但贫瘠，当下生活丰腴却苍白，情感与婚姻的置换只留下一声慨叹"①。陈晓明认为，"欧阳黔森的长篇小说《非爱时间》，可以看成是对当代人的精神状态一次透彻表现的作品，作品回应了当代人关切的理想主义和价值归宿的问题"，"这部小说始终用过去的怀念来反衬现实的困境，生活于金钱的成功与欲望中的人们，已经丧失了理想情怀与人性品格，现实在精神上是一个倒退的时代"。②

后现代思想家利奥塔总结后工业时代的文化状况时说："知识不再以知识本身为最高目的，知识失去了它的'传统价值'。"③"知识分子之死"这种情形在中国似乎更为触目。叔本华曾说："欲求和挣扎是人的全部本质，完全可以和不能解除的口渴相比拟。但是一切欲求的基地却是需要、缺陷，也是痛苦。所以，人从来就是痛苦的，由于他的本质就是落在痛苦的手心里的。如果相反，人因为他易于获得的满足随即消除了他的可欲之物而缺少了欲求对象，那么，可怕的空虚和无聊就会袭击他，即是说人的存在和生存本身就会成为他不可承受的重负。所以人生是在痛苦和无聊两者之间像钟摆一样地来回摆动着。事实上，痛苦和无聊两者也就是人生的两种最后成分。"从这个意义上说，小说《非爱时间》中的成功作家黑松也好，商海精英陆伍柒也罢，尽管也曾拥有过，成功过，但人生不如意事十之八九，命运就是这样的无常，人生早已注定就是悲剧性的。正如《非爱时间》作者在小说感叹的那样："命运就是这样，它看似可以掌握在人的手里，其实从来就没有人真正掌握过它。"世俗巨大的力量消耗了人的生命与激情，又例如该小说中事业上成功后的陆伍柒沉迷于花天酒地的生活，沦为物的奴隶，却不料染上了艾滋病，成为一具行尸走肉。黑松他们都没能冲破世俗这张无形大网的阻挡。作家在书写这类"世俗者"知识分子形象时，不再把他们当作"天之骄子""文化精英"来仰视，采用的是一种平视的叙事视

---

① 欧阳黔森. 非爱时间［M］. 贵阳：贵州人民出版社，2004：4.

② 陈晓明. 对当代精神困局的透视——评欧阳黔森《非爱时间》［N］. 文艺报，2004-5-18（2）.

③ 让－弗朗索瓦·利奥塔. 后现代状况：关于知识的报告［M］. 岛子，译. 长沙：湖南美术出版社，1996：36.

角，仅仅把他们当作市民中的一员，普通的一员来"写实"。

二、谢挺、戴冰小说中的"世俗者"形象

中篇小说《沙城之恋》（《十月》2004 年第 1 期）中主人公林飞，曾是一个工厂助理工程师，但是他担心别人说他配不上吴小蕾，决定下海，去了广东东莞，并成了这家小工厂的股东，月薪近万元。但是 1996 年也就是在吴小蕾借调北京时，吴小蕾还是没有能够抵住程天鹏更加优越的物质条件的诱惑，没有能够抵住北京繁华大都市的诱惑。他为了拯救爱情，来到了北京。但当林飞来到北京，却打不通吴小蕾的电话，无奈之下，林飞拨通了他一位同事的同学王岚的电话。王岚是 1991 年到北京做"北漂"的，她应聘了一家影视公司，而公司老总穆林虽然是个"同志"（同性恋），但是他需要结一次婚，需要找一个像王岚这样的女人结一次婚，当然只要王岚同意，"什么都是现成的，工作啊户口啊都不是问题"。这场交易一样的婚礼一个月之后举行了。新婚之夜，婚房里面的大床归新娘，作为新郎的穆林却是和一个过了气的二流男明星挤在婚房外间的沙发床上一起睡的。后来，穆林干脆对她说："你也别苦着自己，找个人吧！"所以，这一次林飞与王岚同处一室，想象中会发生的事情当然也就发生了，两人有了"一夜情"。吴小蕾归还了林飞在香港买的钻戒，跟随程天鹏走了（尽管吴小蕾平生最不喜欢这样的男人），而林飞与王岚也面临着要分别，王岚想到了她与林飞的荒唐的关系，"因为无爱，他们有了这么多的性，却竟然没有爱！就像口渴了之后喝水，肚子饿了吃饭，说高级点，他们在用性疗伤，用对方的身体疗伤"①，林飞选择离开北京这座被沙尘暴强烈袭击的"沙城"。分别半个月后，林飞收到了王岚的一封信和一个包裹。这也是他们最后的一次联系。林飞这个人为了追求金钱，去了广东东莞"下海"，为了挽回爱情或者说婚姻，请假去到北京，却在与旧恋人吴小蕾尚未彻底摊牌之前，竟然稀里糊涂地与王岚发生了"一夜情"，把人生视为一场游戏。小说揭开了情感后面物质主义的毁灭性力量，那正是市场经济大潮中的世俗人生，林飞这样的知识分子也不能免俗。

---

① 谢挺. 杨花飞：谢挺选集［M］. 桂林：广西师范大学出版社，2017：61.

　　《有那么多书的病房》讲述一位名叫蒋浩的作家，其实他只不过才发表了一篇六千字的小说，但他却自封为这个城市最优秀的小说家，他因此就有了不分时间场合跟人炫耀、辩论自己小说构思的癖好。"他只要看见一个耳朵状的东西，就要发泄他的文学热望，完全不顾时间场合，大谈他的小说构思，像拉稀一样止不住；又好辩论，一点不同意见都听不得，有时简直比一个泼妇还凶"①，甚至有一次他偶遇一位妓女，还以为是个落难的良家妇女，准备马上写一篇小说来纪念。后来他因割盲肠手术住院了，医生全面诊断时已经确诊他患了肝癌，但他自己却浑然无知，在病房的矮柜上摆满了书籍，住院期间仍然在构思自谓"精彩得要死"的小说，并对前来探访的友人说：他构思了一个绝妙的东西。关于蒋浩这个人物形象，戴冰自己也在该小说后面的《赘语》中说过，"有朋友说这是我写得最好的一篇小说，我听了既高兴又遗憾，因为它并不是我自己最看重的作品。主人公蒋浩自然是多个原型的集合体，其中一个原型如今听说在喂猪，这是他很多年来的夙愿了"②。小说中的蒋浩身患癌症，而生活中蒋浩的原型却在喂猪，一位知识分子的想法一旦不切实际，面临的将是到处碰壁的境况。小说中蒋浩是一位极度爱慕虚荣、不切实际的知识分子"世俗者"形象。

　　后现代思想家福柯认为：知识话语和权力话语关系密切，没有脱离权力运作的纯学术的知识话语。③ 文艺是时代精神的体现，作为时代回声的文学艺术无疑要积极回应时代的关切和反映时代的精神风貌。20世纪90年代以来，物欲可能造成了人性的扭曲，从而使得《非爱时间》《沙城之恋》《有那么多书的病房》等小说中知识分子人物形象上更多地呈现出世俗者的一面，这不能不说是时代留下的真实烙印。维特根斯坦也曾经说过："我是幸福的，或是不幸的，如此而已。我们可以说善恶并不存在。"故现代小说往往把判断的权利交给读者，让读者在他人的幸福与不幸的感悟中建立自己的情感判断与价值取向，放弃了武断的道德审判，显示出人性的悲悯情怀。

① 戴冰．月的暗面：戴冰选集［M］．桂林：广西师范大学出版社，2017：189.
② 戴冰．月的暗面：戴冰选集［M］．桂林：广西师范大学出版社，2017：199.
③ 米歇尔·福柯．权力的眼睛［M］．严锋，译．上海：上海人民出版社，1997：31.

　　普列汉洛夫认为，"每个时代都有它自己中心的一环，都有这种为时代所规定的特色所在"①。20 世纪以来这一百多年的历史，是一个风起云涌波澜壮阔的历史时代，文学史上出现了诸多重要名词，如"文学革命""革命文学""抗战文学""延安文学""文学一体化""新时期文学""无名文学"等。在这每一特定的历史时期内小说中的知识分子人物形象，必然与作者有着密切的思想、精神、情感联系，这些知识分子人物形象与作者共生共长，每一代知识分子形象身上体现着那一时期小说家思想发展变迁的心路历程。

　　虽然上述这些知识分子形象并不足以代表贵州现代小说史中知识分子阶层全貌，但上述所归纳的人物形象却各有着不同的特点，烙刻着这一阶层在 20 世纪以来不同历史时期鲜明的时代印记，能大体勾勒出这一阶层在 20 世纪不同历史时期的宏观映像与生动侧影。

---

　　① 蒋世杰. 车尔尼雪夫斯基文学评论的预见性 ［J］. 云南民族学院学报，1985（3）：70.

第三章
贵州现代小说知识分子形象书写的叙事策略

贵州现代小说塑造了众多的知识分子人物形象，如启蒙者、革命者、理想主义者等，那么，作家们又是如何塑造出这众多的知识分子形象的呢？小说离不开叙事，当然是靠叙事塑造出来的。何为叙事？法国叙事学家热奈特在《叙事话语·新叙事话语》一书中认为叙事指的是承担叙述一个或一系列事件的叙述陈述，口头或书面的话语。

另一个问题是，在 20 世纪以来的一百多年的时间里，历代贵州作家们在塑造知识分子形象时，叙事策略会是一成不变的吗？答案当然是否定的。本论著通过对贵州现代小说知识分子形象书写叙事学考察，特别是通过对叙事学中叙事视角、叙述者、叙事时间、叙事模式等方面的研究，逐步挖掘出贵州现代小说知识分子形象书写的三位代表性作家蹇先艾、何士光、欧阳黔森以及段雪笙、思基、叶辛、谢挺、戴冰、王华等作家知识分子形象书写的代表性作品叙事的一些本质性规律，以期得出贵州现代小说知识分子形象书写的叙事策略，从而更清楚地把握住贵州现代小说知识分子形象书写的整体面貌。

第一节　知识分子形象书写叙事视角的策略

叙事视角是一个文本或一部作品观察世界时采用的某种非平常的角度与眼光。胡亚敏根据巴尔 1977 年在《叙述学》中关于"聚焦"概念的阐述，用"聚焦"这个术语取代视点，把视角分为三大类型：非聚焦型、内聚焦型、外聚焦型。非聚焦叙事也就是传统的全知全能叙事，叙述者比任何人物知道的都要多；内聚焦叙事指叙述者只说某个人物知道的情况的叙事；外聚焦叙事指叙述者比人物知道得少的叙事。三大类型中叙述者与人物的关系分别是大于、等于、小于的关系。

下面笔者通过对代表性作家蹇先艾、何士光、欧阳黔森知识分子形象书写的全部作品（目前能收集到的），以及段雪笙、思基、叶辛、谢挺、戴冰、王华、肖江虹的知识分子形象书写的代表性作品（共计 58 篇）进行叙事视角研究，以期望通过定量统计分析法得出贵州现代小说知识分子形象书写叙事视角方面的策略。

蹇先艾关于知识分子形象书写的小说作品主要有《家庭访问》《到家的晚上》《回顾》《狂喜之后》《诗翁》《初秋之夜》《一位英雄》《公园里的名剧》《诗人朗佛罗》《酒家》《迁居》《在贵州道上》《仆人之书》《颜先生和颜太太》《小别》《看守韩通》《晚餐》《国难期间》《盐灾》《父与女》《流亡者》《幸福》《两位老朋友》《孤独者》《古城儿女》《破裂》《黎教授下乡》27 篇。

何士光关于知识分子形象书写的小说作品主要有《秋雨》《遥远的走马坪》《心：一个文学青年的故事》《梨花屯客店一夜》《山林恋》《幽魂》《草青青》《似水流年》《相爱在明天》《青砖的楼房》《薤露行》《蒿里行》《苦寒行》《如是我闻：走火入魔启示录》《今生：经受与寻找》《今生：吾谁与归》16 篇。

欧阳黔森关于知识分子形象书写的小说作品主要有《十八块地》《梨花》《远方月皎洁》《扬起你的笑脸》《穿山岁月》《莽昆仑》《非爱时间》《非逃时间》8 篇。

贵州现代小说史上其他作家知识分子形象书写代表性小说，如段雪笙的《女看护长》、思基的《我的师傅》、叶辛的《蹉跎岁月》、谢挺的《沙城之恋》、戴冰的《有那么多书的病房》、王华的《旗》以及肖江虹的小说《当大事》7 篇。

通过研究，笔者发现这些小说作品中主要采用非聚焦型叙事视角的有《初秋之夜》《酒家》《迁居》《古城儿女》《破裂》《黎教授下乡》《梨花屯客店一夜》《似水流年》《青砖的楼房》《薤露行》《梨花》《扬起你的笑脸》《非爱时间》《非逃时间》《女看护长》《蹉跎岁月》《当大事》17篇。

主要采用内聚焦型叙事视角的有以下三种:第一人称内聚焦型叙事视角的有《家庭访问》《公园里的名剧》《诗人朗佛罗》《仆人之书》《在贵州道上》《看守韩通》《流亡者》《孤独者》《山林恋》《相爱在明天》《秋雨》《蒿里行》《苦寒行》《十八块地》《远方月皎洁》《穿山岁月》《莽昆仑》《我的师傅》《有那么多书的病房》;第三人称内聚焦叙述视角的有蹇先艾的《到家的晚上》《回顾》《国难期间》《父与女》《幸福》《两位老朋友》,何士光的《心:一个文学青年的故事》《幽魂》,谢挺的《沙城之恋》,王华的《旗》。而《如是我闻:走火入魔启示录》《今生:经受与寻找》《今生:吾谁与归》这3篇则属于第二人称内聚焦型叙事视角,虽然叙述者以第二人称"你"的口吻进行叙事,但其实该叙述者"你"就是隐含作者"我"的化身,不过没有采用第一人称"我"来叙事而已。采用内聚焦型叙事视角的作品一共32篇。

主要采用外聚焦型叙事视角的有《诗翁》1篇。此外,采用"变异"型(主要指以某种聚焦类型为主导的情况下其他聚焦类型的渗透与掺入)叙事视角的有《狂喜之后》《一位英雄》《小别》《颜先生和颜太太》《盐灾》《遥远的走马坪》《晚餐》《草青青》8篇。

下面分别结合具体文本进行叙述。

一、传统的非聚焦型叙事视角仍被广泛采用（尤其在长篇小说中）

从以上对蹇先艾、何士光、欧阳黔森知识分子形象书写的作品以及段雪笙、思基、叶辛、谢挺、戴冰、王华、肖江虹的知识分子形象书写的代表性作品为例进行的统计分析中可以看出,以非聚焦视角为主的小说在58篇中占17篇,约占29%。

在贵州现代小说知识分子形象书写中,非聚焦型视角这种传统小说的叙事视角是非常普遍的,而且一直都被作为主流叙事视角而被贵州小说家们在长篇小说中采用。下面主要以段雪笙的中篇小说《女看护长》,蹇先艾的长篇小说《古城儿女》,何士光的长篇小说《似水流年》为例进行评析。

段雪笙中篇小说《女看护长》：

> 他（指院长张石齐）是个日本留学生，在东京一个医专毕了业，但他对于医学少有研究。在外国六七年，他把许多时间消磨在咖啡馆、跳舞场里。解剖室，诊病实验室，他倒少有降临过。
>
> 他在留学时代，过的生活很优裕，因为他父亲是南洋的大商人，他每年在东京要踢脱四五千日金；他虽没本领，但手里钱多，比较容易活动，故巴结他，拜倒在他金钱下的人，不在少数。①

蹇先艾长篇小说《古城儿女》：

> 第一章所说的那个青年人名叫岑昌，是一个文化机关的中层职员，湖南人，在北平生长的。他的父亲岑鉴斋，是一位孤僻的中国画家，不会做官，也不会经商，一辈子都受贫困的压迫。岑老先生什么亲人也没有，就只有岑昌这个独子，一半靠自己的半工半读，一半由于他父亲的朋友王金川、黎乐圃这些人的资助，岑昌居然由中学而大学，把学业逐步完成了。
>
> 黎乐圃本人倒也和气，他也是留日的前辈，但他的思想比王金川进步一些，虽然他已经五十几岁，却喜欢和青年接近；不过他的整个家庭都笼罩在日本化的空气之中，他的思想，因此就常常不免带点灰色。
>
> 蒙森，他的好朋友，是一个东北的流亡青年，他每每在听了岑昌的议论之后，为了这些令人悲愤的现象，乒乒乓乓地拍击桌子。他的头发蓬乱着，像一只披毛狮子，他戴着一副玳瑁架的眼镜，什么事情都喜欢沉思，又有几分像学者。他是 M 大学政治系的助教，一向是赞成岑昌的主张的。②

---

① 雪生. 女看护长 [M]. 上海：上海励群书店，1928：43 – 44.
② 蹇先艾. 蹇先艾文集（二）[M]. 贵阳：贵州人民出版社，2003：295 – 297.

何士光长篇小说《似水流年》：

　　市机械修配厂生产计划科的职员张建民不是本地人，和谢仲连一样，是在省城出生并长大的。他俩是高中三年的同学；以后，张建民进入大学的语言文学系学习，谢仲连则是进了艺术专科学校，相隔甚近，过从甚密。后来仲连留在省城，在一所中学里上音乐课；一九六五年建民从学校毕业，却分配到这儿来，进了工厂。

　　简单地说，就是颜宗绪遇事三思，长于检点，兢兢业业，没有一般年纪轻轻的人们有的那种派头和劲头。外表上，他引人注目的是一副棕红色的深度眼镜。镜片后面的目光常常是犹豫的，思虑的，仿佛他老在判别某一样事物的正确性。事实上也是这样。①

　　《女看护长》《古城儿女》《似水流年》等作为中长篇小说，其中涉及的事件、人物较多，人物的身份尤其是人物的秉性不能凭陌生人一眼就能看清楚的，所以，为了让读者直截了当便能知晓人物的身份，叙述者只能从简，凭借不受任何限制的非聚焦型叙事视角来向读者介绍张石齐、岑昌、黎乐圃、蒙森、张建民、谢仲连、颜宗绪等知识分子人物身份，同时也宏观介绍了出国留学、日寇入侵、知青下乡、党中央召开十一届三中全会等人物活动重要场景及重大历史事件，更能让读者了解小说人物与时代背景。

　　非聚焦叙事上天入地、无所不能，所有的一切都逃不出全知全能视角，该叙事也正是"借用一个全知全能的说书人的口吻"②来写的。这其实也是中国古代小说与西方传奇小说共同的特点。

二、内聚焦型叙事视角成为主流叙事视角

　　从以上的统计分析可以看出，以内聚焦视角为主的小说在58篇小说中占32篇，约占55%。在内聚焦视角中，每件事都严格地按照一个或几个人物的感受和意识来呈现。

　　① 何士光.似水流年［M］.贵阳：贵州人民出版社，1983：18.
　　② 陈平原.中国小说叙事模式的转变［M］.上海：上海人民出版社，1988：67.

如蹇先艾的短篇小说《公园里的名剧》《国难期间》，何士光的短篇小说《秋雨》《幽魂》《草青青》《今生：吾谁与归》，欧阳黔森的短篇小说《十八块地》，王华的短篇小说《旗》等就是各种人称内聚焦型叙事视角的典型例子。

蹇先艾短篇小说《公园里的名剧》：

一个身材特别肥胖，穿着很整洁的洋服，走起路来沉重而满，大有龙行虎步的样子，时髦的眼镜挂在鼻梁上，然而两眼又时常露在外面，或者向上瞧瞧，他的眼镜纯为遮风沙的袭来或时髦而设，这是毫无疑义的。那一位同伴瘦削而长，嘴上有几根胡须，穿的中国皮袍马褂，背微微有点驼，如果不是因为驼背的关系，恐怕我们这些近视眼会把他当为浪迹园林的长颈鹿，也未可知。他们并肩地走着，和青年爱侣们的亲昵的神情正不相上下；可惜是没有手挽着手，或者斜着两对跃跃欲动的眼睛。偶尔中国服的瘦子的口中，还碰出几个英文名词来，和日本人发音一样正确，胖健的人一听他说，总是微笑，点头，似乎表示同意，也许是嘉许他的侣伴英语的漂亮。

他们坐了有五分钟，起身出发了。好奇心使我仍然远远地追随在后面，他们的关系，我的听觉总是模糊。后来我又走得近了一点，才听见他们是在中英合璧地谈论。他们这样地交谈着，信步绕园一周，我也在后面潜行……他们走到 C 茶馆前，突然止步，向四处张望，我知道两位是在觅茶座了，便很乖觉地走开……我的眼睛只是无意地瞟在画报上，两耳却静静在谛听他们的谈话。起初只有嗑瓜子和喝茶的声音，他们大概是在恢复走路的疲劳，我倒乐得把画报匆匆地过目。不久他们又呢喃起来了……胖教授把椅子拖过去了，我听见响动，轻轻掉过头，原来他正在 B 先生耳边悄声地讲他的秘密，苦恼极了，声音模糊而不清楚，我的思想立刻陷入疑惑之中……他们的耳语闭幕了，瘦子的这一声狂笑，把我从迷惘中惊醒，恢复到从前静听的状态。①

---

① 蹇先艾. 蹇先艾文集（一）[M]. 贵阳：贵州人民出版社，2003：100 - 106.

小说采用的是第一人称内聚焦型叙事视角。第一段引文描写"胖子"为了赶时髦佩戴了非近视眼镜，"瘦子"话语中不时夹杂着倒土不洋的英文单词。而这两位主人公奇怪的穿戴、言语方式都是通过叙述者"我"所实实在在看到的，听到的。至于两者的真实身份则不得而知，因为"我"与他们是初次见面，而且采用的是内聚焦型叙事视角，所以不能像全知全能视角那样洞察秋毫。

在第二段引文中，叙述者"我"也只是看到"我"所能够看到的，听到"我"所能听到的。至于胖教授"正在 B 先生耳边悄声地讲他的秘密"，"我"则无能为力听到，因为"声音模糊而不清楚"，这就是内聚焦性叙事视角的局限所在。

蹇先艾的短篇小说《国难期间》采用的则是第三人称内聚焦型叙事视角：

> 今天这酒楼的生意稍形冷落一点，因为白天报馆里出了一张号外的原故。静芬的三间屋子只有一间有客，她清闲极了。
>
> 晏先生的酒量，喝黄酒还有几下子，二两之后，又是二两。他从来没有像今天这样惬意，把这位妙龄的女侍单独地占有过这样一个长的时间。虽然这时北方还没有十分透露着春意，但她自己觉得的确已经在春风沉醉之中了。他望着眼前的静芬，心想：
>
> "这才算我在北平留学的真成绩呢！"
>
> 于是他又哈哈地狂笑起来了。①

小说通过对大学生晏肇祺心理活动的刻画，生动传神地塑造了一个没有国家民族观念的贪图安逸享受的堕落的大学生形象。

何士光的短篇小说《秋雨》中："白昼早过去了……那么，是谁还在我门外的过道上呢？脚步声那么轻，生怕弄响。"② 小说采用的是第一人称内聚焦型叙事视角。来找伍校长的办事的人到底是谁？叙述者"我"是凭借

---

① 蹇先艾. 蹇先艾文集（一）［M］. 贵阳：贵州人民出版社，2003：485.
② 何士光. 故乡事［M］. 成都：四川人民出版社，1982：2.

自己的感知一步步知晓的，读者也是随着叙述者一起知晓的。此外，小说中"屋里明明有人在说话，听声音伍校长正在里面，还不断有他的喜气洋洋的笑声透出来"① 这句话也是，伍校长他们到底在屋里干什么，叙述者"我"因为在门外尚未推门进去，受到内聚焦型视角限制，所以不得而知。

何士光的中篇小说《草青青》中"我"（孙梦陶）在县城客车站最后一次目睹恋人小萍的情景的描写。在这个重要的场景的描绘中，叙述者"我"（孙梦陶）只能待在另一架客车上（怕被小萍发现），透过车玻璃窗来仔细观察在车站候车的自己日思夜想却两年不见的小萍，通过叙述者细致入微的描绘，读者看到小萍重新找到了男朋友（引文中那个穿仿制草绿军大衣的年轻人），而且这个男朋友似乎对她关怀备至（买橘子、抢着拎行李等），尽管"我"巴不得想把视线定格在小萍身上，"想再透过车窗看见小萍"，但是条件不允许了，"她临着的是另一面的窗口"。"我"只能看到视线所及的范围内的情景，视线所不能到达的地方（如后来被车身阻隔的小萍）"我"却是看不到的，这就是内、外聚焦型叙事视角共有的特征。至于此时此地的小萍内心到底在想些什么，"我"一无所知，因为采用的正是外聚焦型叙事视角，它是不允许叙述者进入描写对象内心世界的。

欧阳黔森的短篇小说《十八块地》中的片段："我们走进山洞，我还是牵着卢竹儿的手，因为她还是怕。……我一惊，定神一看：原来离我们四米远的地方有一头怀孕的母山羊进来躲雨，就在这儿分娩了"，"山羊被政委们顺利地打回来了"。这两段引文采用的则是第一人称内聚焦型叙事视角，"我"是在火把点燃之后才逐渐明白洞中的藏有母山羊分娩的情况的，至于第二句中政委们是如何捕获母山羊的，因为此行为脱离了叙述者"我"的内聚焦视角范围，所以这里面的详情读者与叙述者"我"均不得而知。

同样在欧阳黔森的短篇小说《十八块地》中关于鲁娟娟当年去公鹅公社代课的第一节课中对她模仿革命战士董存瑞炸碉堡动作的描写也是如此。在这一段中，叙述者"我"对鲁娟娟上课时候的言语、动作、神情刻画得惟妙惟肖，但是受第一人称内聚焦视角的限制，叙述者没有交代鲁娟娟的心理活动，叙述者和读者只能靠自己的想象去填充这一空白了。

---

① 何士光.故乡事［M］.成都：四川人民出版社，1982：7.

又如王华小说《旗》：

> 后来，爱墨老师想起师母从娘家回转那天，牡丹河上游的天乌黑了好一阵，而后，一条浑黄的水龙曾从牡丹河直蹿而下。当时爱墨老师正站在学校的操场上看着牡丹河，那条浑黄的水龙沿着河面向下蹿行的时候，他还半张着嘴愣了好一会儿。愣完了他还自言自语地说了一句"上游涨水了"。事后他想可能师母正好碰上了那条水龙。从娘家回来的路有一段紧靠着水，每一回涨水，那一段路都遭淹。爱墨老师想可能正好是在那段路上，师母和那个巨大的浪头撞了个正着，而后来就被那条来势凶猛的水龙卷走了。①

师母被洪水冲走淹死，这仅仅是爱墨的猜想，真实情况究竟怎样？因为小说采用的是爱墨的第三人称内聚焦视角，爱墨没有亲临现场、没有亲眼所见，故不得而知，事情的真相仍是一个未解之谜，作品在此处留下了一个空白。

胡亚敏曾说过：内聚焦叙事的最大特点是能更细微地表现人物内心的矛盾冲突及无穷无尽的思绪，使得人物的内心世界尽量得到充分敞开，在创作上它可以扬长避短，多叙述人物所熟悉的境况，而对不熟悉的东西保持沉默；而有些作家为了在作品中有意造成死角或空白以引起读者的好奇心或者获得某种意蕴，也会充分发挥内聚焦的这种限定性功能；这些特点是其他视角类型难以企及的。② 内聚焦叙事视角的确有其自身独到的优势。

三、外聚焦型叙事视角较为稀少

在以上的统计分析中，笔者看到以外聚焦型叙事视角为主的小说在总共58篇小说中仅有1篇，非常稀少。外聚焦型视角中，观察者置身于人物之外，严格地从外部呈现每一件事，观察者可以审视人物的行动、外表及

① 贵州省文联. 纪念建党90周年贵州文学精品集·小说卷（下）［M］. 贵阳：贵州人民出版社，2011：913.
② 胡亚敏. 叙事学［M］. 武汉：华中师范大学出版社，2004：27-28.

客观环境，但不告诉人物的动机、目的、思维和情感，没有权力进入小说人物的内心世界。① 鲁迅的《示众》、张爱玲的《封锁》以及美国作家海明威的《杀人者》《白象山》等小说就是外聚焦型叙事视角的典范文本。20世纪以来的贵州小说中知识分子形象书写中采用外聚焦型叙事视角的文本比较稀少，蹇先艾的《诗翁》是其中比较典型的一例。

蹇先艾的短篇小说《诗翁》中的描写：

> 我们要回到诗翁的房间，这里面虽然是在下午，却已经有点蝙蝠飞回夜色昏暝的光景。但灰暗的墙壁之间，那红纸大寿字的直幅，却鲜明得可以望见。
>
> 诗翁人很瘦削，脸上稀疏地露着许多黑黄斑点，颜色和他门外的台阶石一样的青，两块颧骨，在面颊上耸立得奇突，仿佛黄沙的平原中堆起一座荒瘠的山崖，两颊的肉，是凹向里面去了，这足以证明他的瘦度。嘴上几根白胡子挂着，嶙峋的手捧起一根烟枪，倒在床右紧紧和一个小灯荧然的烟盒子毗邻。②
>
> "不错，不错！这一口烟抽得真舒服！哎，真舒服！何姑娘，你的烟打得一天比一天进步了。"③
>
> 他放下诗本，抱着烟枪呼呼狂吸一阵，两口烟一会工夫算是抽完了……如夫人忙从架上把他的官纱衫子和纱马褂取下来，他慢慢地将鞋袜蹬上，才穿起衣裳，挂着手杖，弯好了腰，把诗本揣在怀里，慢步走出去，走不上三步，又回过头来喊道："你今晚房门别关，我要来——"④

以上引文通过花费大量的笔墨对诗翁的房间、外貌、语言和动作进行叙述，成功塑造了诗翁这样一位沉溺于美色、烟土中却偏偏假装斯文的旧官僚知识分子形象。这种外聚焦方式排斥了提供人物内心活动的信息的可

---

① 胡亚敏. 叙事学 [M]. 武汉：华中师范大学出版社，2004：32-34.
② 蹇先艾. 蹇先艾文集（一）[M]. 贵阳：贵州人民出版社，2003：72.
③ 蹇先艾. 蹇先艾文集（一）[M]. 贵阳：贵州人民出版社，2003：73.
④ 蹇先艾. 蹇先艾文集（一）[M]. 贵阳：贵州人民出版社，2003：77.

能，所以，读者无法直接读到叙述者关于诗翁心理活动的描写。

聚焦型（含内聚焦、外聚焦）视角在金圣叹评《水浒》时称为"影灯漏月"①，其实，无论是内聚焦型叙事视角还是外聚焦型叙事视角，与非聚焦型叙事视角相比较，各有优劣。但是，内、外聚焦型叙事视角的优势也是很明显的，相比全知的非聚焦型叙事视角，聚焦型（含内聚焦、外聚焦）叙事视角往往会留下一些叙事的空白，造成某种"白板效应"，这对懒惰的读者是一种考验，但是对于勤快的读者而言，反而更加有了发挥想象创造性地填补这些"白板"的空间。

四、"视角变异"屡次出现

所谓视角变异，主要指以某种聚焦类型为主导的情况下其他聚焦类型的渗透与掺入。在当代小说创作各种创新、各种实验中，视角变异已成为小说革新的重要手段与方式，小说家以此来动摇传统的叙述逻辑，并借以进一步扩大叙事艺术的表现力与表达效果。②

通过以上知识分子形象书写的作品进行的统计分析可以看出，以"变异"视角为叙事视角的小说在58篇中占8篇，亦可谓不算少。这8篇是：《狂喜之后》《一位英雄》《小别》《颜先生和颜太太》《盐灾》《遥远的走马坪》《晚餐》《草青青》。下面分别进行论述：

《狂喜之后》是视角"变异"的代表作，开始采用的是K君的内聚焦视角，中间采用的是非聚焦视角，最后又是K君的内聚焦视角。《一位英雄》属于视角"变异"，叙事开始是"我"（房东）的第一人称内聚焦视角，中间换为故事叙述者"我"（微云）的第一人称内聚焦视角，结尾又回到"我"（房东）的第一人称内聚焦视角。《小别》《颜先生和颜太太》属于视角"变异"，小说开始是非聚焦型视角，之后换为第三人称的内聚焦型视角，《晚餐》属于视角"变异"，小说开始是第三人称内聚焦型视角，之后

---

① 金圣叹《读第五才子书法》对《水浒传》原著改动后的批注："不便从宋江走来，却竟从婆娘边听去。神妙之笔！"金圣叹把焦点固定在阎婆惜处。这样，楼下的情景只可听到，无法看到，叙事人的知觉明显受到了限制。参见：陈洪. 中国小说理论史［M］. 合肥：安徽文艺出版社，1992：193.

② 胡亚敏. 叙事学［M］. 武汉：华中师范大学出版社，2004：34.

换为第一人称外聚焦型视角，再之后换为非聚焦型视角，最后换为第三人称内聚焦型视角。《盐灾》属于视角"变异"，叙事共分为七章。小说第一章因为采用的是书信体形式（臧岚初写信给好友明峦），故有第一人称的内聚焦型视角，但同时为了介绍臧岚初的身份及所处的环境，这一章里面还出现了非聚焦型叙事视角；第二章是关于盐商臧洪发与其太太的介绍，叙述者采用的是非聚焦型叙事视角；第三章写路三爷来向臧洪发通风报信，采用的是臧洪发第三人称内聚焦型叙事视角；第四章是描绘盐灾在红沙沟、樱桃堡蔓延的惨状，采用的是非聚焦型叙事视角；第五章写的是臧岚初来到臧洪发家中并与之交涉的场景，为了更加生动形象表现两人的言语交锋，叙述者采用了非聚焦型叙事视角；第六章写臧洪发与太太商议退路，策划阴谋诡计，采用非聚焦型叙事视角，最后一章即第七章特别简短，对"第三天红沙沟和樱桃堡的人们便盛传着两个奇突的消息"进行解释说明，采用非聚焦型叙事视角。《遥远的走马坪》小说开头与结尾采用第一人称"我"的内聚焦型叙事视角，小说中间是克新的回忆，采用的也是"我"的内聚焦型叙事视角，但是，这两个"我"的主人公是完全不同的两个人：我、克新。《草青青》小说开头是小说主人公第一人称的内聚焦型叙事视角；小说中间及结尾全部是邻居孙梦陶的回忆，采用的也是第一人称的内聚焦型叙事视角。

视角变异的作用表现为两个方面：减少信息和增加信息。

减少信息又称省叙，最突出的表现是对非聚焦型视角的限制。在蹇先艾的《小别》《颜先生和颜太太》属于视角"变异"，即小说开始是非聚焦型视角，之后换为第三人称的内聚焦型视角，丢掉了非聚焦所惯有的特权。

增加信息又称扩叙，向读者提供超过叙述者或人物在某一聚焦位置上所了解的信息。扩叙可分为两种：一是内聚焦（或外聚焦）变为非聚焦，二是一个人物的内聚焦中途变成另外人物的内聚焦（或外聚焦）。

第一种的例子如蹇先艾的短篇小说《狂喜之后》、《晚餐》及《盐灾》。

蹇先艾的《狂喜之后》是视角"变异"，即开始采用的是 K 君的内聚焦视角，中间采用的是非聚焦视角，最后又是 K 君的内聚焦视角。蹇先艾的《晚餐》亦属于此种视角"变异"，小说开始是第三人称内聚焦型视角，之后换为第一人称外聚焦型视角，再之后换为非聚焦型视角，最后换为第三人称内聚焦型视角。这些作品在中间部分由内聚焦变为非聚焦，从而扩展了作品的深度和广度，并使作品在结构上显示出一种浑厚和特别。《盐灾》属于视角"变异"，小说第一章主要是第一人称（臧岚初）的内聚焦型视角，第二章叙述者采用的是非聚焦型叙事视角，第三章采用的是臧洪发第三人称内聚焦型叙事视角，第四章是是非聚焦型叙事视角，第五章采用了非聚焦型叙事视角，第六章采用非聚焦型叙事视角，最后一章则采用非聚焦型叙事视角。

第二种的例子如何士光的短篇小说《遥远的走马坪》与中篇小说《草青青》。

《遥远的走马坪》小说开头与结尾采用第一人称"我"的内聚焦型叙事视角，小说中间是克新的回忆，采用的也是"我"的内聚焦型叙事视角，但是，这两个"我"的主人公是完全不同的两个人：我、克新。

《草青青》小说开头是小说主人公"我"的第一人称内聚焦型叙事视角；小说中间及结尾全部是邻居孙梦陶的回忆，采用的也是第一人称的内聚焦型叙事视角。

纵观贵州现代小说知识分子形象书写的叙事策略，我们可以看出，非聚焦型叙事视角始终存在，贯穿于贵州现代小说知识分子题材小说叙事的始终，这是叙事视角转型中的"不变"。但是在百年来的贵州知识分子形象书写的历史变迁中，叙事策略逐渐呈现出从非聚焦到内聚焦的转型现象，尤其是第三人称内聚焦叙事视角的逐渐增多，这也印证了陈平原"第三人称限制叙事甚至取第一人称叙事而代之，成为中国现代小说最主要的叙事角度"① 的观点，这是叙事视角转型中的"变"之一；"变"之二就体现在"变异视角"的不断出现，如在蹇先艾的《盐灾》中内聚焦（臧岚初、臧洪发的视角）与非聚焦的交叉运用使作品获得一种飘忽不定的艺术效果，给人一种"陌生化"感觉，加大了叙事的表现张力。

第二节　知识分子形象书写叙述者的策略

　　叙述者是叙事文分析中的重要概念与元素。它指叙事文中的"陈述行为主体"①，以色列学者里蒙－凯南在其《叙事虚构作品》中将其称之为文本中的"声音或讲话者"，它与视角一起，构成了叙述。

　　叙述者不等同于真实作者，叙述者是作品中的故事讲述者，真实作者则是创作或写作叙事作品的人②；叙述者也不等同于暗含作者，虽然两者同居于叙事文本之中，称为"作者第二自我"的暗含作者，在真实作者的创作状态之中诞生。③ 简而言之，叙述者只是叙事文内的故事讲述者。

　　关于叙述者类型的划分有很多种，例如长期以来，人们主要以人称来划分叙述者类型，可以分为第一人称、第二人称、第三人称叙述者，较之这种按照人称来划分的类型，还有一些更加接近叙事文的特性，例如根据叙述者与所叙述的对象之间的关系划分为异叙述者与同叙述者，根据文本中的叙述层次划分为外叙述者与内叙述者，根据叙述者叙述行为划分为"自然而然"与"自我意识"的叙述者等，根据叙述者对故事的态度划分为客观叙述者与干预叙述者等。④ 在这里，为了更加结合小说文本的实际，笔者将叙述者类型按照人称划分方式划分为第一人称、第二人称、第三人称叙述者类型，根据叙述者对故事的态度划分为客观叙述者与干预叙述者这两组类型，来对贵州现代小说知识分子形象书写的叙述者进行探讨，以便达到"窥一斑而见全豹"的目的。同样，笔者通过对代表性作家蹇先艾、何士光、欧阳黔森知识分子形象书写的全部作品（目前能收集到的），以及段雪笙、思基、叶辛、谢挺、戴冰、王华、肖江虹的知识分子形象书写的代表性作品进行叙事者研究，以期望通过定量统计分析法得出贵州现代小

---

　　① 张寅德. 叙述学研究［M］. 北京：中国社会科学出版社，1989：71.
　　② 胡亚敏. 叙事学［M］. 武汉：华中师范大学出版社，2004：35.
　　③ W.C. 布斯. 小说修辞学［M］. 华明，胡晓苏，周宪，译. 北京：北京大学出版社，1987：80.
　　④ 胡亚敏. 叙事学［M］. 武汉：华中师范大学出版社，2004：46.

说知识分子形象书写叙事者方面的策略。

笔者用来作定量统计分析法的知识分子形象书写的小说仍然是第一节所提到的 58 篇作品。

一、第一人称叙述者、第二人称叙述者、第三人称叙述者

笔者按照叙述者人称来划分，叙述者类型可以分为第一人称、第二人称、第三人称叙述者。下面分别举例说明。

（一）第一人称叙述，给人真实可信之感

第一人称的叙述者，如蹇先艾的《家庭访问》《公园里的名剧》《诗人朗佛罗》《一位英雄》《仆人之书》《在贵州道上》《看守韩通》《流亡者》《孤独者》，何士光的《秋雨》《草青青》《山林恋》《相爱在明天》《蒿里行》《薤露行》《苦寒行》，欧阳黔森的《十八块地》《远方月皎洁》《穿山岁月》《莽昆仑》，思基的《我的师傅》，戴冰的《有那么多书的病房》共 22 篇，约占以上用来作为统计分析的知识分子形象书写作品 58 篇中的 38%。

如蹇先艾的短篇小说《仆人之书》中的片段：

> 先生，我们家从前是很兴旺的，父亲去世以后，也还剩下四五个人，如今只剩下一个孤零的我。不过十年，想不到变迁竟如此之大啊！我是在梦想着世界上只要有能力便有饭吃这个定律的，现在才知道这种观察完全错误了。我哥哥死了之后，便有人替我说话，去继承他在某校的文书。但是一个月终结，便被取消了。"小楷不佳"便是我失去资格的原因，而比我的小楷还不好的教务主任的外甥却进来补了我的缺额。①

如思基的短篇小说《我的师傅》中的片段：

> 时间长了，我仍旧改进不了我的技术。他渐渐说话多了，每天一

---

①　蹇先艾. 蹇先艾文集（一）[M]. 贵阳：贵州人民出版社，2003：233.

上工，他就给我说："今天拉的时候多注意些，你学的时间不短啦。"我一听他的话，觉得他有些不耐烦，心里就有点紧张，怕他快要发火了。于是仔细地警告自己，不要触怒他。①

如戴冰的短篇小说《有那么多书的病房》中的片段：

> 我平心静气地想了想，觉得他说得没错，蒋浩算是这个城市里真正想读点书的人之一，而且有那么多书，让人羡慕，记性也好，说起话来引经据典，都是原话，就像他复印过似的。②

以上引文都是采用第一人称叙述者的例子，换而言之，第一人称"我"是小说中的重要主人公，小说的故事情节往往都是"我"亲身经历、亲眼所见或者亲耳所闻。采用第一人称叙述者的特点就是叙述者与读者站在同一位置，叙述者的心理体验，读者能感同身受，从而使得叙述者的叙述能给读者一种更真实可信的感觉。

（二）第二人称叙述，拉近叙述者与读者的距离

第二人称的叙述者，少之又少。例子仅有何士光的《如是我闻：走火入魔启示录》《今生：经受与寻找》《今生：吾谁与归》3篇。下面就是这些作品中相关的语句：

> 那么，许多的日子过去了，这时候你也已过了不惑之年，过了四十岁。你往前走着，只是出于生命的重负和生活的惯性。前路更何之？你也还不知情。③

> 午时到来了，或者夜沉寂下去，又一个子时来临，你就开始练习坐功了，仿佛有了指望和等待，有了这种哲学家们以为的人生最高贵

---

① 何积全，陈锐锋．贵州新文学大系·现代文学卷（上）[M]．贵阳：贵州人民出版社，1997：326.
② 戴冰．月的暗面：戴冰选集 [M]．桂林：广西师范大学出版社，2017：190 - 191.
③ 何士光．如是我闻：走火入魔启示录 [M]．海口：海南出版社，1993：16.

的东西。①

　　从此你就不得不在自己的因果和命运之中去寻寻觅觅。不仅要经受住命运的困苦和生活的磨难，让自己能够活下去，而且还要像流落的孩子一样，去查找自家的身世，如同哲人所说，去认识自己，去寻找自己的归宿之地。不仅是一时的停留之地，而且还有故乡一般的、永久的栖息之地。②

　　你把书装在行李箱里，带回了贵阳，这是一九八七年春天的事情。③

　　你应该就是为了经受和了却这样的因果，才去到凤岗中学的。跟着你又去了湄川中学，后来就一直在湄川生活。直到你过完了你的那段日子，二十多年以后，又才回到贵阳。那么你回来以后，自然是要到黔灵山去寻找那一副对联的。正是这一次，你开始来写这篇《黔灵留梦记》。④

　　何士光《如是我闻：走火入魔启示录》《今生：经受与寻找》《今生：吾谁与归》中的引文例子，采用的就是令人耳目一新的第二人称叙述者。读者阅读后，会发现小说中叙述者"你"其实就相当于第一人称叙述者"我"。小说作品中采用第二人称"你"展开叙事，其实这是叙述者自己越位走到了读者的位置，无形中拉近了叙述者与读者的距离，让读者在阅读体验中产生一种亲切感、认同感。可以说，这也是何士光在贵州小说创作技法领域内的一大创举，何士光的第二人称叙述者具有较为深远的创新意义与示范作用。

（三）第三人称叙述，不受时间、空间限制

　　第三人称的叙述者，在贵州现代小说知识分子形象书写中最为常见，如蹇先艾的《到家的晚上》《回顾》《诗翁》《狂喜之后》《酒家》《初秋之夜》《迁居》《颜先生和颜太太》《小别》《国难期间》《晚餐》《盐灾》《父

---

① 何士光. 如是我闻：走火入魔启示录［M］. 海口：海南出版社，1993：128.
② 何士光. 今生：经受与寻找［M］. 北京：中央编译出版社，2011：101.
③ 何士光. 今生：吾谁与归［M］. 贵阳：贵州人民出版社，2016：24.
④ 何士光. 今生：吾谁与归［M］. 贵阳：贵州人民出版社，2016：246.

与女》《幸福》《两位老朋友》《古城儿女》《破裂》《黎教授下乡》等，何士光的《遥远的走马坪》《心：一个文学青年的故事》《梨花屯客店一夜》《幽魂》《似水流年》《青砖的楼房》，欧阳黔森的《梨花》《扬起你的笑脸》《非爱时间》《非逃时间》，段雪笙的《女看护长》，叶辛的《蹉跎岁月》，谢挺的《沙城之恋》，王华的《旗》，肖江虹的《当大事》共33篇，约占以上用来作为统计分析的知识分子形象书写为例作品58篇中的57%。

如欧阳黔森的短篇小说《梨花》中的片段："梨花从小就认真读书，考取师范后也是学校优等学生，到中学教书一年后又考起了省里的师范大学。回来后在她任教的中学，她仍然是出了名的书呆子"①。

如谢挺的短篇小说《沙城之恋》中：

> 林飞第一次去北京是在1996年2月，当时春节刚刚过去，早春的北京还被严寒笼罩着。对一个没有经历过北方冬天的人来说，这的确像是一次冒险，毕竟零下10摄氏度的情形无法想象。②
>
> 王岚是1991年到北京的，那一年她24岁。她到北京倒没有什么特别的原因，单位领导对她不错，与男朋友的关系虽然清淡，但总算爱护她，但她就想换个环境，有一天她忽然间觉得如果再在老家那种阴沉沉、暧昧的天气里待下去，她就要窒息了，她必须出去走一走，闯一闯！③

很明显，引文第一段是林飞的叙事视角，引文第二段是王岚的叙事视角。在这篇小说中出现了两种第三人称叙事视角的交错现象。

采用第三人称叙事叙述者可以不受空间、时间的约束与限制，更能表现比较广阔的活动范围，引文中对梨花的求学、教书生涯以及她单纯可爱的性格进行了概述，给读者提供了关于她的一个整体的印象。

---

① 欧阳黔森.味道［M］.北京：中国文联出版社，2003：64.
② 贵州省文联.纪念建党90周年贵州文学精品集·小说卷（下）［M］.贵阳：贵州人民出版社，2011：855.
③ 贵州省文联.纪念建党90周年贵州文学精品集·小说卷（下）［M］.贵阳：贵州人民出版社，2011：862.

总之，在贵州现代小说知识分子形象书写中叙述者最为常见的为第三人称，其次为第一人称，而采用第二人称叙述者的小说作品较为罕见。

二、客观叙述者与干预叙述者

根据叙述者对作品中人物、事件的态度，可以把叙述者分为客观叙述者与干预叙述者。下面结合具体文本来探讨叙述者问题。

（一）客观叙述者

客观叙述者只充当故事的传达者，起陈述故事的作用，不表明自己的主观态度和价值判断，即使讲到最伤心或最得意之处也保持不介入的态度。客观叙述者是现实主义理论家最推崇的范式，更能彰显现实主义创作手法。客观叙述者在上述58篇作品中占40篇，可谓绝大部分小说都是采用客观叙述者。

1. 对外部世界的"实录"

如蹇先艾长篇小说《古城儿女》：

> 这是十多天以前的情形，现在一切都突变了，这是谁也想不到的事情，也可以说是近二十年都没有过。所有的铺子把大门都关起来了，有的虚掩着一扇旁门，有的只打开了铺板上的小窗户，预备留给顾客们购买日常必需的东西。偶尔看得见几个学徒，在打扫着门前的便道，弓着腰，有气无力地东边一扫帚，西边一扫帚。他们显然是由于没有什么生意，才来作这种无聊的事情消遣时光，并不是为了清洁卫生。马路上的洋车大半都不知去向，行人寥落，垂着头，跨着迟缓的步子。电车每隔五分钟或十分钟才开过去一辆，车里很空虚，只有两三个幢幢的人影；司机的脚铃也不大发出响声了，车身一抖一抖地由远而近，活像上了年纪的样子。两三架有膏药旗徽的飞机在天上飞来飞去，飞得比较低，声音非常刺耳。人们抬起头来望了一望，又愁惨地低下头来。城外间歇地响着霹雳似的声音"轰！""轰轰！"这倒不像过年，因为过年的时候，大家顶多不过放一点小小的鞭炮，声音断断续续，没有这么大，距离也没有这么远。①

---

① 蹇先艾. 蹇先艾文集（二）[M]. 贵州人民出版社, 2003：287 - 288.

叙述者采用实录方式来展示外部世界，如实地描绘了昔日无比喧嚣繁华的都市在日寇入侵十多天后，城区生活呈现出的一片"死寂"景象。

再如蹇先艾短篇小说《酒家》的结尾："第二天，招弟安然无恙地被接到团部去了。她头天晚上，只是被推了一跤，额上微微带了一点碰伤的痕迹。福兴酒店也歇业了，铺门紧紧地闭着。只是门前多了一张布告，和一具草席裹着的死尸；鲜血流在银白的雪地上，凝结了。"①

此段叙述者采用极端客观冷静的叙述笔调，描写了褚梦陶被巴团长手下所杀的情节，一是表达了叙述者对于褚梦陶因为招弟这样一名爱慕虚荣的姑娘所做的牺牲一文不值的感慨；同时，叙述者的笔触越是冷酷无情，就越能表现当时贵州在乱世军阀的黑暗统治下草菅人命、惨无人道的现状。

如何士光短篇小说《山林恋》中"迎亲送亲的队伍终于在那青冈林的路口上消失，跟着又在林子那边现出来……顺着弯弯曲曲的小路下到谷底，又爬上东面的那个山垭"② 的片段客观叙述了惠出嫁时送亲迎亲的队伍在山路上穿行时的情景，这是一种对当时景象的"实录"。

又如何士光中篇小说《薤露行》：

> "个体户"开起了好些铺子，大大小小的商店，刷油漆的在刷油漆，改装的改装。苞谷酒还有，苕干酒却没有了。货架上一排排全是瓶装酒，装潢有红有绿，晶亮的瓶子有圆有方。烟卷带着过滤嘴，糖果也加了金箔。一阵"突突"的轻响，小街上有摩托驶过。年轻的姑娘迎面而来，那些颜色，那些花边，那些裙带，都让人不禁一愣，跟着眼目又不禁一新。③

引文中的叙述者客观描写了20世纪70年代末以后中国县城的经济发生的日新月异的变化，这完全是实事求是的描写，无半点美化夸张的不实之词。

如欧阳黔森的短篇小说《扬起你的笑脸》中"田老师兴奋的脚使他像

① 蹇先艾. 蹇先艾文集（一）[M]. 贵阳：贵州人民出版社，2003：207.
② 何士光. 故乡事 [M]. 成都：四川人民出版社，1982：88.
③ 何士光. 相爱在明天 [M]. 贵阳：贵州人民出版社，1987：150.

一株硕大的禾苗，头朝下倒插进了水田里"① 的片段，叙述者如实描绘了田老师找到失踪的学生山鬼后高兴的样子，样子很滑稽，甚至没有顾及自己的师道尊严。

2. 对内心世界的"复制"

如段雪笙中篇小说《女看护长》中的意识流：

> 她想：柏森这少年医官是值得羡慕，他那伟健的体质，他那一双迷人的，男性特有的，伶俐眼睛，多么美呵！他那一种奋斗的精神，悲壮激昂的谈话，每一样不使她沉迷。尤其是他平素对于她的勉励和希望，及对她那无私的友情，更使她醉心。这些个使人醉心的事，她应该如何才好呢？向他表达一种比友情更高的情爱吗？她想她没有那样的胆量，因此，她把许多机会失去了。不过大胆做去，也许太冒昧了！在他未有什么超友情以上的表示，她不能越出友情的防线去冒险，被一个她所敬重的人呵斥。②

这段描写，是紫薇"沉思于昨夜所想的一段断片"，主要表现了紫薇对心中的爱人柏森敢爱却不敢表白的细微复杂的心理活动。

如蹇先艾短篇小说《小别》中的意识流：

> 牧生太太飘飘然坐上洋车，等伸起脖子再回头望，牧生先生已经像闪电似的一晃便跳出她的视线以外了。她的平静的心里顿时掀起一片幽凄的微澜，这颇类乎吃新上市的梅子的酸味。这样的滋味是从淡处往深处走，有点近于逐渐地渗透。③

这里主要写牧生太太荔丝赴宴途中的内心活动，通过这样的意识流活动，逼真刻画了一个衣食无忧、无聊透顶、只知终日厮守在丈夫身旁甚至连短暂的别离都不能忍受的家庭小妇人形象。

---

① 欧阳黔森. 欧阳黔森短篇小说选［M］. 贵阳：贵州人民出版社，2014：303.
② 雪生. 女看护长［M］. 上海：上海励群书店，1928：43.
③ 蹇先艾. 蹇先艾文集（一）［M］. 贵阳：贵州人民出版社，2003：324.

如何士光短篇小说《心：一个文学青年的故事》中的意识流描写：

> 他醒过来了；虽然眼睛还没有睁开，对自身和外在的实在的感觉也还没有来得及开始，那件清楚、尖锐、沉重的心事，就来到了他的心头，好像那心事不曾跟着他一道入睡，而是一直冷冷地守候着他，才一发现他的灵魂从冥冥中归来，就先一步潜入他的心扉，不容更改地在那儿喊道："手稿，被严队长截获了！"这样，他意识到自己醒过来了，意识到黑夜庇护下的忘怀以及过去，造物赐予的间歇已经过去，他的躯壳还在，附着在躯壳上的、难以弄清底细的生命还在，日子又紧紧地、推诿不掉地接着上一天，他又得完全地接住属于他的那一份重负：生命的，和着日子的……①

这段意识流生动展示了一个文学青年得知自己的小说手稿被工作队的严队长截获之后的一系列心理活动：紧张、担心、恐惧。

如欧阳黔森短篇小说《十八块地》中的片段："也是在这一刻，泪水涨满了我的眼眶。我泪眼汪汪地望了一眼大山，我向大山发出了我人生的第一个誓言：娶她！"② 这里如实描绘了叙述者"我"当时的真实的心理活动，这是一种自然而然的真情流露。

（二）干预叙述者

与客观叙述者相反，从某种意义上来说，干预叙述者就是隐含作者的公开抛头露面。干预叙述者可以直接站出来，公开对小说中的人物、时间或社会生活现象发表自己的意见或者评论。干预叙述者在贵州现代小说知识分子形象书写中作家较少采用，或者仅仅在小说部分段落中被采用。

在蹇先艾短篇小说中比较突出的例子有《看守韩通》：

> 一个穷人的失业，真像被敲动了可怕的丧钟，饥饿的恐怖时时刻刻梗在眼前。我近来便陷在这种境地之中，憔悴显在我的脸上，悲愤埋在我的心里。尤其是到了夜间，常常在床上辗转着，不能成眠。我

---

① 何士光. 故乡事［M］. 成都：四川人民出版社，1982：164.
② 欧阳黔森. 味道［M］. 北京：中国文联出版社，2003：7.

大声地向宇宙喝问：社会待人为什么这样冷酷？人心为什么这样鬼蜮？宇宙给我的回答是一片虚无。但是一回想到过去，我也曾亲手造成别人的失业时，正是应得的合理的惩罚。①

我如今是残年衰老，思想也一天一天地没落下去。从鬼蜮的人海中逃生出来的今日，我才感到韩通是一个值得纪念的人物，然而时间已经不肯慨许我补偿既往的过失了。失业的惩罚，为了看守韩通，我只好咬牙忍受下去了吧。②

这是在民国政府期间，经济萧条、民生凋敝、人心叵测，那些既有文化又正直的知识分子例如韩通与"我"，始终无法避免失业的厄运，这是走到穷途末路的"我"对于当时社会的黑暗与不公发出的无可奈何的呐喊与喟叹。很明显，叙述者在此直接以"我"的口吻表达了自己对于黑暗社会造成的正直人士失业情况的批判态度。

在何士光短篇小说中比较突出的例子有《秋雨》，长篇小说中比较突出的例子有《今生：经受与寻找》：

要是在别的地方，比如说在城市，这说不定就会一下子激起人们的反对。但乡场上的生活自有乡场生活的特点，这儿并没有谁对他哼一声……武校长是本地人，源远流长，叶茂根深，谁不认识呢？谁又能无视他在乡场上的一席地位呢？所以大家默不作声。③

当消费的和娱乐的时代到来的时候，传统的文学、写作和阅读，也就被消解了。所以我们的传统的文学方式，应该是和那些长长的白天和夜晚，和农耕生活，和印刷术，密切地联系在一起的。④

在这些通明的灯火后面，在我们的长久而巨大的耗费之下，我们的气候在变异，土地在衰减，环境在污染，灾害在频发。⑤

---

① 蹇先艾. 蹇先艾文集（一）[M]. 贵阳：贵州人民出版社，2003：424.
② 蹇先艾. 蹇先艾文集（一）[M]. 贵阳：贵州人民出版社，2003：433.
③ 何士光. 故乡事[M]. 成都：四川人民出版社，1982：4.
④ 何士光. 今生：经受与寻找[M]. 北京：中央编译出版社，2011：108.
⑤ 何士光. 今生：经受与寻找[M]. 北京：中央编译出版社，2011：112.

在第一段引文中，叙述者很明显主动"站"了出来，在梨花屯这样的乡场上，众生只能各安其位，而对于武校长这样地头蛇似的"狠角色"，不守规矩任意插队买票，大家也只能是默不作声，敢怒不敢言；在第二、三段引文中，叙述者对传统的文学方式、现代社会气候环境变化等的叙述，明显带有评论性质，而且字里行间隐藏着叙述者的情感态度，这里的叙述者属于干预叙述者。

在欧阳黔森短篇小说中比较突出的例子有《梨花》：

> 梨花已经把自己变成了一个理想主义者，她经过多年的奋斗，从一个普通的教员成了几个乡合成的一个重点中学的校长，可能不仅仅是她过硬的教学水平，更重要的是她把自己变成了一个顾不上个人生活而拼命工作的铁女人形象，以此博得了组织上的信任。她要实现的东西太多了，而她认为婚姻是一个理想主义者失败的起点，她不止一次地思考过这个问题，难道真的结了婚就会影响前途吗？但她分明又从她周围的环境中看出，结婚对于她来讲是不利的。①

这段议论其实不光是针对梨花的，叙述者也是针对当今女性要想在事业上获得成功可能要付出比男性大得多的牺牲这种普遍情况的。

如戴冰短篇小说《有那么多书的病房》中关于"我"对小说家蒋超印象的描写，就有着极强的褒贬态度：

> 我一直没去看他，陈小东和林红丽约了我两次我都借故推了，原因是我一向不大喜欢蒋浩，觉得他是那种喋喋不休自以为是的人，他宣称自己是这个城市最优秀的小说家时，不过才发表了一篇六千字的小说。这本来也没有什么稀奇，凡写小说的人都不愿贬低自己，但蒋浩总以领衔的角色自居，时刻准备带领我们冲向世界，这就让人很不舒服了。②

① 欧阳黔森. 味道［M］. 北京：中国文联出版社，2003：87.
② 戴冰. 月的暗面：戴冰选集［M］. 桂林：广西师范大学出版社，2017：189.

如王华短篇小说《旗》中关于爱墨妻子以及关于镇上派下来检查木耳村小学的两名官员的描写：

> 咳嗽声从屋里出来了，跟着出来了爱墨老师的内人。一个男人见了不会生想法女人见了不会生羡慕的女人。一个会走路的风箱。她背着个背篓。①
>
> 两人都又白又胖，像一个簸箕里养的两条蚕……这两个让女人看了直泄气的馒头男人，嘴上的功夫却很硬。②

很明显，这里的叙述者是干预叙述者，句子中带有叙述者明显的评论意见。

从以上得知，客观叙述者在上述 58 篇作品中占 40 篇，约占 69%，可谓大部分小说都是采用客观叙述者；而干预叙述者在贵州现代小说知识分子形象书写中作家较少采用，或者仅仅在小说部分段落中被采用。贵州现代小说知识分子形象书写较多采用客观叙述者，而较少采用干预叙述者。这一点说明了贵州现代小说作家大都是采用现实主义创作手法，为何？因为客观叙述者是现实主义理论家最推崇的范式，更能彰显现实主义创作手法。

第三节　知识分子形象书写叙事时间的策略

叙事文属于时间艺术，取消了时间就意味着取消了叙事文。英国伊丽莎白·鲍温认为，时间同故事和人物具有同等重要的价值，是小说的一个主要组成部分③。叙事文是一个具有双重时间序列的转换系统，它内含两种时间：被叙述的故事的编年时间或原始时间、文本中的叙述时间。小说中

---

① 贵州省文联. 纪念建党 90 周年贵州文学精品集·小说卷（下）[M]. 贵阳：贵州人民出版社，2011：894.

② 贵州省文联. 纪念建党 90 周年贵州文学精品集·小说卷（下）[M]. 贵阳：贵州人民出版社，2011：908 – 909.

③ 伊丽莎白·鲍温. 小说家的技巧 [J]. 傅惟慈，译. 世界文学，1979（1）：301.

故事的原始时间，一般来说，可以由叙事文标明或从某些间接标志中推断出来。

叙事时间的研究可分为时序、时限及叙述频率等课题，但是根据贵州现代小说知识分子形象书写的实际情况，本论著只单独考察叙事时间中最重要的时序这一项而不涉及时限或叙述频率等。时序主要研究事件在故事中的原始时间顺序与该事件在文本中间排列的时间先后顺序即故事时间与叙述时间这两者间的关系。笔者参照陈平原在《中国小说叙事模式的转变》一书中的划分，把叙事时间分为连贯叙述、倒装叙述、交错叙述三大类。同样，笔者通过对代表性作家蹇先艾、何士光、欧阳黔森知识分子形象书写的全部作品（目前能收集到的），以及段雪笙、思基、叶辛、谢挺、戴冰、王华、肖江虹的知识分子形象书写的代表性作品进行叙事时间的研究，以期望通过定量统计分析法得出贵州现代小说知识分子形象书写叙事时间方面的策略。

笔者用来作定量统计分析法的知识分子形象书写的小说仍然是第一节所提到的 58 篇作品，笔者通过研究发现：传统的连贯叙述退居其次，"开局突兀"的倒装叙述成为"主流"，扩展容量的交错叙述屡见不鲜。现在分别论述如下。

一、传统的连贯叙述退居次位

所谓连贯叙述，主要是指某些单一线索的叙事作品采用了与故事时间顺序大致相似的叙述时间。连贯叙述是中国小说中的传统的叙述方法，但是现在这种叙述方法主要体现在童话、民间故事等叙事作品中。同样，这种叙述方法在贵州现代小说知识分子形象书写中也退居次位，笔者通过对上述为例的 58 篇知识分子形象书写的小说进行了筛选，发现采用了连贯叙述的作品主要有蹇先艾的《公园里的名剧》《在贵州道上》《诗翁》《初秋之夜》《诗人朗佛罗》《颜先生和颜太太》《小别》《父与女》《两个老朋友》《幸福》《黎教授下乡》，何士光的《相爱在明天》《梨花屯客店之夜》，欧阳黔森的《十八块地》《梨花》，段雪笙的《女看护长》，还有王华的《旗》，占 58 篇中的 17 篇，约占 29%，采用连贯叙述时间的小说作品不算多。

蹇先艾的《公园里的名剧》的叙述时间基本上与故事时间一脉相承，

周末的一个下午，叙述者"我""在家里静不下去，约一个朋友看电影又不在家"①，于是来到 C 公园，在整个下午期间，我无意中看到了 H 教授与 B 先生（一个官僚）在公园溜达时前前后后表现出来的好色下流的行为，也陆陆续续地听到了他们这些知识分子堕落者内心私欲膨胀的真实想法，似乎无意中欣赏到了一出在公园里上演的活脱脱的"名剧"。《在贵州道上》的叙述时间也与故事时间一致，到了贵州道上最险绝的九龙山沟、羊角芼、石牛栏、祖师观时，轿夫们不敢造次，找"加班匠"来帮忙抬轿，于是，小说就由此开始叙述了轿中人"我"在这段连绵蜿蜒又险绝无比的道上的所见所闻，也由此引出了"加班匠"赵洪顺的故事：抽大烟、卖妻、当逃兵，当然这一切，都是当事人小说主人公知识分子"我"看到以及听来的。由于小说严格的第一人称叙事视角的限制，"加班匠"赵洪顺后来被军士们抓走之后的命运如何，小说没有交代。《黎教授下乡》（后改名《下乡》）的叙述时间也是与故事时间同步，写李子坝的同志陆长文来公社招待所接黎教授去修水库的工地上参观，黎教授通过一路上的所见所闻，不禁发出了感慨："同志们的劳动精神的确伟大，也说明了人民公社真是了不起，我当初简直没有想到。"而且他深受感染，意识到"看来我的游山玩水的那些想法已经不对头了"，就连陆长文也觉得："怎么这位教授的行动，同刚来的时候，变成了两个人呢？"黎教授身上发生的变化，完全是按照故事时间先后顺序发展而发生的。

何士光的《相爱在明天》中的叙述时间与故事时间一致，小说是完全按照从相识、相知到分手的时间先后顺序进行叙述的。故事发生在三月里的某一天晚上，担任办公室文案工作的"我"在街上无意中拾到了一封没有贴邮票的投稿信，署名作者叫霍小玉。"我"决定把原稿送还给霍小玉，于是我俩就此相识了。接下来的那段日子里，每周周末的晚上"我"都陪她去市文化宫文学讲习所听课，渐渐地，两人萌生了爱意。受到小玉的鼓励，"我"也开始搞起了文学创作，满心想着把草稿写完，再去见小玉，但是开始的创作过程并不顺畅，草稿迟迟拿不出来，"我"也一直没有勇气去见小玉。"终于到了这样一个晚上，又是黄昏到来的时候，我带着一叠誊写

---

① 蹇先艾. 蹇先艾文集（一）［M］. 贵阳：贵州人民出版社，2003：99.

好了的稿子，在初上的花灯里去找小玉。但是，谁知道呢，那时候我不知道，我已经见不到小玉了，或者说，上次竟然是我最后一次见到小玉。""小玉她走了，却已经把日子留给了我。上帝创造人的时候，总是把一个人分成两半？让一半灵魂始终要去找另一半灵魂。既然有一半灵魂在这儿了，那么，相爱在明天，也会有另一半的。"① "我"最后发出的感慨，表达出一位深谙中国传统文化的知识分子对这段匆匆结束的初恋的释然与豁达之心。

欧阳黔森的短篇小说《梨花》虽然中间也有一些小插叙，但是整体上看，叙述时间也还是依照故事发生时间的先后顺序进行的。先后叙述了梨花嫂过门、梨花考取中等师范乃至师范大学、梨花在公鹅中学教生理卫生课的轶事、梨花当副校长时迎接省领导视察时的趣闻、梨花处理杨家女崽在外当"鸡"之事、梨花快三十岁时当上了校长、梨花校长与李老师的恋爱、梨花当选为县里的副县长等，小说中的取材都是一些所谓的"笑点"或者"看点"，而且在行文中很少节外生枝，加之生动幽默的叙述语言，读者阅读起来感觉趣味盎然。

总之，以上作品的叙述时间基本上与故事时间一致，呈现出一种线性的历时性的表达。这种叙述时间线索比较清晰，易于被不爱动脑筋的读者所接受；但是，如果小说情节本身不够新颖有趣、叙述语言不够生动丰富，它有时也会陷入平铺直叙、深层审美感不足的泥淖之中。

二、"开局突兀"的倒装叙述屡见不鲜

倒装叙述在清代学者王源看来，"追叙之法乃凌空跳脱法也"，他强调倒装叙述是靠扭曲时间来突出叙事效果；而梁启超则认为倒装叙述可以使得小说起到"观其一起之突兀"的效果。

纵观现代小说中知识分子形象书写的小说作品，笔者不难发现，这样一种凸显"开局突兀"的倒装叙述方式屡见不鲜。笔者仍然以上述的 58 部知识分子形象书写作品为例进行详细分析。明显采用倒装叙述方式的小说，有蹇先艾的小说《家庭访问》《晚餐》《看守韩通》《孤独者》，何士光的小

---

① 何士光. 相爱在明天 [M]. 贵阳：贵州人民出版社，1987：32 - 38.

说《遥远的走马坪》《山林恋》《草青青》《蒿里行》，欧阳黔森的《远方月皎洁》《扬起你的笑脸》，一共 10 篇，约占 58 篇中的 17%。

蹇先艾的《家庭访问》第一句便是"这件事我每一想起，便觉凄然"①，然后下文便开始了回忆。

《晚餐》也是典型的倒装叙述，一开篇这样叙述："天快黄昏了，煤块在火炉里喃喃。'怎么样？'希之一跨进门槛，妻就这样问。"② 接着，小说才开始叙述贫苦潦倒的希之因为家中菜钱没有着落白天去永顺古董铺出售当票备受奚落的情景。

《看守韩通》开篇第一段就是一通关于穷人失业、社会待人冷酷、人心如此鬼魅的议论，接着回忆起"民国十四年（1925）的冬天，我在 C 省文化陈列馆当庶务主人"③ 时，如何亲手造成看守韩通失业的往事。文章最后几句感叹回应开头，残年衰老的"我"如今也遭遇到了失业的惩罚。因为小说中间的叙述容量过大，与其认作插叙，毋宁认作倒叙更为恰当。

《孤独者》一开篇就叙述道："这是两年前的事情；但是我的记忆里，却永远是新鲜的。"④ 无疑这就是倒叙的惯用写法。

何士光的短篇小说《遥远的走马坪》是通过克新的回忆，倒装叙述他与项玉玲曾经的恋情故事的。《山林恋》则是通过"我"对于过去的回忆，粉碎"四人帮"的那一年初秋，刚刚从大学毕业的"我"，服从工作安排被上级编入工作队，来到杉树沟，住在一个名叫周正良的社员的家中，然后与周正良的女儿惠发生的一段美好但是却因为城乡巨大的差别而导致爱情夭折的故事。

《草青青》开篇则直接开门见山地说以下的爱情故事是根据"我"的朋友孙梦陶讲的。很明显，孙梦陶开始对"我"讲述的当年那段往事属于回忆的性质。

《蒿里行》的篇首写道："在黔北灰暗而潮湿的县城，在一间木板的、糊着旧报纸的屋子里，我和另外两个单身的男人一起，自由而荒唐地过了

---

① 蹇先艾. 蹇先艾文集（一）[M]. 贵阳：贵州人民出版社，2003：9.
② 蹇先艾. 蹇先艾文集（一）[M]. 贵阳：贵州人民出版社，2003：410.
③ 蹇先艾. 蹇先艾文集（一）[M]. 贵阳：贵州人民出版社，2003：424.
④ 蹇先艾. 蹇先艾文集（二）[M]. 贵阳：贵州人民出版社，2003：196.

一个冬天；我的年轻的日子就是这样开始的。"① 《苦寒行》也是采用倒叙的方法进行开篇叙事的："信是朱二爷写的，说儿子朱老大出走了，已经离开梨花屯一个多月。"② 小说由此开始，回忆起了自己当年在梨花屯教书时与朱老大交往的一些往事。

《远方月皎洁》篇首写道："在那遥远的地方，有位好姑娘……"《扬起你的笑脸》开篇亦是如此："我记忆中的那堆山谷上的火，整整烧了三十年。"③ 小说开始了倒装叙事。

这种"开局突兀"的倒装叙述相比较传统的连贯叙述有自身的优势，克服了平铺直叙的审美疲劳，故而在贵州现代小说知识分子形象书写中屡见不鲜。

三、扩展容量的交错叙述成为主流

这类交错叙述的叙事时间的处理主要表现为小说家在故事的进程中不时插进主人公对过去生活的回忆，这种回忆一般紧扣人物情绪，情节比较完整，带有补充说明性质。

纵观贵州现代知识分子形象书写的小说作品，我们不难发现，扩展容量的交错叙述屡见不鲜。笔者仍然以上述58部知识分子形象书写的作品为例进行详细分析。明显采用交错叙述方式的小说有蹇先艾的《到家的晚上》《回顾》《狂喜之后》《一位英雄》《酒家》《迁居》《仆人之书》《国难期间》《盐灾》《流亡者》《古城儿女》《破裂》，何士光的《秋雨》《幽魂》《似水流年》《心：一个文学青年的故事》《青砖的楼房》《薤露行》《苦寒行》《如是我闻：走火入魔启示录》《今生：经受与寻找》《今生：吾谁与归》，欧阳黔森的《穿山岁月》《莽昆仑》《非爱时间》《非逃时间》，思基的《我的师傅》，叶辛的《蹉跎岁月》，谢挺的《沙城之恋》，戴冰的《有那么多书的病房》，一共30篇，占58篇中的52%，几乎成为主流。

蹇先艾的《酒家》共分六章，第一章写冬天春县小十字福兴酒店老板

① 何士光. 相爱在明天 [M]. 贵阳：贵州人民出版社，1987：169.
② 何士光. 相爱在明天 [M]. 贵阳：贵州人民出版社，1987：241.
③ 欧阳黔森. 欧阳黔森短篇小说选 [M]. 贵阳：贵州人民出版社，2014：57.

张大娘女儿招弟被驻防本县的巴团长用二百块大洋聘金定下婚约的美谈传遍了全城；第二、三、四章是倒叙，叙述时间从冬天回到了春天，"现在作者的笔要回叙到春县的一个醉人的春天的午后"，叙述了师范生褚梦陶第一次遇见招弟时的情景以及他俩后来一直都在交往的往事；第五、六章的叙述时间则又回到了冬天，当褚梦陶得知此消息后，赶来阻止招弟嫁给收编的土匪现在的巴明堂团长时，不料却一再遭到招弟和张大娘的讥讽，气愤中的褚梦陶推了招弟一把，却遭到了巴团长手下无情的枪杀，而且在第二天发布的布告上平白无故地被安上了暴动匪首的罪名，曾经"一心一意要做一番事业的人，没有时间来谈恋爱的"①。褚梦陶成了当时军阀黑暗统治下的无谓牺牲品。

《仆人之书》以书信体的形式，学生安明通向老师汇报了自己毕业之后的关于自己以及家人的往事，很明显，关于自己的故事，如自己现在承担着学校传达与摇铃的工作以及到处投稿未果的现状，故事时间是当前的，那故事时间就与叙述时间一致。但是文中大量穿插进来的关于家人的回忆性的情节，如他的姐姐安文淑参加1932年上海抗日义勇军战死在上海，以及哥哥在那一年冬天重病却因为无钱医治去世等，故事时间（1932年）就显然就与叙述时间（书信落款时间是1934年）不一致。这样，小说中叙述时间与故事时间往往形成一种交错的关系。

《国难期间》一开篇就采用倒叙，"逃到汉口去！"这个念头产生于一个月之前，"一月之前是这样决定了个人的大计的他，如今还是没有能离开这充满了灰尘的城圈子"。② 接着，时光从过去回到现在，小说再写大学生晏肇祺与同学们一起去承春馆看女招待的情节。

《盐灾》是书信体开篇，叙述藏岚初写信给好友明峦，告诉朋友红沙沟闹盐灾的情景，但是叙述者除了叙写藏岚初信中的内容，还穿插补充介绍了藏岚初的身份，以及他来到红杉沟之后改良乡村的实践活动。"一个省城师范学堂的毕业生来做这样的工作，自然是很苦的。偏偏这位文书天生就一副古怪的性格：他不愿意在城里住，城里那些假情假意的亲戚朋友把他

①　蹇先艾. 蹇先艾文集（一）［M］. 贵阳：贵州人民出版社，2003：190.
②　蹇先艾. 蹇先艾文集（一）［M］. 贵阳：贵州人民出版社，2003：473–474.

弄得烦腻了；为了想多看看乡下人的真实生活，为了一番改良乡村的宏愿，他跑到这个贫瘠的红沙沟来了……他指导着他们办民团，设立简易小学，创办公共阅报处；大家精神上的烦恼因此一天比一天减少下来。"① 在小说的第一章里面，叙述时间与故事时间不完全一致，呈现出交错的状态。接下来，叙述时间又回到现实，叙述了臧岚初为了改变红杉沟严重的盐灾现状所采取的行动。此时，叙述时间与故事时间一致。

《流亡者》开篇叙述"我"在大学讲台上授课时，看不到大学生莫云璋来听课，得知他因为参加学生爱国运动被军警打伤住院，接下来，小说通过回忆的形式，补充介绍了莫云璋与"我"的交往，以及"我"通过与之交往所了解的他的一些往事："莫云璋总共到我家去过三趟，而且时间都是在晚上。那是 G 学院第一学期开始的时候，我是第一次教这个班。在班上我最先认识的一个人，就是这位如今还被许多同学崇拜着的莫云璋。"小说最后的时间又回到现实生活中，"转眼一个星期又过去了，莫云璋并没有在 G 学院的讲堂里露面，我只要上课，一点到他的名字，画上一个圆圈的时候，我的鼻子便有一点酸楚"。② 总之，小说的叙述时间也与故事时间形成了一种交织。

《古城儿女》《破裂》因为故事线索较多，为了兼顾方方面面的情节发展，所以也是采用交错叙述，以便于扩充小说的容量。特别是在介绍人物身份或者性格时更是如此，例如《古城儿女》中："岑昌毕业以后，本来在南方有很多工作的机会，他考虑了许久，还是决定留在北平。因为他喜欢这座古城，他觉得这里是一个读书的好地方。十几年来的逗留，使他娴熟了北平的地理与生活。"③ 又例如《破裂》中："抗战才六年的工夫，一个人的变迁是多么大啊！"④

何士光的短篇小说《秋雨》在正常叙述过程中间通过回忆的方式插入了齐凤容在过去的某一天阻止伍校长买车票的情节，以表现齐凤容为人正直的一面。短篇小说《幽魂》中穿插了大量的二十年以前魏文通如何陷害

---

① 蹇先艾. 蹇先艾文集（二）[M]. 贵阳：贵州人民出版社，2003：2.
② 蹇先艾. 蹇先艾文集（二）[M]. 贵阳：贵州人民出版社，2003：107 – 114.
③ 蹇先艾. 蹇先艾文集（二）[M]. 贵阳：贵州人民出版社，2003：297.
④ 蹇先艾. 蹇先艾文集（二）[M]. 贵阳：贵州人民出版社，2003：398.

大学同学兼同乡秦家麟的往事。《似水流年》中对于张建民、谢仲连、颜宗绪、林玉君等人的家庭出身，求学经历，以及钱永年与江梅、小凤的交往等，都是通过插叙的方式补充进小说里面的。《心：一个文学青年的故事》也是采用倒装叙述的方式，先细致刻画特殊年代的"他"躺在床上醒来后痛苦不堪的心理活动，然后再倒叙"他"的文学手稿前一天是如何被工作队的严队长截获的过程，最后再写严队长最终归还了文学手稿的情节。无疑叙述时间与故事时间无形中也产生了一种交织。这种倒叙手法，能在小说一开始就紧紧吸引读者的阅读欲望，吸引读者一步步地继续阅读下去，直至解开心中的谜团。《青砖的楼房》中穿插的颜克民因受到赵德贵嫉妒进而被构陷而被贬到下乡学校的往事的回顾以及关于钱副校长、吴副书记等人物的人生经历的介绍都是通过插叙的方式融合进来的。《薤露行》很明显也是采用了这种方式，"我停下酒杯来，看看他仰在竹椅上的面容。二十年前，我来到这座县城中学的时候，他就是这样子。后来，我离开的时候，他好像也还是这样的一副容颜。现在，我们又相对的时候，一九八五年了，这模样仍令人惊讶得没有一点改变"①。现实与回忆交织，叙述时间与故事时间交错，讲述了特殊年代中学教师王传西卑微平凡但韧性十足的一生。

至于《如是我闻：走火入魔启示录》《今生：经受与寻找》《今生：吾谁与归》等篇什中往往充斥着叙述者对于往事的回忆，以及对于过往人生的一些感悟，所以论者把它们的叙述时间也归入交错叙述这一类。

欧阳黔森的《穿山岁月》中对小说中人物"正确"等绰号的由来，以及一位北京来的老前辈不幸在老鹰梁的悬崖上失足跌死的往事等进行了详细的回顾。例如：郜德这人老实，不管人家跟他讲些什么，他也不管是不是骂人的话语，他都是一边频频点头，一边满脸诚恳的样子回答"正确""正确"。有一次他与野外回来的钻机工们下象棋，对手下象棋输了，爆了一句粗口"日你妈！"万没想到的是郜德依然回答"正——确！"于是乎"正确"成了郜德的绰号。这些语句均是回忆性的过去故事时间话语。

《非逃时间》小说中在讲述当前瞎子（人名）仕途遇到危机时，有较多的关于瞎子人生经历的回顾。此外，对瞎子朋友司马林、江菊荣等当年知

---

① 何士光. 相爱在明天［M］. 贵阳：贵州人民出版社，1987：110.

青生涯的追叙，这些都是属于过去时间，小说中现实与回忆常常交织在一起，在叙述时间上也属于交错叙述。小说《莽昆仑》中对李子博士的家庭出身、张铁父亲张刚为寻矿失去一条腿的往事等也是在当前的叙述时间链条上穿插的过去的故事时间，通过插叙的形式，补充了知识分子主人公过去的一些重要轶事，进一步充实丰富了知识分子人物形象，在叙述时间上同样属于交错叙述。《非爱时间》主线是讲黑松与陆伍柒相约去当年当知青的十八块地农场周边的枫木坪挽救村头的那片百年枫树林。但是小说中间大量穿插叙述了关于黑松、陆伍柒、卢竹儿等人物当年在十八块地的知青生活，当年黑松父母亲的婚姻，郝鸽子的家庭出身，黑松父亲与郝鸽子父亲当年的地质生活，卢竹儿离开黑松之后的婚姻，以及郝鸽子与维·库兰诺夫幼时的交往等，这些都属于过去的故事时间，这些大量篇幅的回顾，造成了小说现在的叙述时间与过去的故事时间反反复复交错，使得小说的故事时间一会儿是现实生活，一会儿又回到过去岁月，现实与历史的交织给人一种迷离恍惚的时空错位之感。

《我的师傅》中"我"与师傅王德明在树林子里采摘木耳时，他对"我"讲述他自己的身世以及他过去与队长们之间交往时的一些不愉快的过节等描写，《蹉跎岁月》中关于邵玉容小时候的身世、邵玉容之母被土匪开冷枪打死、邵大山邵思语兄弟参加革命工作经历等描写，《沙城之恋》中林飞与吴小蕾的恋爱、吴小蕾与程天鹏交易式交往、王岚与穆林交易式婚姻等描写，都属于带有回忆性质的交错叙事，小说叙述时间与故事时间存在反复与交错。

戴冰的《有那么多书的病房》开头写道："挂断电话之前，陈小东低声说，'蒋浩得的好像是癌症'。"接着，小说写道："蒋浩住院我是早就知道的，我一直没去看他，原因是我一向不大喜欢蒋浩。"① 小说接下来就开始回忆自己昔日与蒋浩的交往情况。回忆中的故事时间结束之后，小说时间又拉回到现实中叙述时间，写自己到病房看望患了癌症的蒋超。小说叙述时间并不与故事时间同步，回忆中故事时间里发生的事情无疑大大扩充丰富了小说的容量。

---

① 戴冰. 月的暗面：戴冰选集［M］. 桂林：广西师范大学出版社，2017：189.

综上所述，笔者通过对贵州现代小说知识分子形象书写叙述时间的考察，可以发现，传统的连贯叙述篇目最少，而"开局突兀"的倒装叙述与扩充容量的交错叙述愈来愈多并成为主流，这说明贵州现代小说知识分子形象书写在继承古典小说叙事时间策略的基础上，已经向着现代小说叙事时间策略的方向上全面转型，从而进一步提升了贵州现代小说知识分子形象书写的深层次的审美品质。

第四节　知识分子形象书写叙事结构的策略

小说有三大要素：人物、情节与环境。但是小说在具体创作过程中，小说在结构的处置上会出现各有偏重的现象。有些作家喜爱偏重人物描写，注重刻画人物的性格；有些作家喜爱偏重情节描写，注重小说的可读性；有些作家喜爱偏重环境的描写，在浓墨重彩的背景描绘中抒发自己的审美追求。

同样，笔者通过对代表性作家蹇先艾、何士光、欧阳黔森知识分子形象书写的全部作品（目前能收集到的），以及段雪笙、思基、叶辛、谢挺、戴冰、王华、肖江虹的知识分子形象书写的代表性作品进行叙事结构研究，以期望通过定量统计分析法得出贵州现代小说知识分子形象书写叙事结构方面的策略。

笔者用来作定量统计分析法的知识分子形象书写的小说仍然是第一节所提到的 58 篇作品。笔者纵观贵州现代小说知识分子形象书写的小说，研究后认为大致可以分为这样三大结构类型：以蹇先艾为代表的偏重性格的叙事结构、以何士光为代表的偏重背景的叙事结构、以欧阳黔森为代表的偏重情节的叙事结构。

一、以蹇先艾为代表偏重性格的叙事结构

莱辛说，一切与性格无关的东西，作家都可以置之不顾。对于作家来说，没有比性格更神圣的了，性格被加强，性格更加鲜明地被表现，应当

是作家在塑造人物性格中最该用力的地方。① 至于贵州现代小说奠基人蹇先艾为何选择偏重性格的叙事结构，要回答这样一个问题，我们首先可以考察他是如何走上文学创作之路的。他曾回忆道：

> 我在儿时还喜欢读旧日的章回小说，这种兴趣，是从母亲经过重庆买来的那部《封神演义》引起来的，……我在中学读了两年多的书，英文已稍稍有了点根底，可以查字典看浅近的书籍了，我最先试读的文学书是莫泊桑和柴霍甫的两个短篇选集的英译本：《菲菲小姐》和《罗士其德的提琴》。我觉得它们比译本有趣味得多了。像读这样的英译本多少还能领略一点原作的风趣。读完胡译的短篇小说集和法俄两位大家的名著以后，我也就略略知道一些短篇小说的模式和写作之法。②

由此可见，蹇先艾的小说创作起步是受到西方现代小说较大影响的。他在后来的创作谈中也谈到了这一点："我是受到莫泊桑、契诃夫和鲁迅的作品的启发，才学写起小说来的。最早我与它发生接触，而且给了我影响很大的中国新文艺创作，回忆起来，就是鲁迅先生的大家公认为反封建战斗宣言的《狂人日记》（我首先在《启蒙者》杂志上读到它）以及他的第一本短篇小说集——《呐喊》。"③ 他发表的第一篇小说是《人力车夫》，1925 年刊载在《北平益世报》的副刊《益世俱乐部》上。他还曾先后办过四个刊物：《燔火》《燔火旬刊》《海涛社》《北京文学》，但都以停刊而告终。

下面，笔者试以蹇先艾知识分子题材小说中的《盐灾》《诗翁》《一位英雄》《公园里的名角》为例进行分析。

《盐灾》的故事情节很简单，即西部某省份的红沙沟与樱桃堡两个村庄闹盐灾，原因是大盐商臧洪发之流囤积居奇，故意哄抬物价以便牟取暴利，

① 莱辛. 汉堡剧评［M］. 张黎，译. 上海：上海译文出版社，1981：25.
② 蹇先艾. 蹇先艾文集（三）［M］. 贵阳：贵州人民出版社，2003：268 - 270.
③ 蹇先艾. 蹇先艾文集（三）［M］. 贵阳：贵州人民出版社，2003：309.

而红沙沟公所的文书臧岚初立志"为民请愿"，试图说服臧洪发让利降低盐巴价格或者进行施盐救灾。可是万万没有想到的是，此正义之举不但遭到了臧洪发的严词拒绝，而且臧岚初还因此被捕。

《盐灾》的背景描写也很稀少，仅仅在第四章的开首部分有几个段落介绍了盐灾阴影笼罩下的莼县各家盐号的景象，以及红沙沟的山景、樱桃堡的溪水等环境情况。

但是，《盐灾》的主要篇幅和笔墨都在刻画臧岚初这个人物的性格。小说主人公臧岚初从省城师范学堂毕业后来到红沙沟村自治公所当文书，他刚毅正直，虽然自己"一脸营养不足的样子"，但是他要把身边发生"盐灾"的怪事写信告诉朋友明峦；他乐于助人，"晚上臧岚初没有事的时候，便到村子里去教一点书，并且帮人家抄账写信，有好几位老婆婆简直离不开他"；他为人善良，体恤穷人，凭着为民请愿的愿望，以为可以说服经营着两家盐号的远房叔叔臧洪发，"把那些自己吃不到的盐巴拿一些来施舍给这两村的穷人"，① 结果，他的仗义执言却遭到了臧洪发的严词拒绝，而且他还因此被捕。小说刻画了臧岚初正直、善良、仗义的性格。

《诗翁》中一位军阀时代的旧官僚诗翁，当"丁香社已经两次三番地打了电话来催请诗翁出席，他老人家还兀自弯着瘦躯，躺在床上慢条斯理地抽烟，沉醉在稀薄的灰雾之中，没有理会。今天轮班是诗翁当主持，他之可以大摆其臭架子不用说是千载一时之机"②。明明烟色财气全沾的他，却偏偏要在如夫人面前高声吟诵代表他当年郁郁不得志情怀的诗作《独鹤轩诗稿》，说什么"高车驷马成虚愿，还向空山乞蕨薇"③。小说刻画了他爱摆谱、附庸风雅的性格。

《一位英雄》中的 H 先生，是一个专以追求"金钱、美酒、女人"为人生最大乐事的大学生，与妓女恋爱，登报求女友，打牌"昨儿一宿输了三十几块"，买一件大氅花了四十五块，满嘴的洋文，但是，在他家"一个高大的书架，上面摆的书籍真不算少，中文我没有去注意，顺手从第二层

---

① 蹇先艾. 蹇先艾文集（二）[M]. 贵阳：贵州人民出版社，2003：5.
② 蹇先艾. 蹇先艾文集（一）[M]. 贵阳：贵州人民出版社，2003：72.
③ 蹇先艾. 蹇先艾文集（一）[M]. 贵阳：贵州人民出版社，2003：76.

去取些洋书下来消磨时光，第一本我取下来看，里面的篇页都没有裁开，第二本也没有裁开，第三本还是照样没有裁开"①，小说通过这样一个细节描写，足以证实 H 先生这个假"洋鬼子"身上具有"叶公好龙"的性格。

《公园里的名角》中的 H 教授仁明站在讲台上时，大谈"救国毋忘读书，读书毋忘救国"的大道理，可是为了晚上能在方庐家打上八圈麻将，却不惜耽搁第二天学生的课程，"不相干，告一个病假得了"。平日里满口"堂堂皇皇地为人师表"，"我现在是当教授的人了"，暗地里却背着老婆与女学生私通，"有几位女弟子还常常和他通信，使他格外地兴奋，觉得人生里是充满愉快的"②。当 B 先生说学校不是讲恋爱的地方时，H 教授反驳道："这真是胡说荒谬，学生可以讲，教员就不能讲，况且爱是两性的神圣的结合，何时何地不能发生？"③ 此外，他还与风尘女子阿四勾勾搭搭。小说刻画了他心口不一、好色的性格。

这样的例子不胜枚举。但是纵观20世纪20年代前半期的知识分子题材小说，蹇先艾叙事结构也是在创作过程中慢慢倾向于偏重人物性格方面的，早在"新月派"时期，他主要以诗歌创作为主，这时期他也有小说创作，如《家庭访问》《到家的晚上》，那时候他的小说抒情味道也是较为浓厚的，只是到了大革命与抗战时期，因为时代的需要，他的创作开始转向写实，开始侧重人物的性格描写。

他曾经回忆他的这种创作上的转变：从回故乡贵州遵义省亲那个时候起，他的创作立足点稍有转移，选材开始由身边琐事逐渐广泛地转向劳动人民。同时也慢慢地学习了怎样生动地塑造人物的性格，怎样鲜明地描绘事件的背景，怎样去提炼小说的主题思想以及小说故事情节。一切都是根据生活实际情况来塑造形形色色的人物形象，并且在生活工作中学习与记录人民群众的鲜活语言。他学写短篇小说，一开始就受了鲁迅先生作品很大的影响。在外国作家中，他很喜欢莫泊桑和契诃夫，他认为这两位伟大的作家各有千秋。

---

① 蹇先艾.蹇先艾文集（一）[M].贵阳：贵州人民出版社，2003：94.
② 蹇先艾.蹇先艾文集（一）[M].贵阳：贵州人民出版社，2003：104.
③ 蹇先艾.蹇先艾文集（一）[M].贵阳：贵州人民出版社，2003：107.

　　莫泊桑、契诃夫、鲁迅创作短篇小说的模式，都是偏重人物性格塑造的。而且蹇先艾惯用的创作技法也是偏重刻画人物的白描手法。这是他自己说过的，他说他写小说，一般都采取了白描的手法，因为一是不喜欢太离奇的情节，二是不喜欢烦琐的心理描写，三是不喜欢冗长的对话与华丽过分的辞藻。在描写人物的性格之时，他有时还会试图用个性化的语言，甚至不会避忌方言土语。①

　　蹇先艾在"新月派"时期，以创作诗歌为主；后来到了大革命时期、抗战时期，蹇先艾转向小说创作，以笔代刀，选择为时代代言。蹇先艾师承莫泊桑、契诃夫、鲁迅这几位小说创作大师，他们的叙事结构也都是偏重人物性格的，这种师承关系对蹇先艾的影响不可谓不大。

　　最典型的例子是蹇先艾学习了鲁迅"画眼睛"这种"极省俭"的艺术手法。"（陈妈）红着一对桃子似的眼睛"（《迁居》），写难过；"B先生两只眼却死死地钉住大学生身后的女郎""胖教授望着女郎，咧着嘴，只差眼睛要成一条缝了""B先生的眼睛一直把他们送出视线之外，不由得两腿一阵乱颤"（《公园里的名剧》），这是两对邪恶的色眼；"虽然他（希之）是戴着眼镜的，也可以看出他的眼皮在那凸出的镜片上跳动"（《晚餐》），写愤怒；"其他客人都和晏先生一样焦急，眼睛像偷窃食物的老鼠似的向四处东张西望"（《国难期间》），写出了人物不怀好意、迫切急躁的心态；"画眼睛"这种白描技法的确是一种生动刻画人物性格的重要手段。蹇先艾的小说尤其是短篇小说大多情节简单，但通过白描等手法的运用，往往能够把人物性格刻画得非常生动到位，从而塑造出栩栩如生的人物形象，给人以美的享受。

　　此外，段雪笙的《女看护长》、谢挺的《沙城之恋》、戴冰的《有那么多书的病房》、王华的《旗》等小说的叙事结构也偏重人物性格。这些小说中故事情节都比较简单，小说背景描写也不太突出，但是小说始终在塑造人物形象人物性格方面着力，故而尽管这些小说篇幅不长，但小说中塑造出来的勇敢无畏的紫薇、优柔寡断的林飞、爱慕虚荣的蒋超、耿直倔强的爱墨等知识分子形象却栩栩如生，给人留下很深的印象。

---

　　① 蹇先艾．蹇先艾文集（三）［M］．贵阳：贵州人民出版社，2003：348.

刘再复在总结小说发展历史时认为小说发展大致经历了三个阶段：一是以讲述故事为主的生活故事化展示阶段，二是以刻画人物为主的人物性格化展示阶段，三是以表现内心为主的内心世界审美化的展示阶段。而且他认为第二、三阶段属于高级阶段。① 而蹇先艾、段雪笙等小说创作正是偏重"人物性格化展示"，达到了小说发展的较高阶段，因此，笔者可以说，贵州现代小说一经创立就迅速取得了较高成就。而此后的谢挺、戴冰、王华等作家也继续沿着小说创作偏重"人物性格化展示"的道路进行，笔者把之视为"蹇先艾传统"也并无不可。

二、以何士光为代表偏重背景的叙事结构

何士光的小说创作不太看重人物与故事情节，相反，他对环境描写却情有独钟。他小说中常常可以看到大段大段对自然景物的抒情，或大段大段内心情绪化的抒情，总体上而言，他小说创作叙事结构偏重背景。

何士光在《我怎样走上写作道路的》一文中这样写道："在生活中，我产生了两个极其强烈的欲望：首先是要在理论上弄清楚这一切是为什么。其次是要把这一切遭遇写下来。于是我就开始长达 20 年的白天劳动晚上读书写作的人生经历。"② 由此可知，何士光创作小说的初衷是要"在理论上弄清楚这一切是为什么"，要把"长久以来蕴藏在心底的爱和憎写出来"，是为了抒怀。事实上也正是如此，笔者可以从蹇先艾在《何士光和他的短篇小说》一文中对何士光小说创作个性的相关评论中找到依据：

> 何士光有自己的创作个性，从来不追求大起大落、离奇惊险的情节甚至于刺激人、麻醉人那一类的事件（这当然与作家的生活环境有很大的关系）。他的笔锋随时流露出真实的情感，所写的故事又都出自他亲身的经历感受，经过带有哲理的思考，分析，透过现象抓住了生活的本质，所以写来自然、隽永、生动，发人深思，耐人寻味……何士光的作品，也存在一些缺点，我觉得抒情的笔调多了一些，有时不

---

① 刘再复. 性格组合论 [M]. 合肥：安徽文艺出版社，1999：33.
② 何士光. 我怎样走上写作道路的 [J]. 文谭，1982 (8)：6 - 8.

免流于感伤；他喜欢用散文式的叙述来代替细节的描写；有些小说写农民的性格语言也还不够（《乡场上》除外）；这些无疑地都会影响到作品的艺术感染力，不能等闲视之。①

塞先艾把何士光小说中"抒情的笔调多了一些""喜欢用散文式的叙述来代替细节的描写"视为缺点，其实从见仁见智的角度来理解，这也正好论证了何士光在小说创作中叙事结构具有偏重环境氛围营造的鲜明特征。

下面，笔者以何士光知识分子题材小说中较有代表性的作品《青砖的楼房》《遥远的走马坪》《草青青》为例进行分析。中篇小说《青砖的楼房》故事情节很简单，人物也不多，但是小说里面的环境描写以及抒情氛围的营造却极度浓烈与繁复。小说的"引子"全部是在描写县城的景象以及青砖的楼房（县城中学）的环境；"上篇""中篇""下篇"中关于教师住所、学校办公室的环境描写也是无比详尽；此外，对于时令、气候的描写也是比比皆是。

这时候，就会看见一条浅浅的小河，小河那边不远的山脚和半山上，青绿的树丛之中，有矮矮的平房和楼房；皂荚树和柳树很高大，很老；有一处还隐约着年深月久的瓦檐和砖壁，似乎是留下来的庙宇；您会终于辨认出来，这是学校，并看清空地上的篮球场，那么是的，这就是县城中学了。②

楼口那儿，砖壁拐角的地方，还有一行歪歪斜斜的墨迹：誓死捍卫××，坚决打击××。字不是很大，像一些枝丫，被石灰水涂抹过了，但还是不声不响地现出来，像留下来的一条注脚，或是一道说明，让人觉着岁月是流逝了，但岁月仍旧归在这里。③

第一段引文描绘了县城中学周边的自然风光，强调的是小说的自然背

---

①　塞先艾. 塞先艾文集（三）[M]. 贵州人民出版社，2003：368 - 369.
②　何士光. 相爱在明天 [M]. 贵阳：贵州人民出版社，1987：40.
③　何士光. 相爱在明天 [M]. 贵阳：贵州人民出版社，1987：44.

景；第二段引文描绘了青砖楼房楼口的一道人文景观，暗中强调了小说的时代背景。

此外，《青砖的楼房》叙述者关于"日子"的感悟与抒怀，也是小说中一道亮丽的风景线。比如：

> 我又总是有这样一个感觉，像春天里犁地一样，一只巨大的犁已经深深地插进泥土里，在强有力地犁着这日子。①

这些关于"日子"的感悟与抒怀，大部分与刻画人物性格与推进故事情节的发展无关，它们是作为小说背景为了营造小说的抒情氛围而存在的，所以说，何士光的小说叙事结构偏重背景是不无道理的。日本学者近藤直子读了何士光小说《青砖的楼房》后，认为何士光作品的背景描写是相当成功的，认为何士光的很多作品带着秋高气爽般的存在感，如静夜里敲打玻璃窗的风，沙沙响的梧桐树，窸窣在脚下的枯叶，自然所演奏的曲调。② 而且近藤直子认为何士光小说中"自然所演奏的曲调"的文字背后蕴含着对人生固有的思考。

如《遥远的走马坪》中对于乡村小学环境的描写：

> 走马坪已是一片夏天的景色。没有风，杂树，人家，都伫立着，一动不动。只有日影慢慢地从田野上划过，好宽阔好悠长啊！③

这样的背景与小说女主人公的眷恋心态极度契合：离开走马坪，离开这儿的人们，离开我已经过了这样久的生活，我会不惯，会难受，会老是思念、老是不安！④ 这样世外桃源般的田野风光环境描写，凸显了矢志献身乡村教育事业女青年项玉玲与世无争的另一面。

又如《草青青》中：

---

① 何士光. 相爱在明天［M］. 贵阳：贵州人民出版社，1987：96.
② 近藤直子. 何士光的中篇小说《青砖的楼房》［J］. 山花，1985（7）：68.
③ 何士光. 故乡事［M］. 成都：四川人民出版社，1982：65.
④ 何士光. 故乡事［M］. 成都：四川人民出版社，1982：69.

　　小街平日里一片冷清，有几爿小小的店铺，漠然地半开半掩，卖一点蒙着灰尘的搪瓷把缸，还有食盐。好一阵才有人拖着布鞋从街面上穿过，也像影子一样无声。或者晴天，一两朵白云悄然划过来，鸡懒洋洋地伸长脖颈叫了；或者雨天，细雨缠绵地落下来，小街湿透了，长久地积着黏糊糊的、使鞋子深陷下去的泥水。只有到了赶场的日子，庄稼人才到街子上来，做一点零星的买卖，但田地里的出产很少，也只是匆匆地来，又匆匆地散开。后来不允许赶场，那么就连这一点匆匆的相见也没有了。①

　　这段引文中既有对自然风光、自然环境的铺叙，也有对社会活动、时代风云的渲染。这些环境的描写起到了烘托、营造小说抒情氛围的效用。

　　这样关于环境描写以及抒情氛围营造的例子不胜枚举，我们还是看看评论家们对此是如何评论的：

　　钱理群在评论中把何士光的叙事艺术归结为“写实”与“叙梦”的结合，“何士光的艺术与沈从文的艺术确有相通之处”。②

　　肖侃认为何士光创作中最富于艺术魅力的作品是一种用第一人称来叙述的、抒情色彩很浓的、散文式的小说。③

　　罗强烈认为何士光在努力追求一种诗情画意和生活哲理交融贯通的艺术境界。④

　　就连何士光自己也承认不擅长编造波澜起伏的故事，认为日常生活中大量发生着的不过是些东零西碎的事情，但就是在这些日常生活中，“其严峻揪心的程度，都决不在英雄血、美人泪之下”。⑤ 好一个以小见大的创作思路。

---

① 何士光. 草青青［M］. 成都：四川人民出版社，1983：3－4.
② 钱理群. 何士光创作论［M］. 山花，1983（4）：70.
③ 肖侃. 读何士光的小说［J］. 山花，1980（11）：14.
④ 罗强烈. 略论何士光小说的艺术特色［J］. 四川大学学报（哲学社会科学版），1982（3）：25.
⑤ 何士光. 感受·理解·表达——关于《乡场上》的写作［J］. 山花，1981（1）：60.

何士光本身是正规大学毕业，自身传统文化功底很深，而且又善于学习古今中外经典的文化典籍，更多采用散文化的方式进行小说的创作，非常注重小说环境氛围的营造，往往把故事放在一个"典型环境"中来讲述，而且，他还有一个最鲜明的特点，就是往往会在小说中穿插大量自己关于人生、关于日子等的哲学思考，故而成就了他这种众人所知的"稀薄叙事"。

到了20世纪90年代后期以及21世纪初期，或者简单地说，在他步入中晚年以后，他已经将这种"稀薄叙事"发挥到了极致，在他的《如是我闻：走火入魔启示录》《今生：经受与寻找》《今生：吾谁与归》等篇什创作中，已经几乎找不到严格意义上的叙事，这些篇什变为他对于自己学习佛法道义的日记或者说他这样一个"自了汉"学习佛法道义过程中的人生感悟。很明显，这样的一些著述，是写来与那些同样喜欢谈佛论道的同道们看的。他转向研究儒释道三家文化，而且最推崇道家，他曾经自信地说："关于生命，全世界没有人能搞清楚，只有中国人知道，而生命的奥义就在《道德经》之中。"

《如是我闻：走火入魔启示录》《今生：经受与寻找》《今生：吾谁与归》等篇什是何士光多年精研佛法道义，对生命有了大彻大悟的理解之后感悟生命、诠释生活的自传体文章。书中不再围于讲述有头有尾的故事和告诉读者文本以内的东西，而是注重于心灵的修习和探索。通过对琐细的生活和平凡的日子的探索，表达一位知识分子对于世界的看法，其中始终没有放弃对人的关怀和对人的生命意义的追问。

何士光的小说审美符合刘再复所谓小说发展史的第三阶段即"以表现内心为主的内心世界审美化的展示阶段"，何士光小说艺术成就可见一斑。难怪韩石山评论："何士光的文字，尽善了他做人的美德，也尽善了他为文的美意。"① 只可惜，贵州如同何士光一样叙事结构偏重背景的小说实在太少了。

---

① 韩石山．一篇让人想吟诵的长文——读何士光《日子是一种了却》［N］．中国艺术报，2015－11－25（3）．

三、以欧阳黔森为代表偏重情节的叙事结构

作为叙事作品，总离不开编织故事，制造矛盾。古往今来，人类面临着诸多冲突，例如与自然、社会、他人、命运以及自身的冲突等。这些冲突都程度不同地在文学作品中得到了反映与表现。在中国古代文学中，由于受和谐、天人合一、物我为一、中和之美等哲学观念和审美意识的影响，中国古代文学对于冲突的表现远不及西方强烈。在西方，从古希腊开始就强调对立和冲突，这也是希腊艺术的神韵和魅力所在。赫拉格利特把对立视为美的根源，黑格尔高度重视冲突，整个西方文学作品，就其审美风格而言，是以剧烈的冲突、残酷的结局、崇高的悲剧而著称的。而中国的文学则是以和谐、优美、圆满而取胜的。①

至于欧阳黔森为代表的偏重情节的叙事结构，笔者可以从相关评论家的论述中得到启示。

雷达认为真正体现欧阳黔森创作特色的是富于个性化的"传奇"叙述方式②，杜国景认为欧阳黔森的小说继承了中外文学史上"英雄叙事"的传统③，而"传奇"叙述、英雄叙事无疑体现欧阳黔森小说偏重情节的叙事结构特色。

孟繁华评论时则认为欧阳黔森的某些小说虽然发表至今已过去了若干年，但仍然觉得非常新鲜好看，"再读仍然感到震撼"，这样的小说无疑是偏重情节的叙事模式。

关于自己是如何走上文学创作道路的问题，欧阳黔森曾在一次接受采访时提到过这与他的地质工作经历是分不开的，他说他连最艰苦的地方都去过，荒无人烟的地方也去过。有了这样的经历之后，他就对能从事写作感到很满足。他的小说创作，几乎有一半以上是与地质有关的。可以说，是地质工作经历促使欧阳黔森走上文学创作之路的，欧阳黔森的小说素材多来自自身经历，非常贴近生活本身；而且，他非常喜欢搜集身边的一些

①　王卫平. 中国现代知识分子小说史论［M］. 北京：中国社会科学出版社，2009：68.
②　雷达. 叙事的机趣——欧阳黔森小说印象［N］. 文学报，2005 – 11 – 24 (4).
③　杜国景. 欧阳黔森的英雄叙事及其当代价值［J］. 当代作家评论，2016 (2)：128.

逸闻掌故以及民间习语习俗，以便在合适的时候融入自己的小说之中，这也是他小说情节非常生动的原因之一。

下面，笔者就以欧阳黔森的知识分子题材小说代表性作品《非爱时间》为例来谈谈偏重情节的叙事结构。

长篇小说《非爱时间》里面也有背景描写、人物性格的刻画，但是，纵观全篇，笔者最大的感受还是他对于故事情节编织能力的强大。在这篇小说里面，叙述者为读者讲述了一个又一个精彩纷呈的故事：黑松与陆伍柒应唐万才之邀去枫木坪解救村头百年枫树林的故事；黑松与妻子郝鸽子的故事；郝学仕牺牲的故事；郝鸽子与维·库兰诺夫的故事；陆伍柒与萧美文的爱情及他创业发家的故事；黑松与卢竹儿的爱情故事；鲁娟娟的故事；黑松父母的爱情故事；陆伍柒与梅青杨的爱情故事；等等。简直就是大故事中套小故事，故事连着故事。正如某学者所言："人们找不到精神依据，这些老知青们只有一个十八块地，这样的朝圣会真正有效吗？能解决一切问题吗？"小说既没有肯定也没有质疑，但小说已经明显表达出这样的意思，即"过去已经死，正如陆伍柒爱恋的萧美文已经死去一样"①。诚哉斯言，小说中过去的故事往往显得无比美好，如黑松与卢竹儿懵懂的初恋，陆伍柒与萧美文无果的爱情，郝学仕为理想而牺牲的故事等。而现在的故事则留有诸多遗憾，如枫木坪村头枫木林危机，陆伍柒"月光娱乐城"灰色的产业，染上艾滋病的陆伍柒与梅青杨的暧昧情感等。无疑，陈晓明对欧阳黔森小说《非爱时间》的评论中关于"通过这些过去故事与现实故事的对比，小说已经相当明显地表达出：过去已死"②的观点是非常独到非常深刻的。而这个深刻的思想却是通过一连串的过去的与现在的故事呈现出来。

欧阳黔森小说的最大特点是"好看"，对于这一点，他自己并不忌讳，他在一次采访中曾经公开坦言自己是一个会讲故事的小说家，他认为"短

---

① 陈晓明．对当代精神困局的透视——评欧阳黔森《非爱时间》［N］．文艺报，2004－5－18（2）．

② 陈晓明．对当代精神困局的透视——评欧阳黔森《非爱时间》［N］．文艺报，2004－5－18（2）．

篇小说讲求天赋和灵感，需要抓住事物的本质并能够精彩地、凝练地表现出来"①。

为了让自己的小说变得"好看"，欧阳黔森还有意识地把自己平日搜集到的一些逸闻掌故，以及民间习语、习俗的素材有机融入小说之中，以增加小说情节的趣味性与生动性。

例如，短篇小说《梨花》中，小说发生地公鹅乡三个鸡村，这样的地名就蛮有意思。小说在描写梨花的阿嫂麻姑时，使用了"桃子开花李子结，麻子婆娘惹不得"，"人们说麻子有两怕，一怕家里的镜子，二怕河边的台子"，"其实阿嫂就是脸麻了一点，身材极好，腰细屁股大是生娃崽的好料子"等民间习语，生动传神。此外，小说中还写道："乡长'算卵了'一出口，证明他已谅解这件事。在这一带这个词组不是骂人的，而是一句口头语，这句话的意思与汉语词典里的'罢了'近似"②，"老书记的确已到了风吹眼泪流、放屁屎就来的年纪"③。又如"三个鸡村为什么不叫三只鸡村，公鹅乡中学的语文教师做了权威的考证，因为这一带的人从来不用'只'字，善于用'个'字，那么鸡、鸭、狗用'个'字这个量词是符合当地民情的"④，这样的趣味性书写能够激发读者的好奇心与阅读欲望。

这样的例子在欧阳黔森的小说中实在太多了。例如中篇小说《穿山岁月》中，关于地质工程师郜德的绰号"正确"，地质工程师苏方的绰号"苏经管"的由来等。总之，欧阳黔森善于在小说中穿插人物逸闻趣事、民情风俗掌故等，无形中增添了小说的许多看点，使得他的小说变得更加"好看"，叙述者讲来津津有味，读者读来也是津津有味，欧阳黔森不愧是一位善于讲故事的小说家，他小说的叙事结构策略偏重情节这一点是毫无疑问的。

在贵州文学接力棒的传递过程中，蹇先艾对何士光赞赏有加，而何士光对欧阳黔森同样非常认可，认为他"在不动声色的叙述后面，以一种慈

---

① 吴茹烈，罗倩，罗曼.讲好贵州故事 彰显贵州气派——对话贵州省文联主席、作家协会主席欧阳黔森［N］.贵州民族报，2017－07－21（C1）.

② 欧阳黔森.味道［M］.北京：中国文联出版社，2003：69.

③ 欧阳黔森.味道［M］.北京：中国文联出版社，2003：69.

④ 欧阳黔森.味道［M］.北京：中国文联出版社，2003：72.

悲的胸怀对人性作了一次深深的审视"①。

其实这也很好理解，在市场经济时代的环境之下，除了严肃文化之外，大众文化、通俗文化、快餐文化也逐渐兴起，文学创作与消费也开始讲求市场。当下的小说创作如果还停留在蹇先艾偏重性格的叙事结构、何士光偏重背景的叙事结构阶段，那很有可能就会失去市场、失去读者。所以，欧阳黔森拾起中国传统的古典小说中偏重故事、偏重情节的叙事结构来进行他的小说创作，并且取得了相当大的成功，对此，大家也无可厚非。近年来，欧阳黔森小说创作方面力度有所减弱，而是把更多的时间和精力转向了影视作品的创作如《雄关漫道》《奢香夫人》《绝地逢生》等，这些影视作品的内容涉及贵州的历史人文、民族特色、生态美等方方面面，大多为主旋律作品。他编剧的影视作品曾获得国家级多个奖项，在宣传介绍贵州方面起到了积极的作用。此外，除了欧阳黔森的外，上述为例的知识分子形象书写代表性作品中叙事结构偏重故事情节的小说还有叶辛的《蹉跎岁月》、思基的《我的师傅》，当然，这两篇小说也有背景描写，也有人物形象的塑造，但是小说似乎更加注重故事情节的书写，通过故事情节的描写来展开知识分子形象的书写。

作家叙事结构策略的选择往往与当时的社会条件，作家的生活经历，时代的兴奋点有着密切的联系。随着时代的变迁，作家的思维方式及人物个性在变化，那么叙事结构策略也会随之而发生变化。实际上，人物、情节、背景作为小说三要素，是须臾不可分离的，一部优秀的作品，一定会是这三者的有机融合，绝不会是水与油那样清晰可分的。同样，就是在同一时代，这三种类型也往往是同时并存的。

总之，本章通过对蹇先艾、何士光、欧阳黔森、段雪笙、思基、叶辛、谢挺、戴冰、王华等作家知识分子形象书写作品进行叙事学考察研究，笔者可以对贵州现代小说知识分子形象书写的叙事策略得出如下的结论。第一，叙事视角策略方面：传统的非聚焦型叙事视角仍被广泛采用，尤其是在长篇小说中，内聚焦型叙事视角成为主流叙事视角，此类作品超过半数；外聚焦型叙事视角非常稀少；"视角变异"屡次出现。非聚焦型叙事视角始

---

① 何士光.诗的意境和铁的历史［N］.文艺报，2014－9－22（2）.

终存在，这是叙事视角转型中的"不变"。但是在百年来的历史变迁中，叙事策略逐渐呈现出从非聚焦到内聚焦的转型现象，尤其是第三人称内聚焦叙事视角的逐渐增多，这是叙事视角转型中的"变"之一；"变"之二就体现在"变异视角"的不断出现，加大了小说叙事的表现张力。第二，叙述者策略方面：给人真实可信的第一人称叙述者 22 篇；拉近叙述者与读者距离的第二人称叙述者非常稀少，仅有何士光的 3 篇；不受时间空间限制的第三人称叙述者 33 篇；彰显现实主义特色的客观叙述者占绝大部分，在上述58 篇作品中占 40 篇。多采用客观叙述者，而较少采用干预叙述者，客观叙述者是现实主义理论家最推崇的范式，更能彰显现实主义创作手法。第三，叙事时间策略方面：传统的连贯叙述退居其次，占 17 篇；"开局突兀"的倒装叙述屡见不鲜，占 10 篇；扩充容量的交错叙述成为"主流"，占 30篇。传统的连贯叙述篇目最少，"开局突兀"的倒装叙述也不在少数，而扩充容量的交错叙述几乎成为叙事时间主流，这说明贵州现代小说知识分子形象书写在继承古典小说叙事时间策略的基础上，已经向着现代小说叙事时间策略的方向上全面转型，从而进一步提升小说书写的审美品质。第四，叙事结构策略方面：大致可以分为以蹇先艾为代表的偏重性格的叙事结构、以何士光为代表的偏重背景的叙事结构、以欧阳黔森为代表的偏重情节的叙事结构。蹇先艾的创作与何士光的创作分别属于小说发展史上"人物性格化展示阶段"与"人物内心世界审美化的展示阶段"的两个高级阶段，体现了蹇先艾与何士光在贵州现代小说史上的崇高地位，而欧阳黔森的小说创作属于刘再复所言的"以讲述故事为主的生活故事化展示阶段"。但偏重情节的叙事结构，容易造成一种经验写作的惯性，也容易导致小说创作后继乏力，欧阳黔森后来的创作转向也说明了这点。

第四章
贵州现代小说知识分子形象书写的得与失

　　贵州现代小说知识分子形象书写是一个复杂的构成与一个自足的系统，其作品数量庞大，内涵丰富。笔者已经研究了知识分子形象书写流变史、知识分子形象类型以及知识分子形象书写的叙事策略，那么接下来，贵州现代小说知识分子形象书写的特色、价值与不足是怎么样的呢？此外，笔者也很有必要对贵州现代小说知识分子形象书写为何薄弱进行反思。一是彰显本论著研究的目的与意义，二是为从事贵州小说创作与研究的后来者们提供一定的借鉴，或者说至少能为今后同仁们继续研究提供一个商榷争议的话题引子。

第一节　知识分子形象书写的特色

　　贵州现代小说知识分子形象书写的特色主要有如下特征：一是鲜明的启蒙性特征，二是突出的现实主义创作手法，三是浓郁的乡土气息。下面分别论述之。

一、鲜明的启蒙性特征

　　纵观贵州现代小说知识分子形象书写，我们可以发现启蒙性是其重要的特征之一。要厘清这个问题，我们就有必要先弄清楚中国近现代100多年来的历史变迁的主题是什么。知识分子研究专家许纪霖认为，中国近现代历史的轴心问题是自鸦片战争以来中国的变迁是围绕着现代化主题而展开的，而不是过去所理解的是反帝反封建主题或者三个革命高潮主题。① 陈思和则认为，"改造国民性，批判封建的、落后的思想观念与文化心理是中国新文学中最有特色的传统主题。从鲁迅到赵树理到高晓声，他们的作品始终拥有大量的读者，被认为是最出色最传神地描绘了中国社会的真实面貌。这些作家所揭发，所批判的是中国社会中种种与现代文明不相适应的部分，在无情批判的背后，仍然是对现代文明最热切最炽热的呼唤"②。

温铁军也认为中国的发展问题基本上是一个农业人口大国追求工业化发展的问题。③ 可见现代化主题伴随中国近现代历史变迁的始终。

很有必要简要回顾一下中国在现代化长途上艰难跋涉的历史。中华民族到了十九世纪，遭遇到了空前的难关，究其原因多种多样，首先是因为我们的科学不及人。当清朝嘉庆、道光年间我们的祖先还在那里做八股文、讲阴阳五行之时，西方已经打好了科学基础。其次是从十八世纪中期开始西方已经用机器生财打仗，而我们的农业、工业、军事、运输等各方面发展仍停留在唐宋时期的模样。此外，当爱国心、民族观念在西方人们头脑中蔚然成风之时，我们还死守着家族观念和家乡观念；十九世纪的西方开始了近代文化进程，而我们的世界却依然停留在中古时代。④ 落后就要挨打，所以才有了屡遭屈辱的中国近代历史。

陈思和认为：五四不是一个文艺复兴运动，而是一个启蒙运动，这可看作是对五四新文化运动本质的最科学的说明。⑤ 五四运动开启了中国现代历史，中国开始进入"启蒙与救亡的双重变奏"（李泽厚语）时代。汹涌澎湃的新文化运动以道德革命和文学革命为内容和口号，这在中国数千年的文化史上是划时代的。启蒙运动刚开展不久，就碰上反帝爱国的救亡运动，二者很快合流。在接下来的五卅运动、北伐战争、十年内战、抗日战争中，好几代青年知识分子纷纷投入到救亡运动浪潮，出现了所谓的"救亡压倒了启蒙"。1949 年中国革命成功，曾一度开展思想整风或改造运动。20 世

---

① 许纪霖．中国知识分子十论（修订版）［M］．2 版．上海：复旦大学出版社，2015：6.
② 陈思和．中国新文学整体观［M］．上海：上海文艺出版社，1987：51.
③ 温铁军．三农问题与世纪反思［M］．北京：生活·读书·新知三联书店，2005：17.
④ 蒋廷黻．中国近代史［M］．武汉：武汉出版社，2012：2.
⑤ 陈思和．中国新文学整体观［M］．上海：上海文艺出版社，1987：260.

纪 90 年代中后期，价值迷失以及终极价值问题也逐渐成为一个无法回避的问题。

综上所述，我们也就能理解许纪霖所说的中国近现代历史变迁一直围绕着现代化主题的观点了。国家要现代化，启蒙必不可少。

康德认为"启蒙就是人从他自己所造成的不成熟状态中挣脱出来"①。人人都要接受启蒙，知识分子也不例外。此外，先知先觉者有启蒙后知后觉者的义务，知识分子有启蒙文盲的义务，知识分子也有自我启蒙的自觉。事实上，在贵州现代小说知识分子形象书写之中，启蒙性特色是很明显的。

蹇先艾接受过五四运动的洗礼，何士光新时期的创作沐浴在 20 世纪 80 年代文学黄金时期的甘霖之中，欧阳黔森在 20 世纪 90 年代曾经辞职"下海"，他对市场经济条件下人性的物化与扭曲应该会有更多的亲身体验。作家都是时代的记录者，"他们构成人类的良心"②。如果说蹇先艾、何士光是"拥抱现代化"的作家，那么欧阳黔森则是"反思现代性"的作家。

蹇先艾到北京是发生五四运动这年冬天，他进入北京师范大学附属中学就读。当时学校领导是刚来校的著名教育家林砺儒教授。据蹇先艾回忆，林砺儒来后，学校办学精神有了很大改变，打破了一些旧制度，扩大了图书馆，添置了很多与新文学相关的书报杂志，成了学生们每天的精神食粮，如《启蒙者》上的文章能很快地促进了一些曾经受过尊孔读经毒害的青年新的觉醒。③

以鲁迅为师的蹇先艾为了"暴露国民的弱点"，创作了一系列暴露知识分子"国民的弱点"小说，塑造了一系列有"国民的弱点"的知识分子形象，如《公园里的名剧》中的 H 教授、B 官僚，《一个英雄》中 H 先生，《诗翁》中的诗翁，《初秋之夜》中的乌元富、吴翰林，《颜先生和颜太太》中的颜先生，《国难期间》中的晏肇祺，《幸福》中的尹教授等。

文学是苦难人生的节日。何士光开始创作也是"发愤之所为作也"（司马迁语），他在一文中曾说过他因为不相信一辆汽车装不下一个红苕，就被

---

① 张汝伦. 坚持理想［M］. 上海：上海人民出版社，1996：35.
② 爱德华·W. 萨义德. 知识分子论［M］. 单德兴，译. 北京：生活·读书·新知三联书店，2002：12.
③ 蹇先艾. 蹇先艾文集（三）［M］. 贵阳：贵州人民出版社，2003：321.

分配到一所乡下中学教书去了。极度失望愤慨的何士光，为了从理论上弄清楚发生这一切的原因，以及为了把这一切都写下来的动机，于是他开始白天劳动晚上读书写东西。何士光就这样绘制出他小说世界中的"梨花屯"图景。

这样，我们就能较好地理解 20 世纪 80 年代中期以后何士光为何也要"暴露国民的弱点"。他先后创作了《青砖的楼房》《远行》《薤露行》《蒿里行》《苦寒行》等"暴露国民的弱点"的中篇小说。有学者研究后指出：在党的十一届三中全会的正确路线指引下，前段时期的错误得到纠正，社会开始走上正轨，却又受到不正之风的影响。① "我们的祖国终于迎来了改革，正在向现代化前进。关于经济改革的艰难过程以及给人们带来的悲喜剧变化，正如春潮起伏在我们的当代文学中。但由于对改革的简单化认识，使许多作品总是流于生活的现象层面，并且在题旨发现上还趋于一路。何士光早期的《乡场上》也属于这一类作品，虽然它是其中的佼佼者。而《苦寒行》却切入变革的深层，指出对'我们'自身进行改革的迫切性。《苦寒行》是在为我们貌似变化而实际是因循转圈的精神现象上画上'朱老大'式的记号，引起我们的警醒和自觉。"② 其实，何士光自己后来也给出了答案："根就在自己的脚下，重负就在我们传承了几千年的小农经济，弄清小农经济留给我们的所有的重负，正与我们的现代化进程互为表里，是历史赋予的使命之一。这也就是《苦寒行》的初衷或动机。"③

文化精英何士光受到当时全国流行的"寻根文学"的影响，也要对自己身边习焉不察的"国民的弱点"进行"寻根"，以便弄清小农经济留给我们的所有的重负，加速我们的现代化进程。

故而小说《幽魂》中不学无术的魏文通，《青砖的楼房》中蝇营狗苟的赵德贵、胡其林、钱副校长，《远行》中"梨花屯"坐客车去县城的 51 位形形色色的乡民群像（里面有知识分子也有农民），《薤露行》中随波逐流人生畸形的教师王传西，《蒿里行》中玩世不恭的书店职员黄祖耀，《苦寒

---

① 魏家骏.《远行》的表层和深层意蕴——何士光小说《远行》细读及本文分析 [J]. 贵州民族学院学报（社会科学版），1989（1）：40.

② 罗强烈. 罗强烈文学评论选 [M]. 贵州人民出版社，1994：187 – 188.

③ 何士光. 写在《苦寒行》之后 [J]. 小说选刊，1987（7）：47.

行》中好吃懒做的乡镇游民朱老大等都是"小农经济留给我们的所有的重负"。为何时光到了 20 世纪 80 年代，"国民的弱点"依然顽固如斯？因为一种民族文化心理的积淀是要经历一个长期的过程，中华民族的传统文化在几千年的封建礼教的禁锢中不断积淀，成为影响国民精神的主要因素。辛亥革命虽然推翻了清王朝的政治统治，但是在文化方面确实无法在一朝一夕就彻底根除封建礼教的影响。从 20 世纪 90 年代中后期开始中国知识分子也开始关注并警惕现代化的负面因素，他们渐渐地从拥抱现代化转向到反思现代性本身。欧阳黔森无疑就属于这样的人士。

欧阳黔森出身于铜仁市地质队员家庭，19 岁那年自己也成为一名地质队员，踏遍铜仁地区的山山水水，小时候就爱舞文弄墨，曾出版散文、诗歌合集《有目光看久》，从 1993 年"下海"经商起，其间有七年未曾动笔创作。1999 年欧阳黔森将早年写成的长篇散文《十八块地》进行了修改，并寄给了《当代》杂志社，没想到却被当成小说在《当代》杂志 1999 年第 6 期发表了。《十八块地》被视为他的"突围之作"，他从此之后一发而不可收，短篇小说集《味道》、长篇小说《非爱时间》等皆得以出版，并赢得了评论大家们的赞誉。

欧阳黔森的小说有个最大特色，就是"反思现代性"，无论是回忆性质的"知青小说""地质小说"，还是反映现实生活的"商战小说""官场小说"，更遑论他的生态小说了。

他根据自身生活经历创作了一系列"知青小说"如《十八块地》，以及"地质小说"《远方月皎洁》《穿山岁月》《莽昆仑》等。作为被人称为"文革童年，高考少年，改革青年"的作家之一，欧阳黔森对"文革"岁月的反思从文化心理角度着手，他的控诉不再重复过去那种"只有受害者，没有行为者"的模式，而是采用了一种批判介入的新颖视角，即以最普通的当事人为切入点，从而达到窥一斑而见全豹的效果。① 通过对物质极度贫乏"知青岁月""找矿岁月"的赞歌般叙事，影射物欲横流的当代，回忆中的美好与现实中的冷酷产生一种激烈的碰撞。

反映现实生活的小说如《白多黑少》《非爱时间》《非逃时间》等小说

---

① 郭征帆. 铜仁地区当代作家评传［M］. 北京：中国文联出版社，2004：171.

中的主人公，其实还是当年的"知青"，不过当他们长大后，有的经商，如《白多黑少》中的萧子北、《非爱时间》中的陆伍柒；有的从政，如《非爱时间》中的瞎子（人名）。这些人亲身经历过计划经济、市场经济的时代，他们也许因为当时年龄太小，未能亲身感受到计划经济时代情况，但他们却深深体会到市场经济条件下人性的物化与信仰的迷茫。当然，作者并不是要宣告回到过去，他真实的意图是在反思当下，即"反思现代性本身"，或者如陈晓明所言"回应了当代人关切的理想主义和价值归宿的问题"。

此外，欧阳黔森还创作了不少生态文学作品，关注人类的生态危机，如《水晶山谷》《绝地逢生》。有学者评论道：现代文明是一柄常常使人们陷入进退两难悖论之中的双刃剑，而欧阳黔森的深刻之处，正是写出了人类的这种困境。① 这些评论无疑是对他"反思现代性"的最好诠释。

所以，无论是蹇先艾、何士光揭示"国民性弱点"的小说，还是欧阳黔森"反思现代性"的小说，无疑都带有启蒙性特征。应该说这也是中国近现代历史变迁始终围绕着的现代化主题在贵州现代小说知识分子形象书写中的一种同步共振现象的体现，只不过形式有别而已，一是"拥抱现代化"，二是"反思现代性"。

二、突出的现实主义创作手法

关于现实主义，《现代汉语词典》（第 7 版）是这样定义的：现实主义是文学艺术上的一种创作方法，通过典型人物、典型环境的描写，反映现实生活的本质。现实主义也指欧美 19 世纪中期兴起的一种以不事夸张、刻意强调细节的真实的手法再现生活的文艺思潮，旧称写实主义。②

童庆炳在其主编的《文学概论》一书中认为现实主义精神要求直面人生，不回避现实，无论现实是美好还是丑恶。③ 茅盾也曾经明确提倡现实主义创作手法，认为文坛要担负起时代使命，文学创作当反映社会现实，喊

---

① 谢廷秋. 从《水晶山谷》到《绝地逢生》：贵州作家欧阳黔森生态文学解读 [J]. 当代文坛，2012（2）：139.

② 中国社会科学院语言研究所词典编辑室. 现代汉语词典 [Z]. 7 版. 北京：商务印书馆，2016：1424.

③ 童庆炳. 文学概论 [M]. 武汉：武汉大学出版社，2000：615.

出人民大众的要求，推动社会历史的进步。现实主义文学的深刻内容，不仅在于它能真实地描绘生活的面貌，也还在于它具有引起人们去思考和改造生活的内在的诱发力。现实主义文学不仅是写实的，而且有理想的因素。

蹇先艾走上文学创作道路，首先是从新诗创作入手的。他在 1925 年经由王统照介绍与李健吾一同加入了"文学研究会"，真正地开始了他的文学生涯。蹇先艾加入"文学研究会"前后，主要致力于新诗的创作。学贯中西的梁启超读到他发表的新诗，曾特意为他题写了一把折扇，书着周邦彦的《瑞鹤仙》词，词后还题赠了一句勉励他的话："先艾学诗宜致力"。但给他新诗创作以最大影响的，还是闻一多、徐志摩这两位著名的诗人。同时，他研读过英国浪漫主义诗人拜伦、雪莱、济慈的作品，译过哈代、莎士比亚等人的诗，深受英国浪漫派诗歌中人道主义的熏陶。这人道主义精神既有歌咏自身遭际的一面，也有表现为关心民生疾苦的一面。蹇先艾的新诗创作持续到 1928 年底，因为新格律诗的"式微"，《晨报副刊》的停办，加上师友们风流云散，他再无心肠作诗，便停了下来，从此创作重心转入了小说的创作。

在五四落潮期，当时小说界鸳鸯蝴蝶派甚嚣尘上，鼓吹游戏消遣的文学观。蹇先艾曾在 1923 年 4 月 20 日的《新民意报》副刊《朝霞》上发表《北京青年的 < 小说世界 > 迷》，对某些沉溺于鸳鸯蝴蝶派小说的北京当地青年表达了非常强烈的不满情绪。他在文章中写道："若我们大家从此大声疾呼，不遗余力，也许青年们有觉悟的一天。到那时我看这些大小说家，大杂志，也会一败涂地呢。"可见青年蹇先艾一踏上文学创作道路，便积极响应着文学研究会"为人生而艺术"的艺术主张。

他真正意义上的第一篇小说《家庭访问》（发表于 1924 年 8 月 1 日《晨报副刊·文学旬刊》第 43 号）目的在于借了平民学校教师家庭访问之行来展开社会生活的一角，其间批判和同情的态度都显而易见。给作者带来声誉的小说《狂喜之后》（在 1926 年 5 月 10 日至 26 日《晨报副刊》上连载）取材于与蹇先艾同时在平民学校义务授课的某同事的浪漫史，写音乐教员 K 君与他的女学生由相爱到失恋的过程，传达出五四以后青年对自由恋爱的向往与追求，真实地描写了他们的苦恼和欢梦。通过恋爱失败的结局，对封建家长制进行了揭露和批判，呈现出反封建的色彩。《到家的晚上》从一个知识分子的视角写一个旧式大家庭在风起云涌的时代大潮面前的败落。上述的知识分子题材作品的思想倾向表明作者的人道主义观念已经形成，作品在当时具有批判封建道德、揭露社会罪恶等进步作用。

1927年"四一二"反革命政变后，革命遭受了严重的挫败，人民陷入了更深重的灾难，中国共产党在极端艰难的条件下坚持斗争，重新壮大了力量，将中国革命推向了新的高潮。在日本帝国主义发动"九一八"事变，进而准备吞并全中国的紧要关头，全国人民在中国共产党的领导下掀起了声势浩大的抗日救亡运动。正是在这样的时代背景下，蹇先艾迅速由一位人道主义作家转变成为一位现实主义小说作家，而他1928年7月的第一次还乡无疑加速了这一转变进程。

蹇先艾这一次贵州之行，在创作上获取的重大成果，便是次年（1929年）五月发表在《东方杂志》上的小说《在贵州道上》。这篇小说的意义在于，蹇先艾从生活实际出发，以一个知识分子的视角，通过侧面写"加班匠"赵洪顺"卖妻"与正面写他"赖账"这两个情节，真实地写出了赵洪顺精神的麻木与愚昧，以及他沾染吸食鸦片的恶习。透过他的经历，以及围绕他的环境和事件的描写，我们可以强烈地感受到贵州山区当年的贫困、落后与黑暗。但蹇先艾把造成"赵洪顺"们的愚昧、麻木，使他们陷入贫困、不幸的原因，多半归咎于吸鸦片，这当然不可能揭示出问题的本质，这样必然限制了这篇小说主题思想的深刻性。① 蹇先艾对赵洪顺于同情中所含的责备，颇接近于鲁迅先生写国民性时"哀其不幸，怒其不争"的态度。这篇小说趋向成熟的一个主要因素，很明显，在于作家自觉地使用了现实主义创作方法，而他所截取的这个切片，鲜活，实在，正源于他的贵州之行。由于经过了集中概括，小说所反映的生活内容就更加真实，更带普遍的社会性。

蹇先艾现实主义创作手法运用最为成功的当属写于1937年的知识分子形象书写作品《盐灾》，小说正确分析了乡下发生盐灾的原因，一个是国民党反动政府不顾人民死活，拼命搜刮钱财，厘金局加重税收，造成"盐价飞涨"；另一个是盐商臧洪发等人，囤积居奇，哄抬盐价。特别值得一提的

---

① 杜惠荣，王鸿儒.蹇先艾评传［M］.贵阳：贵州人民出版社，1986：66-67.

是小说主人公红沙沟公所文书臧岚初敢于当面斥责远房叔叔臧洪发"为富不仁",这一情节表明作家能够发现并且表现出阶级对立的关系,进而指控带给人民以不幸的剥削者、压迫者,这无疑是蹇先艾思想上一个深刻的变化,并且因了这一变化,扩大了他小说里的社会生活内容,使其小说有了更为鲜明的时代感和历史感。

何光渝高度评价《盐灾》,认为蹇先艾的乡土小说由此而达到成熟。[①]秦家伦与钱理群认为《盐灾》《在贵州道上》《父与女》等短篇小说写得相当成功,"作者听到了人民发出的怒吼声,他虽然没有正面地描写人民的反抗,然而却使读者感受到了这种反抗的力量"[②]。杨义认为20世纪30年代是蹇先艾创作的丰产期,同时也是蹇先艾作品现实主义力量的加强期。[③]

蹇先艾在大都市接受了高度物质文明、现代精神的熏陶,特别是受了五四新思潮的洗礼,以及文学研究会"为人生而艺术"的艺术主张的影响(1925年,蹇先艾经王统照介绍,与李健吾一起加入了文学研究会),所以他采用现实主义创作手法,用他的笔批判黑暗的旧制度是理所当然的。

何士光亦是采用现实主义创作手法来塑造知识分子形象的。不过,何士光知识分子形象书写的小说《秋雨》《遥远的走马坪》《山林恋》《心:一个文学青年的故事》《幽魂》《梨花屯客店一夜》《草青青》《似水流年》《相爱在明天》《青砖的楼房》《薤露行》《蒿里行》《苦寒行》《如是我闻:走火入魔启示录》《今生:经受与寻找》与《今生:吾谁与归》等作品中,何士光相对来说较多地关注的是知识分子的灵魂。王刚认为何士光20世纪90年代之前的一系列知识分子形象书写作品描写了知识分子从坚韧到懈怠、从自尊到自贱、从执着到"变色"的心路历程[④]。其实,何士光20世纪90年代之后的作品《如是我闻:走火入魔启示录》《今生:经受与寻找》《今生:吾谁与归》等,又何尝不是透视知识分子心态之作,后期这些篇什记录了他这样一个自谓的"自了汉"学习佛法道义过程中的心路历程与人生

① 何光渝.20世纪贵州小说史[M].贵阳:贵州民族出版社,2000:8.
② 秦家伦,钱理群.蹇先艾和他的创作[J].山花,1979(5):64.
③ 杨义.中国现代小说史[M].北京:人民文学出版社,1986:486.
④ 王刚.知识分子的心灵历程——何士光小说创作论之一[J].遵义师范高等专科学校学报,1999(2):9.

感悟。

初稿作于1974年的中篇小说《草青青》中，青年孙梦陶来到偏远的青羊场小学任教，但他于沦落中并未消沉，除了因为有代课教师小萍对他的爱情支撑之外，知识分子的传统人格也给了他信念的力量。短篇小说《相爱在明天》写"我"与美丽的姑娘小玉的一段恋爱经历，两人偶然相识，却因为共同的文学爱好使得这对青年男女之间惺惺相惜，甚至产生浓浓的爱意。但是当"我"终于带着自己满意的文学作品去向小玉表白心迹之际，小玉却离开了这座城市，"我"与她失之交臂。然而"我"没有消沉悲观，仍然怀着极强的理性精神来看待这份美好的情愫，并真诚地祝福小玉。小说如实刻画了当时特殊的艰苦环境下正直的知识分子仍能保持理性乐观心态看待社会给予他们的不公正待遇。

发表于1984年第4期《人民文学》的中篇小说《青砖的楼房》中描写了20世纪70年代中后期学校里私下进行着各种利益交易，出现了一起违规升学事件，当大家都熟视无睹时，正直的聂玉玲感觉不能就这样听之任之。聂玉玲这位饱经生活磨难的女性，却以勇敢者的姿态与恶势力强大的学校与社会的"无物之阵"进行顽强对抗、英勇角力，哪怕碰得头破血流、遍体鳞伤。而《秋雨》《梨花屯客店一夜》中的两位女知青则面临着要么出卖尊严从而谋取上大学或招工的通行证，要么恪守人格在偏远山区继续苦熬青春，这是一种两难的选择。齐凤容最后在尊严和卑贱之间作出了自己的选择，她要回了准备送给伍校长的礼物。颜丽茹也是如此，她最终没有跨越尊严和卑贱之间的那条临界线。短篇小说《幽灵》中的投机分子魏文通诬告品学兼优极有可能留校的同乡秦家麟。最后，秦家麟因魏文通的告密被遣送回原籍，而留校任教名额却被政治上可靠的魏文通取而代之，秦家麟回乡后在群众的监督下劳动直至去世。中篇小说《薤露行》中的王传西以喜剧性格走过悲剧的一生，他一生随波逐流的经历正是部分知识分子在政治高压下屈从与无奈的选择，表现出荒唐的岁月造成了王传西类的读书人丢失了几许应有的操守，增加了几许不该有的投机取巧。中篇小说《蒿里行》通过大学生"我"的叙事视角来展开叙事。知识分子被时代排斥在社会主流之外，"我"跟随黄祖耀一起，亲眼看见他戏弄了好些他看不顺眼的人，他似乎想从这些恶作剧中寻找一些胜利者虚幻的喜悦感、成就感，但个人与时代的对抗无异于蚍蜉撼大树，黄祖耀成了时代的殉葬品，我也因此成了"多余人"。何士光描摹出从"文化大革命"后期到 20 世纪 80 年代部分知识分子的心理流程。① "何士光揭示了这种历史的重负对'我们'的生活、行为与精神的渗透和束缚"②。《苦寒行》《薤露行》中知识分子的"我"是故事的旁观者，没有直接参与故事，但以其亲历性规定着作品的感情流向，并提供评价事件的参照系。③

何士丹认为："《苦寒行》的主题的开拓之所以能够达到如此深邃的程度，是因为作者是一位具有严格现实主义精神的作家。"④ 王刚也在评论中明确指出何士光是一位具有现实主义精神的作家：

> 何士光主要描写知识分子和农民两类形象。在农民形象中，他写得最好的是因袭着传统重负的老一辈的农民，如刘三老汉、冯幺爸、黑老奎。在知识分子形象中，给人深刻印象的是卑琐委顿的王传西。具有强大人格力量的聂玉玲、孙孟陶，也是被排斥、打击的普通教师。由此可见何士光小说的题材选择倾向。他不写英雄人物、非常事件，不刻意编造故事，不纵横捭阖地驾驭重大题材，不搜集奇闻逸事。他善于由真实的生活现象乃至寻常琐事生发开去，穷尽那些家务事、儿女情所蕴含的时代信息和人生哲理，从而以严谨的现实主义精神展示出真实而深刻的人生图景。⑤

很明显，何士光通过对知识分子心灵的写实，来实现对社会历史生活真实的还原，其实坚持的依然是现实主义创作手法。

欧阳黔森的小说创作素材大多来自他的工作生活经历，所以注定他的小说是写实性的。如他根据自己"知青"生活经历创作的小说《十八块》

---

① 王刚.知识分子的心灵历程——何士光小说创作论之一 [J]. 遵义师范高等专科学校学报，1999（2）：10 - 11.

② 罗强烈.罗强烈文学评论选 [M]. 贵阳：贵州人民出版社，1994：185.

③ 王刚，曾祥铣.黔北 20 世纪文学史 [M]. 贵阳：贵州教育出版社，2001：222.

④ 何士丹.试论何士光和他的《苦寒行》[J]. 贵州大学学报（社会科学版），1994（3）：81.

⑤ 王刚，曾祥铣.黔北 20 世纪文学史 [M]. 贵阳：贵州教育出版社，2001：223.

《非爱时间》，根据他下海经商生活经历创作的小说《黑多白少》，以及根据他当年在地质队野外"找矿"生活经历创作的小说《远方月皎洁》《穿山岁月》《莽昆仑》等，印证了"艺术来源于生活"的那句熟语。

欧阳黔森自己也认为欲要创作现实题材的小说，作家只有深入生活才能获取鲜活的素材。① 无论是回忆性质的"知青小说""地质小说"，还是反映现实生活的"商战小说""官场小说""生态小说"，无不是对当代市场经济条件下人性物化与信仰迷茫等现实问题的回应与反思。

欧阳黔森根据现实生活创作出的作品，是在经过深深思索和有了自己独到的理解之后，采用"小叙事与老传统"的方式，才形成自己小说"好看"的文字。但是欧阳黔森始终关注脚下贵州这方神圣的土地，关注当今社会火热的现实生活，小说中思想的深刻性与批判性不可谓不强。

欧阳黔森以自己不俗的创作实绩赓续了蹇先艾、何士光等创立的贵州文学现实主义创作传统。关于这一点，孟繁华曾对贵州现当代文学有个基本的判断，他认为贵州是一个有伟大文学传统的地域，从蹇先艾到何士光再到欧阳黔森都在此谱系中，他们共同承袭着贵州"文脉"②。孟繁华所指贵州有一个伟大文学传统中的"文学传统"即指现实主义创作传统。

笔者从论著第三章对于以蹇先艾、何士光、欧阳黔森等为例的知识分子形象书写作品的分析中亦可看出，在叙事视角方面：传统的非聚焦型叙事视角仍被广泛采用（尤其是在长篇小说中），内聚焦型叙事视角成为主流叙事视角，外聚焦型叙事视角较为稀少；在叙述者采用方面：最为常见的为第三人称叙述者，而且较多采用客观叙述者，而较少采用干预叙述者；在叙述时间方面："开局突兀"的倒装叙述成为"主流"，扩展容量的交错叙述屡见不鲜；在叙事结构方面，无论是以蹇先艾为代表的偏重人物性格，还是以欧阳黔森为代表的偏重故事情节，无疑走的都是现实主义创作路子；即使是叙事结构偏重背景，偏爱透视人物心灵的何士光，仍然是想通过对人物心灵的写实，来实现对社会历史生活的写真。

以上归纳的叙事策略皆为现实主义理论家所推崇的范式，而且也是现

---

① 黄尚恩，欧阳黔森：从家乡沃土发掘文学素材［N］. 文艺报，2015 - 9 - 21（1）.
② 孟繁华. 小叙事与老传统——评欧阳黔森的短篇小说［J］. 山花，2015（5）：114.

实主义作家常用的创作范式。故而，笔者可以说现实主义创作手法是贵州现代小说知识分子形象书写的特色之一。

三、浓郁的乡土气息

浓郁的乡土气息其实也是贵州现代小说知识分子形象书写的主要特征之一。

"乡土"在《现代汉语词典》（第7版）的解释为"本乡、本土"①。风俗作为乡村文化的载体，不同乡村都有着自己不同的风俗。斯达尔夫人特别强调风俗对文学的影响，她在《从文学与社会制度的关系论文学》序言中明确地说明自己的任务就是要考察风俗等对文学的影响。著名的社会学家费孝通在《乡土中国》一书中有很多关于乡土社会的精辟论述，如"（乡土）社会的联系是长期的，是熟悉的，到某种程度使人感觉到是自动的"，"乡土社会是'礼治'的社会"，"乡土社会重视血缘结合与人情"，等等。

所谓的民族传统文化，即文化的民族性，随着民族的产生和发展，文化会逐渐形成民族的传统。民族传统文化书写是作家进行文学创作时绕不开的话题，正如蹇先艾自言道："差不多每位作家都写过他的故乡，只不过是有的多一点有的少一点而已"。

蹇先艾、何士光、欧阳黔森等代表性作家，都对贵州这片古老神奇的土地情有独钟。他们对贵州古老民族传统文化不遗余力地进行描摹，承继的是一个伟大的文学传统；他们对贵州这片古老神奇土地的书写，是他们故乡情结的文学呈现。

蹇先艾1906年生于四川，在辛亥革命前，父亲辞去县令的职务，率全家定居贵州遵义，父亲"靠上一辈人留下的百来担米的田土，做起了优游的绅士"②。弗洛伊德曾言，对人的一生产生决定性影响的往往是其童年生活的记忆，此话对蹇先艾同样适用。正是遵义这段幼年生活，使他有更多机会接触到农村，了解农民的生活。他在读过几年私塾后，13岁时就离家

---

① 中国社会科学院语言研究所词典编辑室. 现代汉语词典 [Z]. 7版. 北京：商务印书馆，2016：1427.

② 蹇人毅. 乡土飘诗魂：蹇先艾纪传 [M]. 太原：山西人民出版社，2000：1.

北上进京求学，家乡的影像日渐模糊。父亲在送他进京上学的还乡途中病故在松坎的一家旅店里，更不幸的是第二年母亲蒋氏也跟着在故乡去世。生活中的这些重大变故，对一个离乡背井的少年心灵的打击之大，是可以想见的。于是他像是"在人间的凄风苦雨中彷徨"的"一只孤雁"①，悲观、失望充斥着他的心胸，儿时的欢乐成为梦幻般的回忆。在北京孤独地流落的他，为了排遣心中的烦闷，便会怀想着故乡，憧憬着海市蜃楼般美妙的旧影，有时还会信笔涂鸦出来几篇诗意的散文与小说。蹇先艾走上文学创作道路，首先是从新诗创作入手的。后来因为新格律诗的"式微"，《晨报副刊》的停办，加上师友们风流云散，他再无心肠作诗，便停了下来，从此转入了小说的创作。但他在新诗创作的同时，其实一直有小说作品问世。自 1922 年继《人力车夫》以后，两年内，他在《新民意报·朝霞副刊》《文学旬刊》《妇女杂志》《晨报副刊》上连续刊登了十余篇作品。这些作品大多抒写思乡忆母之苦，例如他在《妇女杂志》征文中获奖的《乘凉》中的片段：

> 长天几片青云，月夜更加明朗。潋滟的光芒，投射在清清的原野，一片都是莹亮。翠碧的竹丛中，布谷尚在低吟，淙淙的流泉，从东边漾来一派音乐。晚风轻飘，反使我们感到凄凉。远远的草坪上槐树下面，父亲母亲和好几个人，都在那里交谈乘凉。②

文中不仅描绘出画面的色彩、光线，而且传达出月夜的声音和人物细微的感受。小说描写的就是故乡的月夜，充满乡土味。其实最能代表蹇先艾知识分子题材小说中"乡土气息"的作品，当属他 1928 年 7 月第一次返乡之后，创作出的一系列塑造知识分子主人公"我"的形象的小说作品《在贵州道上》《盐巴客》《盐灾》等。蹇先艾这次重返故乡，他对于故乡生活的感受与理解更加具体更加深刻了。他在叙述此次见闻时说他看见了故乡很多特别的情形，例如交通运输困难、鸦片烟散布宽广、人们的生活

---

① 蹇先艾. 城下集 [M]. 上海：开明书店，1936：12.
② 杜惠荣，王鸿儒. 蹇先艾评传 [M]. 贵阳：贵州人民出版社，1986：40.

原始简单，"经济困难的情形无处不显示着，尤其是在我们的贵州。居民能够维持生活已经就不容易，外面的天日可以说是永远茫然"①。

在蹇先艾以知识分子"我"的形象为主的作品中，《在贵州道上》是他乡土气息最浓的小说，"《在贵州道上》是用川黔一带方言作尝试的小说，地方色彩较浓，家乡的朋友读到后来信极力赞誉。后来，也成为蹇先艾的短篇小说的代表作之一"②。蹇先艾自己也比较喜欢《在贵州道上》，他曾说："中华书局的《还乡集》是我的第三个集子。其中严格地说，像样的只有《在贵州道上》一篇。当时发表在《东方杂志》上的时候，因为地方色彩太浓厚，注解下得太多，似乎并没有引起文艺界多少注意……现在还有人向我提起它来，我不知道大家为什么还没有忘记它。"③

《在贵州道上》更是自觉地追求小说的乡土气息。小说一开始，知识分子主人公"我"便将读者带进了贵州高原那高山深谷的恶劣环境，以及闭塞、落后、蛮荒的生存状态：道路形势险恶，算得上崎岖鸟道，悬崖绝壁。听见水在深沟流动的声音，却看不见一点水的踪迹。山峰之间的小路，仅仅容得下一乘轿子的通过。能够远远地听见深谷中驮马铃铛的响动，但是因为山路太过曲折繁复，人们却始终不知它们究竟源自何地。从这边山谷到对面山谷去，虽然抬头一看宛如在目，但是两座山谷之间却横亘着几百丈宽的深壑，"甚至于最长的路线，从这边山头出发是清晨，到达对山时间已经是黄昏时分了"④。

《在贵州道上》通过知识分子主人公"我"的眼光，不仅真切地写出了贵州山区的特殊风景，而且注重地方风俗民情的描绘。例如"加班匠""干人""棒老二"，以及"滑竿""烟馆"等人物与事物的描写，又例如"加班匠"在"英雄馆"（大烟馆）门前找"配角"的那段人物对话，活灵活现地表现出这些"中烟毒"很深的山民们的装腔作势："'有人抬加班没得？'起头是大家都装聋。'弟兄，抬加班去不去？'找配角的转向门内叫人了。'懒球抬得！尔妈又是那几个钱一里！'……'车去车来都做这个生意，

① 蹇先艾.蹇先艾文集（三）[M].贵阳：贵州人民出版社，2003：43.
② 蹇人毅.乡土飘诗魂：蹇先艾纪传[M].太原：山西人民出版社，2000：283.
③ 蹇先艾.蹇先艾文集（三）[M].贵阳：贵州人民出版社，2003：284.
④ 蹇先艾.蹇先艾文集（一）[M].贵阳：贵州人民出版社，2003：261.

尔妈又来抬!'"① 这帮"加班匠"心头明明想要抬加班挣钱抽大烟,却偏偏要装腔作势摆架子,嫌弃工钱太低,言行不一,颇为滑稽。这种充满情趣的风俗都是知识分子主人公"我"的所见所闻,这些描写体现了"我"对"加班匠"生活习性观察得细致入微。同时,也让多年不回故乡的知识分子主人公"我"身上弥漫了一层挥之不去的乡土气息。

又例如《盐灾》中知识分子主人公臧岚初眼中的贵州特有的"盐灾"在村子中蔓延情况的描写:

> 这一年春天,不知道因为什么,各处都闹着盐灾了,像传染病似的,像流行的瘟疫似的。不到半个月的工夫便弥漫到东乡的红沙沟和樱桃堡这两个遥遥相对的村子。②
>
> 传染病在红沙沟和樱桃堡越来越厉害了。虽然一个人也没有死……有时大路上看不见一个行走的人。村民有的坐在门槛上发呆,有的睡在床上懒得起来。
>
> 丈夫不去挑水了,妻子也不到小溪边去洗衣服了。有时又不知为什么大家一律地开始活动。三五个地到村中的大路上去乱走,交换着叹息与抱怨,任什么事还是仍旧放弃不做。③

此外,为了突出这类以知识分子"我"的形象为主的作品中的乡土气息,蹇先艾在小说中还采用了较多的贵州方言土语,如"打杵"(实为一种辅助工具,通称"丁字拐杖",指山区背负重物时用来歇息的一种便捷工具)、"滑竿"(一种旧式的交通工具,在两根长竹竿中间,架上类似躺椅的坐位,由两个人抬着走)、"干人"(无父无母永远漂流糊口者,近乎乞丐)、"吃粮"(当兵)、"幺师"(伙计)、"棒老二"(土匪)、"打早尖"(吃早餐)、"这堂儿"(这会儿)、"尔妈"(你妈)、"定子"(拳头)、"吃卫生汤圆"(枪毙)、"谢土"(祭奠土地神)等,小说中的"贵州味"极浓。

---

① 蹇先艾. 蹇先艾文集(一)[M]. 贵阳:贵州人民出版社,2003:262.
② 蹇先艾. 蹇先艾文集(二)[M]. 贵阳:贵州人民出版社,2003:9.
③ 蹇先艾. 蹇先艾文集(二)[M]. 贵阳:贵州人民出版社,2003:17.

关于乡土特色，茅盾认为仅仅有风土人情描写是不够的，还应当有普遍性的与我们共同的对于运命的挣扎。蹇先艾正是如此，他不仅细致地描述了贵州道上的民俗风情画，还向人们展示了那一时代具有普遍意义的生活内容。蹇先艾的这些知识分子形象书写作品，向世人展示了贵州的"高原情调"，增强了地方色彩，而且这些"高原情调"的描写自然而然地化入了小说情节之中，这样能更好地表现出这类小说人物的特殊心理和气质。而这些心理特征又是各阶层人物在长期的历史发展与现实的社会环境中所造成的，所以蹇先艾在这类作品中的这方面的努力，特别能帮助他的这些作品获得更强的历史感和现实感。

何士光笔下的乡村教师身上，饱含乡土气息，因为他大部分小说的故事发生地就在黔北某县城，或者地处黔北乡村的梨花屯、走马坪、杉树沟等。

例如《青砖的楼房》中对于县城人事关系的描写，就极具边地的地方特色：在这样的县城里，很少有隐私不是公开的，县城那些办公室里总在开会，人事的牵连、利益的纠结，如同县城的日子一样深长。为了安置子女，领导之间吵架，双方拍了桌子，也不再谨慎言语。他们拖着一双鞋，端着一只配了网罩的茶缸，就能把整整一天打发过去。

例如《秋雨》中对梨花屯乡场上人们心态的描写，也可谓"乡场上的生活自有乡场生活的特点"：

> 要是在别的地方，比如说在城市，这说不定就会一下子激起人们的反对。但乡场上的生活自有乡场生活的特点，这儿并没有谁对他哼一声。众生各安其位，到了颠扑不破的地步。伍校长是本地人，源远流长，叶茂根深，谁不认识呢？谁又能无视他在乡场上的一席地位呢？所以大家默不作声。①

又例如《遥远的走马坪》中对于乡村小学环境的描写，颇具乡间世外桃源的景致：

---

① 何士光. 故乡事 [M]. 成都：四川人民出版社，1982：4.

走马坪已是一片夏天的景色。没有风，杂树，人家，都伫立着，一动不动。只有日影慢慢地从田野上划过，好宽阔好悠长啊！……学校里静悄悄的。我漠然地顺着那些空荡荡的教室走过去。尽头，连着一间小木屋，门开着，有轻响传出来。走近了，是有人在油印。①

何士光出生、成长、完成大学教育都在贵州省会城市贵阳，为何他能将贵州偏远县镇、乡村的乡风民俗把握得如此深刻，人物心态描摹得如此精微？这源于他不平凡的生活经历：何士光大学一毕业，便被贬到偏僻边远的凤冈。经过两年多的风风雨雨之后，他最终在琊川街上（即小说中的"梨花屯"乡场）落脚。但是，正是在这样一个似乎被尘世遗忘了的地方，除工作之外，何士光在早晨和傍晚还要帮助岳母、妻子，学着播种与收割，而深夜则要坚持写作，守着一堆书籍、稿纸和昏黄的灯光。②

何士光的知识分子形象书写多以他的亲身经历为素材，多写乡村教师的悲欢离合，小说的背景往往与梨花屯有关，因为他在凤冈县琊川居住了近20年，已经获得了成为梨花屯一员的资格。文学成就的高低，并不在于作品描写区域的广大或狭小，福克纳说他一生都在写一个邮票大的地方（约克纳帕塔法县），但他仍然获得了1949年诺贝尔文学奖；莫言在文学世界中苦心经营着他的山东高密东北乡，获得了2012年诺贝尔文学奖。在贵州，正如何士光深情呵护他文学世界中的黔北一样，欧阳黔森的文学世界则极力在黔东一隅发展。

欧阳黔森曾坦言：他出生地铜仁市部分地区原隶属于湖广行省之武陵郡，所以他的小说带有楚味，也是一种必然。当初的"楚味"也就是现在的黔东风情。例如《非爱时间》中对黔东红土高原的描写：

红土高原东有武陵山脉，西接横断山脉，北有大娄山脉，中有乌蒙山脉，雄伟、壮丽、神秘而幽远。最令人激动和爱的还是那一望无际的绿，

---

① 何士光. 故乡事 [M]. 成都：四川人民出版社，1982：65.
② 傅世友. 何士光与"梨花屯"[J]. 时代文学，2014（8）：56.

那绿在红土地上无处不在，远远望去山连着山，绿连着绿，绿无边了就绿成了蓝色，所以形容碧山蓝天共一色非常恰当。①

特别如《穿山岁月》中对苗女们夏天黄昏去溪边沐浴这一古老习俗的描写：

> 他说这算什么，可惜现在是秋天水有点凉，要不我们将看到令你口水直淌的事，他说这儿有六十六条小溪，每条小溪都晶莹碧蓝，每当黄昏来临苗女们都要到溪边洗澡……我们往那儿过路时，她们还起哄"嗨呃哟"向我们招手呢。我说那你们为什么不去一起洗？他说不敢去，听说一去就会被她们按在水里呛水，一上一下五六回等你发昏后就放了你。②

民族传统与地方特色都属于乡土文化的范畴。为何欧阳黔森对黔东这片红土高原乃至乡间少数民族的习俗风情如此谙熟？这得益于他青年时代身为野外地质队员在武陵山脉等地长达八年之久的找矿生涯。正是这段艰辛的地质队工作生涯，培养了欧阳黔森吃苦耐劳的坚韧品质，同时，走近大自然，与天地星辰做伴，也促使他最终走上了文学创作道路。这段地质队员生涯，也让他的文学世界版图对布满自己足迹的黔东这片红土高原无法割舍，同时也显得乡土气息十足。

其他作家，如叶辛在长篇小说《蹉跎岁月》里关于"冬了田土"、"凝冻天气"、"瘴气"、"白雨"（冰雹）、"放早伙牛"等的描写，以及"大猫"（虎）、"吹牛皮"、"冲壳子"（撒谎、说大话）等方言土语的使用同样颇具乡土气息：

> 秋收以后不再栽种小麦的田土，犁翻过来冻死害虫，山区习惯称之冬了田土。冬了田土，意即田土已经犁翻完了。③

---

① 欧阳黔森. 非爱时间 [M]. 贵阳：贵州人民出版社，2004：8.
② 欧阳黔森. 白多黑少 [M]. 贵阳：贵州人民出版社，2006：224.
③ 叶辛：蹉跎岁月 [M]. 北京：中国青年出版社，1982：29.

在"天无三日晴"的贵州山区，下细毛雨本是常事。到了腊月间，凛冽的寒风在大树林、峡谷里吼啸着，不时地搅着雨丝飞旋，一落到地上，雨水变成了凌，走几步路就要打滑。①

更可怕的，是那些终年在林子里积起的枯枝、腐叶、兽尸、锈水，到了开春天，厚厚的腐蚀层就冒出一阵阵难闻的气息，随风飘散出来。这便是当地人习惯叫的瘴气。外方人对其更是恐惧，干脆把这一带统统叫作瘴疠之区。②

每年晚春至初秋这段时间里，山岭峡谷里起过阵阵大风，天上随即乌云发红、滚翻，跟着响起雷鸣、扯起火闪，白雨便急遽地砸落下来，气势凶猛，破坏庄稼，毁坏房屋，甚至伤害人命。③

打田栽秧、春耕大忙季节，贵州农村生产队的耕牛通通都要犁田犁土，为保证耕牛膘肥体壮，每天早上三四点钟，就要放牛上坡吃一道嫩草。农村社员习惯称之为"放早伙牛"。④

当年周作人认为中国新文学要想在世界文学之林中占有一席之地，在文学创作中要体现乡土性，强烈的地方趣味是"世界的"文学的一个重大成分。⑤

蹇先艾的家乡遵义地区临近四川，杂糅了黔川两种地方文化；何士光虽然出生在贵阳，大学毕业后却在黔北乡下生活了长达二十年之久，他不羁的灵魂游走在"梨花屯"乡场周围；欧阳黔森家乡贵州铜仁市兼有"楚味"（铜仁市旧属武陵郡，属楚文化范畴）；而叶辛当年当知青的地点就在贵州修文县久长镇砂锅寨，他对贵州的山山水水亦非常熟悉，他"写知青生活的作品，都是把背景放在农村写的"⑥。乡土气息和地方特色，也并非说来就来，想有就有，而是要得之于独特的地域环境的长期浸染。作家要

① 叶辛：蹉跎岁月［M］. 北京：中国青年出版社，1982：78.
② 叶辛：蹉跎岁月［M］. 北京：中国青年出版社，1982：128.
③ 叶辛：蹉跎岁月［M］. 北京：中国青年出版社，1982：128.
④ 叶辛：蹉跎岁月［M］. 北京：中国青年出版社，1982：131.
⑤ 周作人. 周作人散文（二）［M］. 北京：中国广播电视出版社，1992：253.
⑥ 叶辛：蹉跎岁月［M］. 北京：中国青年出版社，1982：524.

对此种民情风俗习染极深，而且勤于研习，创作出来的作品中的乡土气息和地方特色，才能够别有韵味。总之，在蹇先艾开创的描摹贵州古老风情风物的伟大传统中，何士光、叶辛、欧阳黔森都因为自己的人生经历等，与贵州这方土地的青山绿水结下了不解之缘，故他们的小说中洋溢着浓郁的乡土气息。此外，除谢挺、戴冰外，王华、肖江虹等作家也在自己小说中塑造了一些乡村教师形象，这些乡村教师身上同样具有浓郁的乡土气息。

总之，鲜明的启蒙性特征、突出的现实主义创作手法及浓郁的乡土气息，共同构成了贵州现代小说知识分子形象书写的主要特色。

第二节　知识分子形象书写的价值

王富仁说："一个民族的知识分子，是一个民族的头脑，也是一个民族的良知。"① 因此，从某种程度上来说，知识分子形象书写具有某种独特的价值。综观贵州现代小说的知识分子形象书写，它的价值归纳起来，主要有三点：一是实现了"边地"与"中心"的对话；二是向世人展示了"边地"独特的自然景象与人文景观；三是塑造了独特的知识分子形象。下面分别论述之。

一、实现了"边地"与"中心"的对话

早在20世纪30年代也曾有过诸如"贵州无文学"之类的言论见诸报端，事实上这是一个伪命题。明代的孙应鳌、清初的周渔璜等姑且不论，而清代道光以后出现的郑珍、莫友芝、黎庶昌诸家在文学上的成就，都曾在全国名噪一时；到了抗战时期，一众国内文化名人旅居贵阳、遵义等地，与此同时，贵州游子蹇先艾、谢六逸等也回归故里，在大家的共同倡导推动下，贵州本土产生了大量青年文学作者，形成了贵州本土文学的发展繁荣局面；及至20世纪80年代在全国产生了重要影响的贵州文学新崛起，这

---

① 王富仁，梁鸿. 大众文化视野中的学术与知识分子 [J]. 渤海大学学报（哲学社会科学版），2008（1）：17.

些都是贵州文学发展史上的光辉篇章。

但是，贵州的小说创作起步较晚这一说法却不假。贵州地处西南偏远一隅，远离国家的政治经济文化中心，远离黄河、长江文化的发源地。据《贵州通志·艺文志》记载，在辛亥革命前，只有《唉影集》《牂牁野史》《玩寇新书》《平南传》四个书目。这些都是旧小说，且只有前两种保留了下来，后两种早已散佚。

五四时期，在新文化雨露的滋润下，贵州新小说破土而出，经过二十世纪二三十年代的洗礼，到抗日战争时期已经逐渐成熟。可以说，贵州新小说是不断发展、壮大的。贵州因为僻远，各方面的发展远远落后于中心地区，但是并未与中心隔绝，也总能跟上全国的大潮流。这一社会背景，在贵州现代小说的知识分子形象书写中有所反映。

贵州现代小说知识分子形象书写第一次实现"边地"与"中心"对话的，当属"北去"的蹇先艾等人。①

蹇先艾 1919 年冬来到五四运动策源地北京。"民主"与"科学"的教育，李大钊、鲁迅、冰心、叶绍钧、朱自清等一代名家作品的启发与鼓舞，把他引上了文学之路。深感"月是故乡明"的青年蹇先艾，在北京发表了不少知识分子"游子"形象作品，1927 年，蹇先艾将他在 1926 年以前发表的 11 篇短篇小说结集定名为《朝雾》，交北新书局出版，小说集中有不少知识分子形象书写作品。特别是 1935 年，蹇先艾的知识分子形象书写作品《到家的晚上》被《中国新文学大系·小说二集》选录（另一篇是《水葬》），并受到编辑该书的鲁迅的称赞，蹇先艾从此便以"乡土小说作家"闻名全国，时年蹇先艾 29 岁。蹇先艾可谓贵州现代小说知识分子形象书写史上实现"边地"与"中心"对话的第一人，他的笔下诞生了贵州现代小说知识分子形象书写兴起阶段的最早的较为成熟的知识分子形象。

---

① "北去""南来"这两个词语系王刚、曾祥铣提出。"1920 年代至 1930 年代前期和 1930 年代后期至 1940 年代，黔北现代文学呈现两种不同的流向。1920 年代至 1930 年代前期，黔北人越过娄山，到上海、北京等发达地区，成就他们的文学事业。虽然向北也向东，为方便计，统称为'北去'；1930 年代后期至 1940 年代，部分黔北籍作家回归故里，外地的作家也先后来到黔北，推动着黔北当地文学的发展，与前述情况相较，称为'南来'。"参见：王刚，曾祥铣. 黔北 20 世纪文学史［M］. 贵阳：贵州教育出版社，2001：4.

贵州 20 世纪 20—30 年代知识分子形象书写之所以成功，是因为蹇先艾等顺应时代潮流，勇敢地冲出闭塞的大山，用新思想、新观念反观家乡的愚昧落后，站在一个更高角度审视家乡的生活状态，喊出了时代反帝反封建的最强音。

但当时贵州像蹇先艾这样的才俊实在是太稀少了。正如有学者所说的那样：几十年之前，身居京华的蹇先艾反观故乡的落后，因小说《水葬》而受到鲁迅激赏，正表明贵州人走出封闭环境的不易。在他之后的若干年后才出石果，又若干年后才出何士光，都表明封闭环境对文学创作的巨大制约。一是边地出人才较之发达之地是百倍艰难；二是作家的视野必然受封闭地理环境的潜在影响，导致逼仄，反应迟缓。①

贵州现代小说知识分子形象书写第二次实现"边地"与"中心"对话的毫无疑问是新时期的何士光与叶辛。

在 20 世纪 80 年代，何士光是贵州短篇小说创作中取得成绩最大、最引人瞩目的作家。他在此期间创作的短篇小说，特别是他于 1980 年 8 月、1982 年 6 月和 1985 年 8 月先后发表在《人民文学》上的《乡场上》《种苞谷的老人》《远行》，分别荣获全国优秀短篇小说奖，使他成为 20 世纪 80 年代贵州小说作家的突出代表，奠定了他在贵州小说史上显著的地位。他先后出版过短篇小说集《故乡事》（四川人民出版社 1982 年版），中短篇小说集《梨花屯客店一夜》（贵州人民出版社 1983 年版），以及中篇小说《草青青》（四川人民出版社 1983 年版）、《相爱在明天》（贵州人民出版社 1987 年版），长篇小说《似水流年》（贵州人民出版社 1983 年版）。20 世纪 90 年代后从事传统文化研究，著有《如是我闻：走火入魔启示录》《今生：经受与寻找》《今生：吾谁与归》等作品。何士光在成名作《乡场上》中，作家以敏锐的政治和经济的目光，迅速地捕捉到了现实生活中的崭新的信息，预感到了时代发展变化的大走向，即农村推行联产承包责任制后，"冯幺爸"们的腰杆终于"挺起来了"，终于恢复了人的尊严和价值。基于这样的思想认识，他短短七千余字的短篇小说《乡场上》，赢得了空前的广泛的称赞，以至党中央的权威理论刊物《红旗》，也破例转载了这篇小说，成为

---

① 何光渝. 20 世纪贵州小说史［M］. 贵阳：贵州民族出版社，2000：6.

新时期中国小说史上的一段佳话。而他的知识分子形象书写代表性作品《青砖的楼房》等也同样得到了众多评论家的肯定。日本学者近藤直子认为《青砖的楼房》是"一篇要在心灵深处点起希望之灯火的作品"①。

叶辛自1978年出版其第一部长篇小说《岩鹰》开始，到20世纪90年代调离贵州，一直以创作长篇小说为主，是贵州当时的"高产"作家。1982年出版的《蹉跎岁月》是叶辛"知青小说"中较有影响的长篇。此后，他自己据此改编的同名电视连续剧，经导演的再创作摄制播映后受到电视观众的好评，反过来又扩大了小说的影响。叶辛的"知青小说"都与当时特殊年代的政治风云密切相关，不仅揭示出知识青年不幸命运的时代根源，也透过他们的人生经历，展示了特定时代及社会的风貌。

20世纪80年代的贵州文坛，已经不再满足于抚摸伤痕，不再沉溺于浩劫之后的悲痛，而是以更深刻、更有艺术概括力的人物形象来解剖生活，反映时代，在广泛开拓题材、塑造新的人物、追求更高的思想境界和更丰富的艺术手段等方面，都在进行着全面的探索，创作出了一批好的和比较好的作品，表现出一种勇于面对现实、富于探索精神的积极进取的风貌。②20世纪80年代贵州小说作品，无论是论数量还是论质量，都达到了贵州现代小说史上前所未有的高度，其中以何士光、叶辛等为代表作家的一些优秀作品在全国产生了相当广泛的影响，赢得了国内的声誉。

贵州现代小说知识分子形象书写第三次实现"边地"与"中心"对话的作家，就当前创作态势而言，当属以欧阳黔森为代表的"黔山七峰"与肖江虹。

20世纪90年代贵州文学相对沉寂，进入21世纪以后，以欧阳黔森为代表的"黔山七峰"（指欧阳黔森、王华、唐亚平、谢挺、戴冰、冉正万、唐玉林七位贵州籍作家）中年作家群长期致力于文学创作，作品多次荣获省内外奖项，在省内外产生了一定的影响；而以肖江虹为代表的贵州青年作家后起之秀继续前行，不断创新出彩；他们共同努力促使贵州小说、诗

① 近藤直子. 何士光的中篇小说《青砖的楼房》[J]. 山花，1985（7）：68.

② 鲁令子，井绪东. 贵州新文学大系（1919—1989 史料卷）[M]. 贵阳：贵州人民出版社，1997：14.

歌、散文在题材拓展、思想深度和艺术手法的多样性等方面，较之前都有了新的发展与提升，贵州文学也因此而不断吸引着全国读者与评论界的目光。

欧阳黔森无疑是"黔山七峰"的代表作家。他根据自己的知青及野外地质队员的生活经历创作了一系列表现"知青"及地质工程师等知识分子形象书写的作品。他的短篇小说《敲狗》2009 年获第二届"蒲松龄短篇小说奖"；他的知识分子形象书写长篇小说《非爱时间》2005 年获中国作家协会、中国国土资源作家协会共同主办的"中华宝石文学奖"；他创作的长篇小说《雄关漫道》2006 年获贵州作家协会第一届"乌江文学奖"，后改编为 20 集同名电视剧，2007 年获第十届精神文明建设"五个一工程"优秀作品奖、第 26 届中国电视剧飞天奖长篇电视剧二等奖等。

此外，历任贵阳市第十中学教师、贵州省《山花》编辑部编辑的谢挺，撰写了不少的城市小说，他的小说《杨花飞》获《北京文学》1997 年度优秀作品奖；王华的小说《雪豆》（《桥溪庄》改名出版）2008 年获由中国作家协会、国家民族事务委员会共同主办的第九届全国少数民族文学创作"骏马奖"（2005—2007）长篇小说奖，戴冰的小说《张琼与艾玛·宗兹》获 2022 年贵州省首届政府文学奖中短篇小说二等奖等。

1976 年出生于贵州修文县的肖江虹属于后起之秀，贵州师范大学中文系毕业后，他被分配到一所乡镇中学当了一名语文老师，教学之余，从事小说创作，他的短篇小说《当大事》中塑造了一位乡村代课教师形象。他的中篇小说《百鸟朝凤》发表在《当代》2009 年第 2 期。《百鸟朝凤》写的是一个乡村唢呐班子的命运，也展现了传统文化逐渐落寞的现状。因为这篇小说在国内的影响，肖江虹的命运得以改变，他被调到了贵阳市作家协会工作，开始了专业文学创作。2018 年肖江虹的中篇小说《傩面》获第七届"鲁迅文学奖"中篇小说奖，体现了贵州小说创作的后发实力。

以欧阳黔森为代表的"黔山七峰"，肖江虹等以包括知识分子形象书写在内的不俗的小说创作成就赢得了国家级的诸多大奖，不仅奠定了他们在贵州现代文学史上的重要地位，同时也为贵州小说赢得了荣誉，扩大了贵州小说在全国的知名度，又一次实现了贵州现代小说知识分子形象书写史上"边地"与"中心"的对话。

马克思曾指出：艺术的一定的繁盛时期绝不是同社会的一般发展成比例的。正如吉狄马加所指出的那样：研究贵州作家写作，要注意所谓的中心地带或者边缘地带的写作永远是处在动态发展中。因此，一定要把贵州作家的创作放在中国很重要的文学版图上来认识贵州特有的地域性写作，包括贵州具有共性而又不可替代的文化特质的写作，应该放在中国整体的文学版图中去认识。① 贵州文学史上提供的这几次"边地"与"中心"对话的例证，都表明了这种不平衡现象的存在，同时也有力地证明了文学艺术在经济社会发展相对落后地区实现突破式发展的可能。

二、向世人展示了"边地"独特的自然景象与人文景观

法国哲学家爱尔维修有句名言："人是环境的产物。"法国文艺理论家丹纳在《艺术哲学》中曾把种族、环境和时代作为艺术的三种基本动因，认为时代精神和周围的风俗往往能决定作品的产生。② 曾大兴认为地理环境包括自然环境和人文环境，指的是人类活动及其赖以生存的环境。自然环境与人文环境的各个要素，都会对人类活动及其生存构成影响，包括对文学家生长与文学作品创作的影响。③ 反过来，通过对作家作品的研究，我们又能从他们的作品中找到他们对于地理环境（自然环境与人文环境）的理解与表达。

贵州位于中国西南腹地，远离国家政治经济文化中心。再加上贵州全境多山，"跬步皆山"，如此遥远的距离，交通极其不便，在古代交通条件下与外界交往困难，中央王朝鞭长莫及，与外界较为隔绝；对内交往也因为高岸深谷、山重水复同样极为不便。对内对外的交通如此不便，势必造成了地域性的封闭状态，所以有"边地"之称。此外，从文化地域上看，贵州属西部文化带；在历史上，因为多民族频繁活动而形成了以少数民族为主体的区域文化。④ 贵州独特的"边地"自然人文景观必然体现在贵州小说之中，贵州现代小说知识分子形象书写的价值还在于它向世人展示了

① 周军.2015"贵州作家群高峰论坛"综述［J］.中国现代文学研究丛刊，2016（4）：216.
② 丹纳.艺术哲学［M］.傅雷，译.天津：天津社会科学院出版社，2004：29.
③ 曾大兴.文学地理学概论［M］.北京：商务印书馆，2017：36.
④ 何光渝.20世纪贵州小说史［M］.贵阳：贵州民族出版社，2000：5.

"边地"独特的自然景象,以及"边地"独特的人文景观。

(一)展示了"边地"独特的自然景象

自然环境主要包含气候自然灾害以及地貌生物水文等方面的要素。① 贵州现代小说知识分子形象书写为世人展示了一系列"边地"独特的山川自然景象,很多是贵州高原所特有的自然风光。

如蹇先艾《在贵州道上》知识分子主人公"我"眼中的贵州高原山川地貌景象的描写,就很有"边地"特色:小说一开始,"我"便将读者带进了贵州高原那高山深谷的恶劣环境,以及闭塞、落后、蛮荒的生存状态。听得见水在深沟里流动的声音,却看不见一点水的踪迹。山峰之间的小路,仅仅容得下一乘轿子的通过。能够远远听得见深谷中驮马铃铛的响动,却不知它们究竟源自何地。山谷之间横亘着几百丈宽的深壑,往往要经过很长的时间才能到达对岸,"甚至于最长的路线,从这边山头出发是清晨,到达对山时间已经是黄昏时分了"②。

如何士光《日子是一种了却》中知识分子主人公"你"眼中的贵州黔北山乡一年四季景象的描写:

> 春天,长满了禾苗的田畴变得碧绿而平坦;夏天傍晚的旷野上会斜映出太阳长长的影子;深秋晴朗的清晨,会看到田野的鸭群中有一半伫立在田埂上,有一半静静浮在水田里,让人顿生冷清之感;冬天,质朴素净的树林与田土之上,有时候只有白颈鸦在褐黄色泥块之间欢快地跳跃奔跑着。③

如欧阳黔森知识分子形象书写长篇小说《非爱时间》中对黔东红土高原,《穿山岁月》中对梵净山河谷相关生物以及《李花》中对乌蒙山石漠化地质灾害的描写,凸显了"边地"独特的自然景观:

① 曾大兴. 文学地理学概论 [M]. 北京:商务印书馆,2017:36.
② 蹇先艾. 蹇先艾文集(一)[M]. 贵阳:贵州人民出版社,2003:261.
③ 何士光. 日子是一种了却 [J]. 人民文学,2015(10):129.

红土高原东有武陵山脉,西接横断山脉,北有大娄山脉,中有乌蒙山脉,雄伟、壮丽、神秘而幽远……那绿在红土地上无处不在,远远望去山连着山,绿连着绿,绿无边了就绿成了蓝色。①

该河谷大害有云豹、黑熊、五步蛇;小害有旱蚂蟥和长脚巨蚊……还有那长脚巨蚊,其个体比一般蚊子大十倍,被咬一口,就隆起一个大包,没有一个星期的青霉素,它是消不下来的。②

西篱乡位于乌蒙山的腹地,也不知是哪位先人取了这么一个好听的名字。这儿人多地少,人均土地平均仅0.4亩,大大低于全国平均数。而且面临土地石漠化,高原气势磅礴可太多的面积是不能生产粮食的,而又以西部乌蒙山最为严重。③

(二) 展示了"边地"独特的人文景观

人文环境主要包含政治经济文教以及宗教军事风俗语言等方面的要素。④ 贵州现代小说知识分子形象书写中展示"边地"独特的民俗人文景观的例子举不胜举。

如蹇先艾《在贵州道上》中知识分子主人公"我"与赵洪顺的对话:

"老赵,怎么回事? 哭啦!"

"胡小山扣我一百文。"

"一百文就值得哭吗?"

"一百文够抽一盒呢,先生啊!"

"不上进,就慕倒抽烟!"贺光亭也嘲笑他。

"到栈房,这一百钱我还你,你们的烟瘾也未免太大了。"

我有点可怜他。便这样安慰说。

"先生,要抽烟才有力气呢!"⑤

---

① 欧阳黔森. 非爱时间 [M]. 贵阳:贵州人民出版社,2004:84.
② 欧阳黔森. 白多黑少 [M]. 贵阳:贵州人民出版社,2006:178.
③ 欧阳黔森. 欧阳黔森短篇小说选 [M]. 贵阳:贵州人民出版社,2014:179.
④ 曾大兴. 文学地理学概论 [M]. 北京:商务印书馆,2017:36.
⑤ 蹇先艾. 蹇先艾文集(一)[M]. 贵阳:贵州人民出版社,2003:271–272.

这段引文通过人物对话揭示了抽鸦片对贵州烟民们生活造成的深重危害。又如蹇先艾《盐灾》中知识分子主人公臧岚初在信中向朋友讲述的"边地"盐巴客的形象，贵州盐巴经营制度，以及盐灾起源情况的描写：

> 我们这个省是不出产盐的，而且你也知道我们这边正是你们贵省的盐巴的唯一销场。你一定看见过我们省里有一种名叫盐巴客的人吧？他们是我们这里最苦的人物，同时也是最劳苦功高的人物。他们全部属于一个典型：黑而发光的脸上布满了辛苦的皱纹，红肿着压断了骨架的双肩，脚杆上随时都带着斑斑的伤痕。他们行路时，永远像牛一样喘着气，在下着滑滑的桐油凌的天气，翻越险峻的山岭，为了什么？纯粹为了解决我们的民生问题。后来收税以后，盐价飞涨起来了，我们大家就把这件事看得非常严重，每每感觉到应对的困难。而且你们那边又成立了什么帮口，实行垄断的政策。我们从此就不能直接到盐井边去搬运了，完全要从盐帮手里购买，咬着牙巴骨来承受他们的剥削。因为税率稍高，岸商便特别高涨了盐价，任意操纵起来；小贩无力去买来转售，乡下的盐自然缺乏，不得不吃灰盐，甚至于淡食了。这便是这次灾荒的起源。①

如何士光《菴露行》中对知识分子"我"用牛车拉货时关于牛穿草鞋的那段描写，更是"边地"特色十足："一天，牛车要从县城往回走了，我已经给那一头黄牛套好了牛轭，正打算往牛蹄子上系上牛草鞋。在山里碎石的大路上远行，牛也像人一样，须得穿上草鞋。"②

又如欧阳黔森《梨花》中乡镇领导及中学语文教师关于黔地方言土语理解的描写：

> 再说人家毕竟是老领导，他"算卵了"一出口，证明他已谅解这

---

① 蹇先艾. 蹇先艾文集（二）[M]. 贵阳：贵州人民出版社，2003：4.
② 何士光. 相爱在明天[M]. 贵阳：贵州人民出版社，1987：136.

件事。在这一带"算卵了"这句话的意思与汉语词典里的罢了近似。①

这村叫三个鸡村。至于为什么不叫三只鸡村，公鹅乡中学的语文教师做了权威的考证，因为这一带的人从来不用"只"字，善于用"个"字。②

欧阳黔森《穿山岁月》中地质工程师在野外找矿时所遇到的黔东山区"赶山""喊山"及"苗女洗澡"等民风习俗的描写，凸显了"边地"特有古朴神秘的人文景观：

这儿的山民叫"赶山"，具体就是这边很多人大声吆喝，猎物们就往静的方向跑，然而静的那边却有许多埋伏的猎枪手等着它们。③

头一天中午我们在山上遇见了一大群进山割草的苗家姑娘，我们与她们只相隔一条小溪，大约六十米，看不清楚她们的脸，只能看见她们穿着苗族的服装。她们一看见我们就朝我们这边"哦嘀哦嘀"地叫了起来。④

他说这儿有六十六条小溪，每条小溪都晶莹碧蓝，每当黄昏来临苗女们都要到溪边洗澡。⑤

小说被认为是一个民族的秘史（巴尔扎克语）。贵州现代小说知识分子形象书写中对贵州"边地"独特的自然景象与独特的人文景观的一系列描写，有助于世人进一步了解贵州这片封闭神秘的土地，尤其是作品中对于已经消失的或正在消失的乡风民俗以及苗族等少数民族风情的描写，更是珍贵的集体记忆。在他们的小说中，用现代文明的视角观照"边地"，用写实的手法再现"边地"的自然、人文风貌，并在此基础上来观照生活在"边地"人们的现实处境，其中渗透了作家对"边地"无限深情。

---

① 欧阳黔森. 味道［M］. 北京：中国文联出版社，2003：69.
② 欧阳黔森. 味道［M］. 北京：中国文联出版社，2003：72.
③ 欧阳黔森. 白多黑少［M］. 北京：中国文联出版社，2006：191.
④ 欧阳黔森. 白多黑少［M］. 北京：中国文联出版社，2006：222.
⑤ 欧阳黔森. 白多黑少［M］. 北京：中国文联出版社，2006：224.

吉狄马加指出，研究贵州写作一定要把贵州作家的创作放在中国很重要的文学版图上来认识贵州特有的地域性写作。孟繁华认为地域性经验书写在全球化时代是非常重要的写作，他指出，贵州有独特的风俗风貌，与东部作家有着巨大差异，在讲述中国故事方面有着得天独厚的优势。①

丹纳在《艺术哲学》中曾说过：时代精神与环境风俗往往决定作品的产生。② 可见"环境"对于文学作品创作的意义之大，从这个意义上来说，贵州现代小说知识分子形象书写作品中向世人展示的"边地"独特的自然景观与人文景观，无疑彰显了小说独特的史料价值与审美价值。

三、塑造了独特的知识分子形象

恩格斯认为现实主义的意思是，除细节的真实外，还要真实地再现典型环境中的典型人物。文学是人学③，文学形象的中心是人，人物形象在叙事文学中占重要的地位。当然，小说人物形象不等同于现实生活中的真实人物原型，它需要艺术的加工。正如美学家说的：艺术之所以不同于哲学与宗教，是因为艺术使用感性形式表现最崇高的东西。④ 无疑，小说中的人物形象就是这样的感性形式。人物形象往往是社会的镜子，也是时代的晴雨表，自有其独特的价值与意义。值得庆幸的是，贵州现代小说为读者贡献了一批具有个性化的知识分子形象。具体来说，蹇先艾小说中塑造的"都市游子"知识分子形象，何士光小说中塑造的"乡村教师"形象，欧阳黔森小说中塑造的"野外地质工程师"形象，各有特色，各具代表性。小说叙述的后面，往往隐含着诉说者本人的形象，这些形象又往往与作家本人有千丝万缕的关系，作家往往将自己的本质力量对象化到小说人物形象当中。

（一）蹇先艾小说中塑造的知识分子"都市游子"形象

1919年冬，蹇念恒为了给儿子铺设锦绣前程，送13岁的蹇先艾到北京去游学，寄居在二哥家里，从这时起，蹇先艾离开遵义老家开始了他在北

① 周军.2015 "贵州作家群高峰论坛"综述［M］.中国现代文学研究丛刊，2016（4）：216.
② 丹纳.艺术哲学［M］.傅雷，译.天津：天津社会科学院出版社，2004：29.
③ 钱谷融.《论"文学是人学"》一文的自我批判提纲［J］.文艺研究，1980（3）：7.
④ 黑格尔.美学（一）［M］.朱光潜，译.北京：商务印书馆，1982：10.

京 17 年的"游子"生涯，蹇先艾是一个创作上非常勤奋的作家，在他 60 余年漫长的文学生涯中，创作了大量的知识分子题材小说，例如《家庭访问》《到家的晚上》《回顾》《诗翁》《初秋之夜》《狂喜之后》《公园里的名剧》《一位英雄》《诗人朗佛罗》《酒家》《迁居》《仆人之书》《在贵州道上》《小别》《颜先生和颜太太》《晚餐》《看守韩通》《盐灾》《国难期间》《流亡者》《幸福》《父与女》《两位老朋友》《孤独者》《古城儿女》《破裂》《黎教授下乡》等。

在蹇先艾小说塑造的众多知识分子形象中，塑造较成功的是他的"都市游子"知识分子形象，例如《到家的晚上》中"在外求学"的孙少爷，《在贵州道上》中坐轿的先生"我"等。

孙少爷是蹇先艾作于 1924 年的短篇小说《到家的晚上》中的主人公。十年前，他与须眉皓齿的老父及母亲离别，开始"北上"；十年后"南归"重回故里，但是家里的光景大变，庭院荒凉，四壁陡立，父母坟头长满青青荒草，家中私塾先生朝宾十五爷已沦为街头乞丐。他此次重归故里，思想感情是十分矛盾和复杂的：作为破落的旧家子弟，他哀痛故园的凋零破败；作为启蒙者，他同情社会最底层的民众。《到家的晚上》曾被鲁迅选入《中国新文学大系·小说二集》并加以称赞。孙少爷很明显是一个接受过五四启蒙教育的破落旧家子弟的"都市游子"形象，也是中国五四文学时期常见的知识分子形象。

"我"是蹇先艾作于 1929 年的短篇小说《在贵州道上》中的主人公，小说通过"我"还乡途中的见闻，表达了"我"对旧社会贵州毒品泛滥给老百姓带来的痛苦和危害的痛恨之情，以及"我"对"赵洪顺"们的"哀其不幸，怒其不争"的情感态度。正因为小说具有如此深刻的主题思想，所以，《在贵州道上》成了蹇先艾小说的代表作。小说中的"我"明显是作家蹇先艾自己的化身，或者说，至少有蹇先艾本人的影子。"我"当年顺应时代潮流，勇敢地冲出闭塞的大山，以"游子"的身份居于繁华京城的位置，用"他者"的眼光反观家乡的落后，站在一个更高的角度审视家乡的生活状态。

蹇先艾小说中塑造的知识分子"都市游子"形象，给散发浓郁乡土气息的贵州现代小说知识分子形象画廊吹进了一股清新的都市之风。

（二）何士光小说中塑造的"乡村教师"形象

何士光生长于贵阳，1964 年贵州大学中文系毕业后，他被分配到了偏远的遵义地区凤冈县一所中学教书，随后又到了更偏僻的琊川区中学任教，何士光关于知识分子形象书写的小说作品主要有：《秋雨》《遥远的走马坪》《心：一个文学青年的故事》《梨花屯客店一夜》《山林恋》《幽魂》《草青青》《似水流年》《相爱在明天》《青砖的楼房》《蒿里行》《薤露行》《苦寒行》《如是我闻：走火入魔启示录》《今生：经受与寻找》与《今生：吾谁与归》。何士光在这些小说中塑造了较多的知识分子形象，但相对来说，其中塑造比较成功的是"乡村教师"形象，例如《草青青》中的孙梦陶、《青砖的楼房》中的聂玉玲、《薤露行》中的王传西。

《草青青》（四川人民出版社 1983 年版）有着较为浓重的伤感情调。孙梦陶被"流放"到偏远乡村中学教书，祸不单行，此刻女朋友又提出了分手，失魂落魄的他从村姑小萍身上暂时找到了情感的抚慰，但是，在那个人性湮灭的历史环境和强大的传统习俗压力之下，小萍最终也还是选择跟着一个军官远去。这一变故，对于地位卑微的知识分子孙孟陶来说，是一种沉重的打击，但他却能"怀着一种深爱来看待日子"，"尽管是一段苦难的日子，留给笔者的也并非全是黯淡的东西"。①从孙孟陶以体谅的态度对待小萍离去这件事情上，我们可以看到孙梦陶在那个风雨如磐、沉重苦闷的时代里，尽管遭受事业、爱情的双重打击，但依然"穷则独善其身"，依然怀着黑暗即将过去、光明终将到来的坚定信心，孙梦陶身上体现了一位传统知识分子穷且益坚、洁身自好的可贵品质。

1984 年发表的《青砖的楼房》中女主人公聂玉玲是一名县城中学教师，"县城很小，在遥远而偏僻的地方"，她自愿从市里转到县城中学来，据说是为了摆脱一直纠缠她的丈夫。她正义感强，眼里揉不得半点沙子。当她得知班上学生范丽丽的升学考试成绩达不到升学要求，但是因为她的父亲在县城商业部门工作，"是一位能干的人"，所以钱副校长、胡其林、赵德贵老师帮忙私下把范丽丽的成绩进行篡改之事后，聂玉玲决定"把范丽丽的事情公开地提出来了"。但不料却捅下了一个马蜂窝，最后，聂玉玲被县

---

① 何士光．草青青［M］．成都：四川人民出版社，1983：110 - 111.

教育局一纸调令从县城中学调离到一所区中学，而且还美其名曰"任副教导主任"，这无疑是被放逐了。小说中聂玉玲自始至终无怨无悔，开始时，她的态度就是极其鲜明的：把知道的真相提出来并公开表示出反对！她对自己的行为的后果也是有着极为清醒的认识："这一点波折是我们自己招引来的，却是甘愿的！"因为她始终相信未来的美好的日子终将到来。她的言语和行动证明了她是一位勇者，她身上正是体现了中国传统知识分子即所谓"士"的精神特质，为坚持真理，不惜牺牲一切。聂玉玲是新时期贵州小说中难得一见的具有启蒙进步思想的知识分子形象。

王传西是何士光 1985 年的作品《薤露行》中一名普通的中学教师形象，"二十年前，我来到这座县城中学的时候，他就是这样子。后来，我离开的时候，他好像也还是这一副容颜"①。小说截取王传西 1965 年到 1985 年这 20 年的人生经历中的几个片段，连缀成篇。他的"适应环境的能力"，他的自轻自贱的性格，"成功地穿过了长长的一段日子"。他就是这样进行着"过人的机敏"或者说异乎寻常自轻自贱的"表演"。大家在讥笑鄙夷王传西的同时，是否也应该好好反思一下造成"王传西们"畸形人生的时代原因呢？王传西这个乡村教师形象是新时期贵州文学界响应当时全国如火如荼的"寻根文学"思潮的重要收获之一。

其实，何士光又何尝不是以"他者"的眼光来塑造他笔下的"乡村教师"形象的呢？但是命运正是这样，不承想会成为"乡村教师"的何士光，最终成了一名与"乡村教师"扎堆得最为偏远之地的"乡村教师"，故而他对自己笔下的"乡村教师"形象最有发言权，尤其是对"乡村教师"人物形象内心的体察非一般人可比。值得补充的是，20 世纪 90 年代以来的作家中，除谢挺、戴冰外，欧阳黔森、王华、肖江虹等作家也在自己小说中塑造了一些"乡村教师"形象。

（三）欧阳黔森小说中塑造的"野外地质工程师"形象

欧阳黔森出身于贵州铜仁市地质队员家庭，成人后，曾经在地质队野外找矿八年，西部几个省区几乎都留下了他的足迹。作为 21 世纪伊始贵州文坛最有影响力的作家，欧阳黔森也创作了不少知识分子题材小说，例如

---

① 何士光. 相爱在明天［M］. 贵阳：贵州人民出版社，1987：110.

《十八块地》《梨花》《远方月皎洁》《扬起你的笑脸》《穿山岁月》《莽昆仑》《非爱时间》《非逃时间》等。

同样，欧阳黔森在小说中塑造了众多的知识分子形象，但其中塑造比较成功的是"野外地质工程师"形象，例如《非爱时间》中的黑松、郝鸽子、郝学仕，《穿山岁月》的郜德、苏方，《莽昆仑》中的李子、石头、张刚，《远方月皎洁》中的"我"等。

长篇小说《非爱时间》（贵州人民出版社 2004 年单行版）中黑松从十八块地农场出来后，成了地质队员，而且有文学作品发表，后被调到省地质局，还被任命为筹备地矿开发总公司的副总经理。而妻子郝鸽子之前一直在野外工作，每一年至少有 6 个月时间在崇山峻岭中搞地质调查。黑松与郝鸽子的父辈也是地质人，郝鸽子的父亲郝士学从地质大学毕业分配到地质队而走进那片原始森林的，却不料一次失足从悬崖上跌下牺牲了。现在他们的后辈也把自己的青春与热血奉献给了地质事业。

中篇小说《穿山岁月》（《十月》2001 年第 4 期）中描写了"正确"（真名叫郜德）、"算卵了"（真名苏方）、小李和"我"四人成年累月在武陵山脉主峰梵净山附近采集矿石样品的野外地质工作经历，小说生动地表现了他们因为心中有理想，所以生活中能够苦中作乐的乐观心态。小说重点刻画的人物形象苏方，是一位一辈子坚守野外地质事业的理想主义者知识分子形象。

中篇小说《莽昆仑》（《十月》2006 年第 2 期）中的李子与石头十年前在阿尔金山野外地质工作时，为了改变现状相约选择考博。完成博士学业后，他俩又来到了东昆仑开展野外地质工作。小说中最感人的故事应该属于张刚，他为了找矿，失去了一条腿。张刚的遗憾最后终于由他 26 岁的地质专科学校毕业的儿子张铁完成，如愿以偿地为国家提交了一份大型矿床报告。父子两代人同圆一个为国家找矿的梦想。

短篇小说《远方月皎洁》（《边疆文学》2013 年第 3 期）中的地质队员"我"来到某村庄搞地质普查，与当地小学教师卢春兰有了一段交往，但因为"我"的工作性质注定了"我"要不断迁徙，于是两人不得不分手。多年之后的一个晚上，因为女儿扔掉了卢春兰送我的大黄狗的狗皮垫子，

"我"不能入眠，睁大着双眼，想起了当年的往事，心中怀念远方那轮月的皎洁。小说再现了一代地质人当年野外找矿的青春记忆。

欧阳黔森小说中塑造的"野外地质工程师"形象原型因为大多来自他的生活经历，贴近野外找矿生活本身，所以读来非常真实感人。

知识分子形象是时代的镜子、时代的晴雨表。塞先艾小说中塑造的"都市游子"知识分子形象，何士光小说中塑造的"乡村教师"形象，欧阳黔森小说中塑造的"野外地质工程师"形象，正是这样的"镜子"与"晴雨表"。

总之，贵州现代小说知识分子形象书写的价值归纳起来，以下三点较为突出：一是实现了"边地"与"中心"的对话，二是向世人展示了"边地"独特的自然景象与人文景观，三是塑造了独特的知识分子形象。

第三节　知识分子形象书写存在的不足

贵州现代小说知识分子形象书写虽然取得了相当的成就，无论数量与质量都达到了一定的程度，而且塑造的为数不少的个性鲜明的知识分子人物形象也已成为贵州现代文学人物画廊中不可或缺的组成部分。但是，文学形象的价值，是并不与形象的社会对应物的价值成正比的，文学有它自己的价值尺度。文学把握生活，有它自己习用的方式、角度。因此，从这个意义上来说，贵州现代小说知识分子形象书写也存在一些不足，例如：创作视野较为狭窄，创作手法较为单一。

一、创作视野较为狭窄

贵州由于地处偏远的西南一隅，加之历史上遗留下来的经济文化落后、交通不便等客观原因，导致贵州长期处于一种地域封闭性造成的边缘化状态，贵州文学长期以来也一直缺乏与外界进行直接对话与交流的机会，有时难以触摸到时代文坛的脉搏。受限于生活经验的逼仄和地域环境的封闭，贵州作家对世界的体察、观瞻有时难免模糊，从而导致他们创作视野陷入狭窄的境地，这一点从他们作品的题材与思想内容等方面可以看出。

一切严肃的作品说到底必然是自传性质的。① 作品中的人物，与作家的思想和生活有密切的关系。作家总是从自己的思想出发，依据自己已有的生活印象来认识新的人物，所以他创作时，总是把这种人想象成那种人，赋予这种人以想象中那种人的某种品质。可以说，中国现代小说中不同的知识分子形象，主要是作家在不同的生活经历和感受中产生的。

关于这一点，笔者从贵州现代小说知识分子形象书写中能得到很好的印证，他们的创作素材大多数是取自自己生活的经历或者自己周围的人事，这本来无可厚非，但是一旦写实的成分多于虚构的成分，经验性写作多于创造性写作，大家就会感到瑕疵的存在。

首先，从创作题材上看，贵州现代小说知识分子形象书写无论是在繁华京城求学工作近 20 年的蹇先艾，还是出生、成长于省会城市的何士光，或是出身于铜仁地质家庭后来子承父业从事地质工作的欧阳黔森，他们比较习惯于自己生活经验的书写，笔下的知识分子形象大多数为带有乡土气息的知识分子形象。如蹇先艾的《盐灾》《在贵州道上》《盐巴客》，何士光的《青砖的楼房》《秋雨》《遥远的走马坪》，欧阳黔森的《非爱时间》《穿山岁月》《远方月皎洁》等篇什是这类作品的佼佼者。相对而言，他们小说中的城市知识分子形象则较为稀少，虽然蹇先艾居留故都北平期间也在小说中塑造了一系列城市"堕落者"知识分子形象，如《公园里的名剧》《一位英雄》《诗翁》《国难期间》《幸福》等小说，但细细一读，这些小说中知识分子形象"脸谱化""模式化"现象较为严重，这些角色附庸风雅、自私自利，毫无民族国家大义，全身几乎一无是处，真正光彩照人的城市知识分子形象非常稀缺。

米兰·昆德拉曾说：小说是反讽的艺术，它把"真理"隐藏起来不说，而且不可以说。② 此语正与艾略特"诗歌不是表现个性，而是逃避个性"与

---

① 托马斯·沃尔夫. 一部小说的故事 [M]. 黄雨石，译. 北京：生活·读书·新知三联书店，1991：24.

② 米兰·昆德拉. 小说的艺术 [M]. 董强，译. 上海：上海译文出版社，2014：159.

"诗歌并不是放纵感情，而是逃避感情"① 的观点暗合。社会是丰富的，人性是复杂的，这种简单化、随意的处理制约了开掘复杂人性时应达到的深度，有时难免会陷入鲁迅曾经所说的那样的歧路：因为所感觉范围的狭窄，只能咀嚼身边小小的悲欢，并视之为全世界。

　　黑格尔认为艺术美是由心灵产生和再生的美。② 但是贵州即使是塑造乡土知识分子形象的小说作品，笔者通过认真阅读后也可以发现，作品的素材要么是作家"看到的"，要么是作家"听来的"，大部分是作家自身生活经历的还原与再现，并将人物命运的纠葛呈现于原生态的地域环境中，如"贵州道上""梨花屯""梵净山脚"，这种处理虽然能够增强作品的乡土性与地域性，但同一作家的众多故事发生地选择在同一处，这未免使作品显得单调与局促，而且有些篇什还过于直白与外露。真正的文学创作并不止于简单的生活实录，曹雪芹回忆写《红楼梦》的辛苦，说他在家反复修改了十年，小说初稿增减了五次。如果单是实录而已，哪里还会费这么多的时间，这么多的精力？即使是作家见过的人物，也必须要加以创造。因为社会上的人物正如高尔基在《我的创作经验》中所说的仅仅是"半制成品"，我们要去制造他们，去替他们说尽他们所未说完的话，去替他们完成他们所未完成而按他们的天资的力量应该完成的行为。"这儿——是虚构的地方——艺术的创作。"③ 就这一点而言，笔者很有必要反思贵州现代小说知识分子形象书写中的问题。

　　其次，从小说思想内容的深度上看，贵州现代小说知识分子形象书写与人性的揭示或者哲学的阐释仍然有一定的差距。米兰·昆德拉认为每一部小说都在试图回答同一个问题：人的存在是什么，它的诗性在哪里？④ 当然，这样的高标准是对作家最严苛的要求，因为小说作品要达到人性的深度与哲学的高度，那么作家自身要有对于人生、人性的深切体察与痛彻感悟，以及具有儒释道兼修并有一己之悟的哲学修养，而要做到这一点，实

---

① 托·斯·艾略特. 艾略特文学论文集［M］. 李赋宁，译. 南昌：百花洲文艺出版社，1994：11.

② 黑格尔. 美学（一）［M］. 朱光潜，译. 北京：商务印书馆，1982：4.

③ 艾芜. 文学手册［M］. 长沙：湖南人民出版社，1981：12.

④ 米兰·昆德拉. 小说的艺术［M］. 董强，译. 上海：上海译文出版社，2014：204.

在是难上加难的事情。曹文轩曾说过，"人性是小说的最后深度，没有如此认识或者说有了如此认识却无法深切了知人性的小说家们，被社会问题、时尚或一些功利性的目的所束缚，未能进入人性层次，则永远地被确定在了二流、三流的位置上"①，"文学研究的最后解释是哲学的解释"②。曹文轩的话进一步说明了小说的创作并不是自传的简单复制与还原，还应该达到某种开掘人性的深度、哲学的高度，才能够称得上优秀的作品。

从形象创造与描写艺术来说，贵州现代小说知识分子形象书写，在贵州现代小说的整体格局中，是除乡土题材小说之外最有成就的题材门类，这不仅在于作品的数量，也在于作品的质量。它塑造了一批文学形象，为大家认识贵州现代知识分子提供了一面镜子。作家在写性格、写情感、写心理方面有成就，也有局限。这或许是因为中国现代是一个太实际的时代，于是，作家被现实的问题、社会的问题、政治的问题、处境的问题、生存的问题牵引着走，而较少顾及自身的问题、灵魂的问题、人性的问题、生命体验的问题。也许是由于中国现代缺乏哲学背景，所以，作家较少进入到对自我、对人类、对宇宙等终极问题的思考之中，作品自然也就缺少了哲学的高度。所谓哲学的高度，其实任何一种哲学思想，无非纠结以下三个问题：这个世界是什么样的？人与世界的关系如何？人应该如何做才能与世界合拍？如果能够在小说作品中积极回应这些问题，就可谓达到了一定的哲学高度，而这恰恰是需要贵州作家们进一步加强与提升的。

小说区别于诗歌、散文等其他文学样式的显著标志之一，是它无论怎样变化都必须有人物，尽管可能是形态各不相同的人物。小说创作中，作家的感情，对生活的思考、美学体验，主要借助于小说人物的创造表达出来，它是小说创作中作家表现的主要对象，在作家把生活演化为小说描写的时候，他必须能够意识到人物这个对象的容阔力与意味可能，这是他小说成功的必要条件。③ 某种程度上，知识分子是仰望星空的一类人，他们的存在与整个世界的进步与梦想有关，他们往往不满于现状，构建着一个异

---

① 曹轩. 曹轩文集：小说门 [M]. 北京：人民文学出版社，2010：260.
② 曹文轩. 曹文轩文集：小说门 [M]. 北京：人民文学出版社，2010：214.
③ 刘俐俐. 新时期小说人物论 [M]. 兰州：敦煌文艺出版社，1993：15.

于现实的精神乌托邦，操着精致的语言履行着批判的职责。知识分子伦理是纯粹伦理，是基于终极的善而不是基于具体的善，要求的是一种对所有主体而言都有效的善而不是对部分主体而言有效的善，它关注终极价值的实现，执着于永恒的绝对的真理。

海明威的作品"更多地着重于哲学和心理学方面的东西，而不是强调社会学方面的东西"，"更多关切的是永存的抽象的问题，而不是那些直接的社会、政治或经济的利益"①。与此不同，中国的现代小说家通常不是从探索"普遍人性"这一点出发的，而是从批判现存社会这个实际得多的角度观察他们的人物的。他们不是"更多关切"那些"永存的抽象的问题"，而恰恰对于"直接的社会、政治或经济的利益"表现出强烈的兴趣。这种情况正如上文所说，是由中国知识分子的精神传统、思维方式，中国的文学传统，中国知识分子的生存方式，他们所处的社会——文化环境共同决定的。② 其实，赵园的这一观点同样适合贵州知识分子与贵州现代小说。

米兰·昆德拉认为让一个人物"生动"意味着挖掘他的存在问题。这就意味着要挖掘一些处境、一些动机，甚至一些构成他的词语，而非任何其他别的。小说审视的不是现实，而是存在，而这里所谓的存在却属于人类可能性的领域。在这方面，何士光似乎走得更远，他大部分小说中出现的"日子"意象以及他后来的《今生：经受与寻找》《今生：吾谁与归》系列作品，都渗透了他对于人生存在以及人生价值的某种哲学的思考与探寻。

文艺作品要表现"历史的必然性"（马克思语），也就是说，人物和故事可以有充分的偶然性，但是主题一定要有对一个时代"历史必然性"的揭示。文学的现实主义并不满足于只是如实地反映生活的平面，也不满足于将一篇作品全盘的故事情节一览无遗地告诉人们，它需要作家探索到生活的深处去，要有自己独到的思想，不必为取悦他人而动用美丽、动人的语言表达固有观念的愚蠢即所谓的"媚俗"。

作家们普遍意识到，从作为审美对象的普通人的灵魂中，可以寻觅到

---

① 董衡巽. 海明威研究 ［M］. 北京：中国社会科学出版社，1980：171.
② 赵园. 艰难的选择 ［M］. 上海：上海文艺出版社，1986：123.

历史发展的隐秘消息，可以发掘出我们所赖以依存的民族与国家的民族文化心理，它的一切美好与丑陋。① "一个民族作家，不仅是民族生活境况的文学代言人，更是人类灵魂的承担者和叙述者，也应该有一双透过文学打量人类的眼睛"②，其实，这段关于贵州民族文学创作的评论也完全适用于贵州现代小说知识分子形象书写。贵州小说家大多数还是停留在经验创作的层面上，他们可以对自己的生活经历作惟妙惟肖的复制与还原，但是缺少的是"一双透过文学打量人类的眼睛"。贵州小说家只有做到了"跳出文学谈文学""跳出贵州谈贵州"，具备了"人类灵魂的承担者和叙述者"的创作视野，才能更好地调整观察人生、体验人生和反映人生的视角，增强对题材内容进行文学想象与加工处理的能力，同时在作品中渗透自己的哲学思考，这样才能创作出更多全国一流的知识分子形象书写文本。

二、创作手法较为单一

创作方法又称"创作原则"。指文艺家按照一定的要求表达思想感情与再现社会生活的基本原则。

著名的自然科学家海森伯说过："我们所观察到的并不是自然本身，而是用我的提问方法所揭示的自然。"③ 可见对自然的揭示完全可以用不同的提问方式，同样，小说的创作也完全可以采用多种多样的创作手法。魔幻现实主义代表作家马尔克斯的《百年孤独》给了笔者一些有益的启示，即最大程度的变形和夸张有时反而能达到最大程度的真实和深刻。

但是令人遗憾的是，笔者通过对贵州现代小说知识分子形象书写研究发现，贵州作家中除了戴冰最爱采用现代主义手法，蹇先艾、何士光、欧阳黔森偶尔使用现代主义创作手法外，几乎绝大部分作家选择的是现实主义创作方法（即创作原则是"按生活的本来面貌反映生活"），绝少采用浪漫主义与现代主义，更遑论象征主义了。究其原因，主要是他们囿于个人

---

① 刘俐俐. 新时期小说人物论［M］. 兰州：敦煌文艺出版社，1993：35.
② 沈洪竹，李钢音. 从民族文化到人类心灵——近年贵州少数民族文学创作一览［N］. 贵州民族报·文艺副刊，2017 - 01 - 01（12）.
③ 海森伯. 物理学和哲学：现代科学中的革命［M］. 范岱年，译. 北京：商务印书馆，1984：24.

的生活经历及生活圈子。

因为，现实主义创作手法的例子太多，不得已，笔者只好通过反证法①来进行论证，看看蹇先艾、何士光、欧阳黔森等代表性作家知识分子形象书写中到底哪些作品采用了现代主义手法。

蹇先艾关于知识分子形象书写的小说作品主要有《家庭访问》《到家的晚上》《回顾》《狂喜之后》《诗翁》《初秋之夜》《一位英雄》《公园里的名剧》《诗人朗佛罗》《酒家》《迁居》《在贵州道上》《仆人之书》《颜先生和颜太太》《小别》《看守韩通》《晚餐》《国难期间》《盐灾》《父与女》《流亡者》《幸福》《两位老朋友》《孤独者》《古城儿女》《破裂》《黎教授下乡》27 篇。的确，蹇先艾在小说中，不乏对西方现代主义手法的借鉴，尤其是在女性题材小说里，更多采用了西方现代主义的意识流手法。按照法国叙事学家热奈特《叙事话语》中对"叙述聚焦"的划分，意识流文学多选择"内聚焦"的叙述角度，蹇先艾意识流手法应用较多的作品有：《回顾》《小别》《逃》。

例如《逃》中意识流活动片段：

> 她的身子有点微震，觉得站在她面前的这个青年的内心也许有什么不可测的雄心，他仿佛在窥伺着她的弱点，一个深沉不露的人，就是毒，就是阴险。是自己把自己诱惑到这阵中来的；她想：难道自己就不可以冲出这重围吗？于是，踌躇像蝉壳似的马上就退出她的身躯，改换的态度颇为坚决，筋肉在脸上都鼓动起来了。她认为"逃"或者是避去"后悔"的一种策略，躲闪并非完善的方法，终于不免要被擒的。一个聪明的人为什么要束手待毙呢？
>
> "不该来，是的，逃回去，不就补偿了自己的损失了吗？"这样的思想在她的心里有力地回旋着。
>
> 最后，逃回去便是胜利的这个意念主宰了她的软弱的心，无名的唱叹从她的唇间说出来了。

---

① 反证法是间接论证的方法之一，亦称"逆证"，是指通过断定与论题相矛盾的判断（即反论题）的虚假来确立论题的真实性的论证方法。

"回去吧!"她低声如同可怜的小鸟说。

匆匆就走下桥去,向着来时的路径,她的步履是那样的轻灵飞动,仿佛在和什么人赛跑似的,不肯作片刻的停留!①

鲁迅小说《伤逝》中内心独白贯穿全文,小说《逃》中大段大段的意识流活动描写也几乎占据了小说四分之三的篇幅,《逃》可谓一篇较好的意识流小说。蹇先艾能娴熟地掌握小说各种创作手法,与他的求学与创作经历有关。事实上,他在读中学四年级时,就翻译并发表了莫泊桑的短篇小说《米崖老丈》,后来还翻译出版了《美国短篇小说集》,足见其西学功底之深,他能左右开弓,翻译、创作都拿得起。

但是尽管如此,综观蹇先艾知识分子形象书写的 27 篇小说,类似于上述小说中采用现代主义创作技法的作品仍然不多,而且缺乏具有代表性的作品。

何士光关于知识分子形象书写的小说作品主要有《秋雨》《遥远的走马坪》《心:一个文学青年的故事》《梨花屯客店一夜》《山林恋》《幽魂》《草青青》《似水流年》《相爱在明天》《青砖的楼房》《薤露行》《蒿里行》《苦寒行》《如是我闻:走火入魔启示录》《今生:经受与寻找》《今生:吾谁与归》,共 16 篇。但也只有《心:一个文学青年的故事》《幽魂》极少数小说采用了意识流的手法:

他醒过来了;虽然眼睛还没有睁开,对自身和外缘的实在的感觉也还没有来得及开始,那件清楚、尖锐、沉重的心事,就来到了他的心头,好像那心事不曾跟着他一道入睡,而是一直冷冷地守候着他,才一发现他的灵魂从冥冥中归来,就先一步潜入他的心扉,不容更改地在那儿喊道:"手稿,被严队长截获了!"这样,他意识到自己醒过来了,意识到黑夜庇护下的忘怀以及过去,造物赐予的间歇已经过去,他的躯壳还在,附着在躯壳上的、难以弄清底细的生命还在,日子又紧紧地、推诿不掉地接着上一天,他又得完全地接住属于他的那一份

---

① 蹇先艾. 蹇先艾文集(一)[M]. 贵阳:贵州人民出版社,2003:314.

重负：生命的，和着日子的……①

这段意识流生动展示了"他"得知自己的小说手稿被工作队的严队长截获之后的一系列紧张的心理活动。

但是综观何士光知识分子形象书写16篇小说的整体创作，这样现代主义的作品实在是少之又少，其他作品的创作依然是以现实主义手法为主。

欧阳黔森关于知识分子形象书写的小说作品主要有《十八块地》《梨花》《远方月皎洁》《扬起你的笑脸》《穿山岁月》《莽昆仑》《非爱时间》《非逃时间》这8篇。但是小说中意识流手法应用较为突出例子除了中篇小说《莽昆仑》外，其他也是屈指可数。

　　我在前面走，与格桑梅朵相距两米左右，可我感觉，就这点距离，我始终走不进那童话世界里，就算我加快步伐的节奏，靠近格桑梅朵，但哪怕我们只有一层纸薄的距离，那层纸依然隔开着两个世界。我有两只手，有两根食指，可没有一根食指能伸出或能捅破那看似薄如蝶翅却又坚韧无比的纸。我的世界当然也没有下雨飘雪，却因为那层纸那边有着的童话世界而呈现五彩云霞金丝鸟鸣。

　　是的，前面你讲过，男女之间只有为爱情而刻骨铭心的，不可能因为友谊而刻骨铭心的。可是，我在前面也讲过，我们敢向神山昆仑发誓，我们对一个美女所有的谋划纯粹是为了友谊。我再次申明，这个誓言是圣洁和崇高的，如果你认为谁说崇高，你就怀疑和反感谁的话，我会毫不犹豫地严厉地向你宣告，这个故事不欢迎你这种人听下去。昆仑山是世界上最纯洁的地方，这里发生的故事容不得半点污浊的东西。②

这段意识流真实而细致地刻画了"我"（石头博士）在昆仑山找矿期间

　　① 何士光. 故乡事［M］. 成都：四川人民出版社，1982：164.
　　② 贵州省文联. 纪念建党90周年贵州文学精品集·小说卷（下）［M］. 贵阳：贵州人民出版社，2011：822.

单独与藏族美少女格桑梅朵相处时一连串浮想联翩的心理活动，在圣洁的神山面前，面对格桑梅朵圣洁的美时，自己对待她的感情似乎也变得圣洁了，感情中没有半点亵渎的成分。

但是综观欧阳黔森知识分子形象书写的 8 篇小说的整体创作，这样现代主义的作品同样是少之又少，他的绝大多数作品创作依然是以现实主义手法为主。

中国文学的土壤，不适合"唯美主义"的生存。自古以来，中国文学史上所谓的"形式主义"潮流，很少如西方文学史那样，出于片面发展的审美要求。① 所以中国文学的土壤，更适合"现实主义"的生存。

米兰·昆德拉关于时代精神与小说精神有段精彩的论述：我们时代的精神，在我看来，与小说的精神相反。他认为，每部小说都在告诉读者"事情要比你想象的复杂"，这是小说永恒的真理。② 用米兰·昆德拉的观点来考察贵州现代小说知识分子形象书写，我们就会发现贵州现代小说知识分子形象书写在艺术上存在诸多不足。其中最容易犯的毛病就是把小说精神与时代精神死板硬套地完全等同起来。

我们说文学要表现的是无限广阔的天地，所以我们就可以选择更多的创作手法。正如米兰·昆德拉所说：小说家不是预言家和历史学家，而是存在的探究者。在小说这样一个游戏与假设的领地，小说中的思考是假设性与探寻性的，人并不能确证什么。米兰·昆德拉的话语揭示了小说与现实生活之间存在着较大的差异与距离。现实主义创作手法在小说发展的第一阶段（讲述故事为主）、第二阶段（刻画人物）尚且够用，但是等到小说发展到了第三阶段（表现内心为主），不借助某些现代主义手法如意识流等，有时候还真是捉襟见肘。

除了现代主义外，浪漫主义创作手法同样也是需要的，对此，高尔基在《论文学》一书中说得很好，"在伟大的艺术家们身上，现实主义和浪漫主义好像永远是结合在一起的"③。

---

① 赵园. 艰难的选择 [M]. 上海：上海文艺出版社，1986：117.
② 米兰·昆德拉. 小说的艺术 [M]. 董强，译. 上海：上海译文出版社，2014：24.
③ 高尔基. 论文学 [M]. 孟昌，曹葆华，戈宝权，译. 北京：人民文学出版社，1978：163.

　　高尔基既然这样说，那证明他本人的小说创作肯定是现实主义与浪漫主义结合在一起的。美在形式，有时候美的形式的变化也能给人带来更多审美愉悦。

　　其实，笔者在此也不是质疑或者否定现实主义创作手法，只是固执地认为：20 世纪以来，特别是 20 世纪 80 年代以来中国小说创作发展的一个重要趋向是把人物的内心世界作为主要的表现对象，重心放在对人物心灵的探索方面。所以，如果不能采取或借鉴浪漫主义、现代主义、象征主义等创作手法，还是一直老套地用现实主义创作手法"包打天下"，那么，在表现小说人物心灵方面势必会出现"落空"现象，人物形象有时难免显得平面化，缺乏立体效果。

　　总之，创作视野的狭窄与创作手法的单一势必影响贵州现代小说知识分子形象书写的审美品质。贵州小说家只有不断开拓自己的创作视野，克服单一的创作手法，才能创作出更多内容与形式兼美的全国一流的知识分子形象书写文本。

第四节　知识分子形象书写的反思

　　贵州现代小说知识分子形象书写已经走过了大约一百年，期间也取得了不少的成绩，它有其自身的特色与贡献，也有自身的缺陷与不足，但是，就其整体而言，笔者实事求是地说，贵州现代小说的知识分子形象书写仍然稍显薄弱，不仅落后于贵州现代小说的农民形象书写，更遑论其他文学发达省份的知识分子形象书写。一个明显的事实是：贵州现代小说知识分子形象书写作品虽多，但能立得起来的人物形象较少，真正堪称经典的艺术典型则更少。

　　所以，笔者很有必要对其创作薄弱的原因进行反思，这既是本论著所谓问题意识应有的题中之义，也是对贵州文学将来何去何从的一种前瞻式的思考。在这一节中，笔者将从地域性因素、作家因素、贵州文学传统因素等方面对贵州现代小说知识分子形象书写薄弱的问题进行反思。

一、地域性因素

地理环境是人类活动的舞台，"地理环境无疑是社会发展常见的和必要的条件之一"（斯大林语）。地域具有自然属性，首先指的是一个明确而稳定的空间形态，此外，它还应该具有政治的、经济的和文化的意义，而对于地域文化研究者来说，我们更关注的是人和自然环境的关系、地域文化与文学的关系。①

中国古代比较早的关于人和自然环境关系的论述，当属《淮南子·地形训》："轻土多利，重土多迟；清水音小，浊水音大；湍水人轻，迟水人重。中土多圣人。皆象其气，皆应其类。"这一段话语强调了地域形态与身处其中的人的关系。关于文学创作与地域关系的经典论述，莫过于《诗经》中的"十五国风"。这十五个地区的地方歌谣在风格上的差异是显而易见的，这正是地域性差异造成的。清代孔尚任在《古铁斋诗序》中曾言："盖山川风土者，诗人性情之根柢也。得其云霞则灵，得其泉脉则秀，得其冈陵则厚，得其林莽烟火则健。凡人不为诗则已，若为之，必有一得焉。"可见，文学不仅因时而异，亦因地而异。

贵州是片古老、神秘、特色鲜明的土地。据考证，贵州高原是中国古人类的发祥地之一，其历史可追溯到数十万年前的旧石器时代，考古发现为证的古人类遗址诸如黔西观音洞、普定穿洞、盘州市大洞等。在建省之前，贵州基本上是土司统治，明永乐十一年（1413），设置贵州承宣布政使司，宣告贵州正式建省。此后，贵州在政治上逐渐"改土归流"，变传统的土官统治为流官统治，摧毁了落后的土司制度，交通得以改善，湖广、四川的商人、工匠纷纷入黔，活跃了贵州山区的经济。贵州还是一个多民族地区，贵州文化的外来输入性，也是十分明显的。由于在行政统属上，明永乐建省前，黔东、黔东南一带主要属湖广；清雍正以前，黔北一带主要属巴蜀，因此贵州文化在与周边文化的交流中，所受湖广和巴蜀的影响最为频繁。而现今居住在黔西南、黔南一带的布依族同胞，本是古百越的一

---

① 陈雪军. 论地域性因素在文学流派形成中的作用——以清初环太湖流域郡邑性词派为例 [J]. 文艺理论研究，2011（6）：90.

支系，受到南粤文化基因的重要影响。至于黔中一带，奇特的"屯堡人"，以独特的文化圈遗存，向今人昭示着江南民风往西南迁徙的轨迹。然而，这种来自四面八方的、以输入为主的、多元的文化结构，由于自然地理、社会发展等原因，在贵州作为一个行省（1413 年贵州建制）存在的六百年历史中，并未能真正"整合"为一个理论意义上的"贵州文化"。因此，贵州并不是一个文化意义上的大省。① 以上是贵州发展历史上的现状，而没有成为文化意义上的大省也是其最大的遗憾。

黑格尔曾说"自然是人类在他自身内能够取得自由的第一个立脚点"②。人既是社会之人，同样又是地域之人。在一定地域之中生活的人，往往会烙刻着该地域文化的印记。所以，某种程度上来说，是地域文化启迪了小说家的心灵，激发了小说家的创作欲望，同时也为小说家的创作提供了广阔的生活画卷。③ 据考证，贵州在明清两代，经科举考试录取，曾出现"六千举人，八百进士"的盛况，其中不乏在朝廷做官、在外做封疆大吏之人。但是，若与"唯楚有才，于斯为盛"且文坛著作等身、名家辈出的荆楚之地相比，若与历代入阁拜相者数十人，文坛领袖数十人，影响巨大的文学作品数十部的江西相比，冷静地说，贵州确实无法具有文化大省的自信，贵州人的"底气"是不足的，贵州的历史文化积淀、拥有的"国家级"的文化人士，与一个真正意义上的文化大省，的确有不少的差距。进入 20 世纪时的贵州文学的"土壤"，是十分贫瘠的。

此外，还有一个有意或无意被忽视的历史事实，那就是，黔文化不太注重将治学与入世济世有效结合，多数知识分子只顾埋头读书，综观全国，湖湘学派在这方面做得最好。更何况，历史地看，边远地区的文化（文学），只有纳入中枢文化的主流，才可能有更大的影响和贡献。这是历史的必然，也是数千年大一统社会的必然，大一统的社会文化的追求，已经是积淀千载的"集体无意识"了。④ 正如某学者指出："地域"是个立体的而不是平面的概念，自然地理或自然经济地理之类可能是其最外在最表层的

---

① 何光渝.20 世纪贵州小说史［M］.贵阳：贵州民族出版社，2000：6 – 11.
② 黑格尔.历史哲学［M］.王造时，译.北京：商务印书馆，1963：123.
③ 张春雨.论刘云若小说创作与天津地域文化的关系［J］.名作欣赏，2012（9）：22.
④ 何光渝.20 世纪贵州小说史［M］.贵阳：贵州民族出版社，2000：13 – 14.

东西，再深一层如风俗习惯、性情秉性礼仪制度等，而处于核心的、深层（内在）的则是心理、价值观念等。它们都从不同方面对文化和文学产生影响。① 贵州建省 600 年左右，因这历史而形成的人文环境，特别是文化生态环境，不仅影响了贵州作家的性格、气质、审美情趣和艺术思维方式，而且也深刻地影响着贵州作家作品特别是小说的人生内容、艺术风格和表现手法。② 贵州这样的地域性特点在某种程度上限制了贵州作家的创作视野，同时，也造成了贵州城市文学的相对不发达。

总之，贵州贫瘠的文学"土壤"、不与入世济世有效结合的治学传统、远离中枢主流文化、城市文学不发达以及贵州作家文化上的不自信及"底气"不足等，限制了贵州现代小说知识分子形象书写的发展。

二、作家因素

笔者通过考察文学史发现，几乎每一部优秀的作品对于创作主体来说，都是创作主体内涵的艺术坦露，换言之是展示另一个真实的自我。文学创作往往与作家的审美体验结合在一起。俗话说"人如其文"，从作家的作品中可以看出作家的精神个性与独创性；俗话又说"文如其人"，作家的精神个性，也必然会在他的作品中反映出来。

可以列举中国现代文学史上张爱玲和茅盾的例子来说明作家自身因素对于小说创作的影响。两人都以二十世纪三四十年代的上海及其周边农村生活为创作素材，但张爱玲的生活经历决定了她写作的兴趣在于"写些男女间的小事情"（参见张爱玲《自己的文章》），而茅盾则热衷于描写 20 世纪 30 年代上海及其农村各阶层的人物，写民族资本家的失败、农民的破产以及人民的觉醒反抗。这充分说明了作家因为经历与兴趣的差异，对生活的感应以及描述对象的差异，作品的艺术风格就会出现差异。③ 刘勰在《文心雕龙·体性》中认为"才有庸俊，气有刚柔，学有浅深，习有雅郑"，而这一切皆由作家的性情所形成。也正因为作家"才、气、学、习"之区别，

① 王祥. 试论地域、地域文化与文学 [J]. 社会科学辑刊, 2004（4）: 124.
② 何光渝. 20 世纪贵州小说史 [M]. 贵阳: 贵州民族出版社, 2000: 15.
③ 孟伟. 作家语言风格形成的个性心理因素 [J]. 社科纵横, 1998（4）: 43.

所以在文学创作领域才会出现"云谲波诡"之变化。① 就贵州现代小说的知识分子形象书写而言，也正是因为作家"才、气、学、习"的不同，才会导致作品质量参差不齐。

蹇先艾、何士光、谢挺、肖江虹等都是从正规大学毕业的，自身传统文化功底深厚，而且又善于学习古今中外经典著作，所以他们对于知识分子形象的理解相对娴熟；而一些学历层次较低或者未受过正规大学教育的作家，很多时候是凭借经验写作，这些作家在小说中书写民俗、农民、农村，以及自己熟悉的生活时得心应手，而一旦离开自己熟悉的生活则有"江郎才尽"之嫌，他们对于知识分子形象的理解相对隔膜。综观中国现代文学史，比如说钱钟书、洪峰等，他们因为长期在大学任教，身处知识分子圈子之中，故他们的知识分子形象书写就不隔膜，如钱钟书的长篇小说《围城》专门为高级知识分子画像，被誉为"新儒林外史"。而遗憾的是，贵州现代小说知识分子形象书写作家中，书写知识分子形象的得心应手者少，隔膜者居多。

除了作家群学历偏低外，何光渝认为，贵州作家队伍自20世纪90年代以来还出现了一些短板与不足，一些在20世纪80年代初有创作实绩的中青年实力作家，到20世纪90年代大多离开了自己原来的或十分熟悉的生活轨道和环境，进入了城市，进入了专门的宣传文化部门，有的还担负起了相应的领导工作。他们对于新环境新生活有一个重新了解、熟悉的过程，待到重新提笔尚需时日，也有一些作家进城后因为忙于行政事务，就此搁笔。也有一些颇有创作潜力的作家，在市场经济的大潮中，开始"弃文经商"。与此同时，一些更为年轻的文学爱好者，因生活经历和积累的贫乏，或受各色文学思潮的负面影响，缺乏正常的创作心态而表现得浮躁，或因自我感觉"太好"而忽视了学养素质的浅薄，陷入甚至沉溺于纯粹"表现自我"的误区之中。② 即使到了21世纪初期，这种现象仍未得到根本扭转，这就是当前贵州小说作家队伍的现状。

此外，就贵州小说作家而言，"贵州小说作家多数习惯于线性思维方

---

① 孟伟. 作家语言风格形成的个性心理因素 [J]. 社科纵横, 1998 (4)：44.
② 何光渝. 20世纪贵州小说史 [M]. 贵阳：贵州民族出版社, 2000：595.

式。这种思维方式，产生于闭塞山区，与生活环境、文化传统的影响有关，其特点就是非此即彼和单向的因果链，形成对人的单向的认识和理解，在人物性格的刻画上，不易引入对复杂内心世界的观照，难以塑造多重性格组合的人物形象"①。大多数贵州作家中存在的这样的线性思维方式也导致了贵州知识分子形象书写中难以塑造多重性格组合的人物形象，是贵州现代小说知识分子形象书写薄弱的又一原因。

最后，贵州现代小说知识分子形象书写史上，还出现了一种作家小说"创作中断"的独特现象，例如蹇先艾、何士光、欧阳黔森皆是如此。

蹇先艾写作非常勤奋，几乎每年都有文字发表。但他第一次中断创作是从 1948 年 4 月到 1950 年 1 月。究其原因，蹇先艾毕竟是曾长期生活在国统区的人，跨入新社会后，他的心里有个逐渐接受的过程。从他 1950 年 2 月之后两年多的时间内发表的三篇很有分量的论文《我逐渐认识了中国共产党》《我的文艺思想批判》《关于开展文艺创作的几点体会》，以及一篇小说《春耕》就可以看出他思想上的这种认识与转变过程。文艺的工农兵方向成为时代主流，蹇先艾顺应时代要求开始抛弃属于"个人情调"的东西，认为那是属于自由主义，属于资产阶级、小资产阶级的一套。② 此后十来年期间，他也创作了一些短篇小说，其中《黎教授下乡》是知识分子形象书写作品，但是由于对所描写的生活的不熟悉，这些作品中所包容的生活内容显得单调、单薄，人物难免有概念化之嫌。对此，蹇先艾后来也有所认识：

> 除了新中国成立初期参加土改，我在贵州农村时间稍长外，1966年以前，每年照例下乡走走，时间都很短，我并没有深入工农兵群众，深入生活，认真进行观察、体验、研究、分析，艺术构思也很不够，这些散文和小说，使人读后不免有浮光掠影之感。③

现实主义作为一种创作方法，原则是"按生活的本来面貌反映生活"。

---

① 王鸿儒，黄邦君，黄万机. 贵州当代文学概观［M］. 贵阳：贵州民族出版社，1989：92.

② 杜国景. 二十世纪文学主潮与贵州作家断代侧影［M］. 北京：科学出版社，2018：160 - 161.

③ 蹇先艾. 蹇先艾散文小说选（1953—1979）［M］. 贵阳：贵州人民出版社，1979：315.

但是蹇先艾认为自己创作时难以驾驭自己不熟悉的题材。故 1962 年之后，直到他 1994 年去世，蹇先艾除了写一些散文和评介性、回忆性文章之外，小说家蹇先艾在此三十年间不再有小说问世——中断了小说创作。

何士光是新时期贵州文坛的代表作家，他的创作将贵州文学提升到一个新的高度。但是进入 20 世纪 90 年代以后，他基本上中断了小说创作，而将精力用在佛经道法的研究之上。至于他为何要转向，他自己曾做出过这样的解释：

> 佛法曾经把我们的知识和识见分为两大类，一类是"了义"，一类是"不了义"。我们已经在前面作过一个比喻，好比一棵树，我们的生命是这棵树的根，而我们的生活和人生，便只是这个根生长出来的枝叶和花朵。所谓了义，就是要直指这棵树的根，直指我们生命的真相。这时候我们一卷卷地写在史学、文学或哲学里的文字，便都是这人间的花开花落，是兴亡成败和悲欢离合，以及对这些枝叶和花果的思索，因为触及不到或者是不会触及这生命的真相和根部，所以便都不算了义。至于道藏和佛经，虽然一直在为人们讲说这生命的根部，所以是了义的。①

> 所以在你的今生今世的日子里，你大体上就只是做了两件事情。一件是从学校毕业以后，用了二十年的时间去学习文学或者说人学，然后遭遇了 20 世纪 80 年代初期的文学的新时期；接着你便又用了二十年的时间去追寻道义和佛法，然后遭遇了人们重新对传统文化的发现和关注。②

由于何士光不满足对于枝叶和花朵思索的"不了义"（即描写悲欢离合的小说创作），而是想要直指这棵树的根，直指我们生命的真相与根部，追寻所谓的"了义"（佛法道义），所以后来他便从小说创作转向了道义和佛法的研究，即如他自己所言的先是"用了二十年的时间去学习文学或者说

---

① 何士光. 今生：吾谁与归［M］. 贵阳：贵州人民出版社，2016：34 - 35.
② 何士光. 今生：吾谁与归［M］. 贵阳：贵州人民出版社，2016：289.

人学",之后,"又用了二十年的时间去追寻道义和佛法"。还有欧阳黔森也是如此,1985年初,他开始向贵州省地矿文联主办的刊物《杜鹃花》投稿,虽然这次投稿未能发表,但是受到了主编李绍珊来信的鼓励,这成了他此后坚持文学创作的无穷动力。《十八块地》在《当代》1999年第6期的发表,可视为他的小说创作"突围"成功。在21世纪最初的十年时间里,他的小说频频发表在全国各大重要文学刊物上,一跃成为一个从铜仁走向贵阳,从贵阳走到北京,在中国文坛十分活跃的小说家。但是从2010年以后,欧阳黔森开始转向影视文学,创作了《雄关漫道》《二十四道拐》《奢香夫人》等表现"主旋律"的影视作品,从此之后他鲜有小说作品问世。他在《自述》中曾怀念自己创作小说的时光:

> 于我而言,诗歌、散文、长中短小说、电视剧、电影都涉及,500多万字了,也获得过15次国家级奖。再三思量,最令我满意的还是短篇小说,而恰恰这又是一个令人忽略的文本。每当人们谈起耳熟能详的那些电视剧时,我总是尽量避开。我很不愿意有人介绍我是编剧,甚至什么金牌编剧的称谓。我是一个作家,擅长于短篇小说的作家,我更看重这一点。

欧阳黔森的"主旋律"影视文学创作成绩斐然,作品屡获大奖,他在影视方面取得的成就是毋庸置疑的。但另一方面,也就是他已经开始了小说创作的"中途转向"(尽管他在《当代》杂志2016年第5期也曾发表过小说《武陵山人杨七郎》),但就目前而言,欧阳黔森小说创作的"中途转向"已是不争的事实。

贵州作家小说创作"中途转向",既有时代的原因,也有个体的原因。比如说寿生,自北平沦陷后辗转返乡后的近六十年期间,只创作了一些诗词与剧本,再无小说作品问世,这是个体的原因。比如说蹇先艾,他是一位非常勤奋的作家,但因为不适应跨时代之后新的文学创作要求,在发表知识分子形象书写小说《黎教授下乡》之后,便开始转向散文与评论的创作,或者将自己的小说旧作按照新的时代主流话语要求进行改写,然后重新出版,例如本论著第一章论及的《在贵州道上》《盐灾》这些小说的版本流变就是典型的例子。比如说何士光，他 20 世纪 80 年代的小说创作取得了巨大的成功，为何也要转向？因为他觉得钻研佛法道义远比小说创作更能直达我们生命的真相与灵魂的根部，这也是个体的原因，但这是何士光对小说创作的主动放弃，体现了知识分子的自主性。至于欧阳黔森的转向，从小说创作转向影视文学创作，而且是主旋律影视文学创作，可视为个体的主动行为。

总之，贵州现代小说知识分子形象书写作家中，大多学历偏低，凭经验写作者居多，他们对于民俗、农民、农村等自己熟悉生活的书写得心应手，而对于自己不太熟悉的知识分子生活的书写则相对隔膜。贵州小说作家队伍自 20 世纪 90 年代以来还出现结构性缺陷，小说创作队伍有青黄不接之虞。同时，贵州作家们的线性思维方式也制约着贵州现代小说知识分子形象书写精品力作的产生。此外，贵州现代小说作家中还存在一种小说创作"中途转向"的独特现象，特别是贵州一流作家如蹇先艾、何士光、欧阳黔森等的"转向"，同样制约着贵州现代小说知识分子形象书写的进一步发展。小说创作"中途转向"现象之前一直被大家所忽略，本论著在此专门论及，以便引起贵州文学研究者们的高度重视。

三、贵州文学传统因素

历经千百年的文明积淀，贵州文学思想已经形成了自身独特的传统，这是不争的事实。就连孟繁华也认为贵州是一个有伟大文学传统的地域，从蹇先艾到何士光再到欧阳黔森都在此谱系中，贵州作家对贵州乡土文化和边地多彩风情、淳朴民风的书写，一直是一个绵延不绝的文脉。[①]

很显然，孟繁华所谓的贵州文学传统首先指的是乡土书写。1935 年，蹇先艾的《水葬》被《中国新文学大系·小说二集》选录（另一篇是知识分子形象书写作品《到家的晚上》），编辑该书的鲁迅在"导言"中称蹇先艾与王鲁彦、徐钦文、裴文中等人的作品为"乡土文学"，蹇先艾从此便以"乡土小说作家"全国知名。在 20 世纪 80 年代，何士光是贵州乡土小说创作中取得成绩最大、最引人瞩目的作家。他在此期间创作的短篇小说，特

---

① 孟繁华. 小叙事与老传统——评欧阳黔森的短篇小说［J］. 山花，2015（5）：114.

别是他于 1980 年 8 月、1982 年 6 月和 1985 年 8 月先后发表在《人民文学》上的《乡场上》《种苞谷的老人》和《远行》，分别荣获全国优秀短篇小说奖，使他成为 20 世纪 80 年代贵州小说作家的突出代表，同时也奠定了他在中国乡土小说史上的地位。2018 年肖江虹的乡土书写力作《傩面》获第七届"鲁迅文学奖"中篇小说奖，标志着 21 世纪初贵州乡土书写进入了另一个新的起点。实事求是地说，就深刻性、典型性而言，贵州现代小说的知识分子书写，也存在着一定的不足，至少贵州现代小说的知识分子书写目前尚未出现像蹇先艾《水葬》、何士光《乡场上》、肖江虹《傩面》这样乡土书写的标杆式作品，贵州现代小说的知识分子形象书写也没有出现像农民骆毛、冯幺爸、秦安顺这样脍炙人口的人物形象。

其实，孟繁华所谓的贵州文学传统除了乡土书写外，还指传统的现实主义创作手法。关于这一点，论著在本章第一节已经作过详细论述，故在此不再赘述。

一个地域文学传统对于创作手法的选择，有时也与该地域的历史发展状况有关。例如上海，在抗战期间是沦陷区，是名副其实的"孤岛"，它的历史剧就相对比较发达，何也？因为，身处沦陷区的作家对于现实往往不敢直言，故转而求助于影射文学，而借古讽今的历史剧往往是最好的表达载体。而贵州的历史发展进程中不需要影射文学，故"按生活的本来面貌反映生活"的现实主义创作手法大行其道。

刘再复在总结小说发展历史时认为小说发展大致经历了三个阶段：一是以讲述故事为主的生活故事化展示阶段，二是以刻画人物为主的人物性格化展示阶段，三是以表现内心为主的内心世界审美化的展示阶段。而且他认为第二、三阶段属于高级阶段。[①] 事实上亦是如此，20 世纪以来特别是 20 世纪 80 年代以来中国知识分子形象书写发展的一个重要趋向是把知识分子的内心世界作为主要的表现对象，重心放在对知识分子心灵的探索方面，而这一点恰恰是现实主义创作手法的短处，而是现代主义意识流创作手法的长处与独到之处。所以，如果贵州小说家们不能采取或借鉴浪漫主义、现代主义、象征主义等创作手法，而是一直套用传统的现实主义创作手法，

---

① 刘再复．性格组合论［M］．合肥：安徽文艺出版社，1999：33.

那么，在表现小说中知识分子人物形象复杂多变的心灵方面势必会出现"落空"现象。因而，贵州文学传统中单一的现实主义创作手法，也制约着贵州小说家们创作出更多内容与形式俱佳的知识分子形象书写文本。

最后，论及贵州文学传统，还有一个不容忽视的因素，即贵州文学界、评论界对全国主流文学思潮长期的漠视或"缺席"。文学档次的提高需要浓郁的文化氛围，而这恰恰是贵州现代小说发展中存在的短板。20世纪80年代以来的中国文学思潮，例如"伤痕文学""反思文学""改革文学""寻根文学""先锋文学"，特别是20世纪90年代之后的"新写实""新状态""新体验""新生态""后现代"等，贵州很少有这些流派的代表作家，甚至没有参与大部分流派的创作。新时期以来，中国文化战线上热点不断。20世纪70年代末对传统文化的反思，20世纪80年代中期"文化热"引发的寻根思潮，20世纪80年代末大众文化的兴盛，20世纪90年代关于人文精神的讨论，还有现代主义、后现代主义思潮的传播，等等，但是，贵州文学界、评论界没有加入这些讨论或论争，没有发出自己的声音。① 贵州文学界、评论界对全国主流文学思潮的漠视或"缺席"导致了贵州现代小说的知识分子形象书写的逐渐"边缘化"。贵州的历史和现实，曾经有力地推动着贵州的作家们思考创作，写出了一批反响不俗的小说作品。但是，贵州小说创作，从总体上看，还缺乏一种自觉的选择意识，来取代长期以来贵州小说创作尾随于其他地域文学浪潮之后，常常显得"慢半拍"的那种依附、归属性的思维模式。②

由此可见，贵州现代小说史上乡土书写传统、现实主义创作手法传统、贵州文学界评论界对于全国主流文学思潮长期的漠视或"缺席"等，同样限制了贵州现代小说知识分子形象书写的进一步发展。

总之，制约贵州现代小说知识分子形象书写的因素较多，但地域性因素、作家因素、贵州文学传统等无疑是其中较为突出的因素。

本论著在文本细读的基础上，归纳出贵州现代小说的知识分子形象书写三个主要特色：鲜明的启蒙性特征、突出的现实主义创作手法、浓郁的

---

① 王刚，曾祥铣. 黔北20世纪文学史［M］. 贵阳：贵州教育出版社：2001：416.
② 何光渝. 20世纪贵州小说史［M］. 贵阳：贵州民族出版社，2000：368.

乡土气息；总结出贵州现代小说的知识分子形象书写的三点价值：一是实现了"边地"与"中心"的对话，二是向世人展示了"边地"独特的自然景象与人文景观，三是塑造了独特的知识分子形象；实事求是地论及了贵州现代小说的知识分子形象书写存在的两点不足：一是创作视野较为狭窄，二是创作手法较为单一；最后，针对贵州现代小说的知识分子形象书写薄弱的原因，主要从地域性因素、作家因素、文学传统因素等三个方面入手进行了较为深入的反思。

结　语

　　贵州现代小说走完了自己一个多世纪的历程，事实上，贵州现代小说创作可以说是贵州文学史上继晚清"沙滩文化"之后的又一创作高峰。站在 21 世纪初期的潮头回眸贵州现代小说，便会觉得"知识分子形象书写"作为其中重要的一支凸显在大家的视野之中。贵州现代小说家，从蹇先艾开始，一直都是把目光和笔力集中投向了知识分子（同时也投向了农民）。在长达百余年的时间里，贵州出现了像蹇先艾、段雪笙、思基、石果、何士光、叶辛、欧阳黔森、肖江虹、谢挺、戴冰、王华等一大批知名作家，出现了像《盐灾》《古城儿女》《女看护长》《我的师傅》《青砖的楼房》《薤露行》《蹉跎岁月》《非爱时间》《当大事》《沙城之恋》《有那么多书的病房》《旗》等一大批知识分子形象书写的佳作，塑造了臧岚初、岑昌、紫薇、徒弟"我"、聂玉玲、王传西、柯碧舟、黑松、"杀猪匠"、林飞、蒋超、爱墨等几十位知识分子形象。可以说，贵州现代小说知识分子形象书写自有其自身的特色与价值，当然，也存在一些不足。但是尽管如此，笔者仍然可以说：贵州现代小说知识分子形象书写所取得的成就，在整个贵州小说史乃至贵州文学史上，也是引人注目的，它为贵州现代文学的发展作出了突出贡献。

　　贵州现代小说研究，是伴随着贵州现代小说作品的问世而开始的。在一百多年的时间里，贵州涌现出较多研究学者及评论专家，出版过较多研究论文及专著，但是，就研究题材而言，这些研究大多集中在乡土题材方面，知识分子题材鲜有涉及；就研究人物形象而言，大多集中在农民形象方面，知识分子形象鲜有涉及。贵州现代小说知识分子形象方面的整体性研究方面更是未有涉及，但值得庆幸的是，如今，笔者撰写的《贵州现代小说知识分子形象研究》这篇专论算是弥补了这一研究领域的遗憾。

本论著是第一部全面、系统研究贵州现代小说知识分子形象书写方面的专论，论著搜集了许多鲜为人知的作品，整体研究囊括了贵州近百年来各阶段出现的主要的知识分子形象书写作品，对其中的代表作进行了解读，具有某种开拓意义。论著站在"史"的高度，建构了以"贵州—中国"为横坐标，以"个人—时代"为纵坐标的坐标系，贵州现代小说知识分子形象书写的研究就是置于这样的坐标系中加以考察研究的。

笔者对贵州现代小说知识分子形象书写进行整体阅读与宏观审视后，分为四个章节进行论述：第一章梳理贵州现代小说知识分子形象书写的流变，第二章概括贵州现代小说塑造的知识分子形象的主要类型，第三章通过点面结合评析贵州现代小说知识分子形象书写的叙事策略，第四章是在前三章的基础上，归纳总结出贵州现代小说知识分子形象书写的得与失（特色、价值与不足），并对贵州现代小说知识分子形象为何薄弱进行了较为深入的反思。

从对以上四章的描述、归纳、分析和阐释中，笔者可以得出以下四点结论：

（1）贵州现代小说知识分子形象书写流变轨迹如下：五四时期是知识分子形象书写的兴起阶段，"土地革命"时期是知识分子形象书写的成长期，五四时期与"土地革命"时期贵州现代小说知识分子形象书写主要由贵州籍在北京、上海等地发展的知识分子作家如蹇先艾、谢六逸、段雪笙等承担。"全民族抗战"时期是知识分子形象书写的拓展期，抗战期间高校西迁，极大地促进了贵州本土文学青年的成长，使得贵州文学发展整体上呈现出拓展之势。新中国成立后30年间，知识分子题材开始变得敏感，知识分子形象书写出现回落。"新时期"是贵州现代小说知识分子形象书写的复兴期，何士光、叶辛是这一贵州文学"黄金时期"的重要代表。20世纪90年代以来，由于受市场经济的影响，贵州知识分子形象书写从"共名"走向"无名"，呈现一种多元化、个性化趋势，标志着贵州现代小说知识分子形象书写进入"众声喧哗"时期。

（2）贵州现代小说知识分子形象书写的主要类型如下：知识分子"觉

醒者"形象、知识分子"革命者"形象、知识分子"被改造者"形象、知识分子"理想主义者"形象、知识分子"世俗者"形象等类型。虽然上述知识分子形象类别并不足以代表贵州现代小说知识分子形象书写整体,但它们却有着各自不同的特点,烙刻着这一阶层在 20 世纪以来不同历史时期鲜明的时代印记,能大体勾勒出这一阶层在贵州现代小说或一直秉承或只是阶段性呈现的宏观映像与生动侧影。

(3) 笔者通过对蹇先艾、何士光、欧阳黔森、段雪笙、思基、叶辛、谢挺、戴冰、王华等作家的叙事学考察研究后认为:第一,叙事视角策略方面:传统的非聚焦型叙事视角仍被广泛采用,内聚焦型叙事视角成为主流叙事视角,外聚焦型叙事视角非常稀少,"视角变异"屡次出现。第二,叙述者策略方面:彰显现实主义创作特色的客观叙述者占绝大部分,而干预叙述者较少采用或者仅仅在小说部分段落中使用。第三,叙事时间策略方面:"开局突兀"的倒装叙述与扩充容量的交错叙述愈来愈多并成为贵州现代小说叙事主流,这说明贵州现代小说知识分子形象书写已经向着现代小说叙事时间策略方向上全面转型。第四,叙事结构策略方面:大致可以分为以蹇先艾为代表的偏重性格的叙事结构、以何士光为代表的偏重背景的叙事结构、以欧阳黔森为代表的偏重情节的叙事结构。蹇先艾的创作与何士光的创作分别属于小说发展史上"人物性格化展示阶段"与"人物内心世界审美化的展示阶段"的两个高级阶段,体现了蹇先艾与何士光在贵州现代小说史的崇高地位,而欧阳黔森的创作属于刘再复所言的"以讲述故事为主的生活故事化展示阶段"。这样一种偏重情节的叙事结构,容易造成一种经验写作的惯性,也容易导致小说创作后继乏力,欧阳黔森后来的创作转向也说明了这一点。

(4) 贵州现代小说知识分子形象书写有得有失。第一,它有自身的特色:鲜明的启蒙性特征、突出的现实主义创作手法、浓郁的乡土气息;第二,它有其独特的价值:实现了"边地"与"中心"的对话,向世人展示了"边地"独特的自然景象与人文景观,塑造了独特的知识分子形象。但是,它也存在一些不足:创作视野较为狭窄、创作手法较为单一。最后,笔者从地域性、作家、贵州文学传统等因素对贵州现代小说知识分子形象书写为何薄弱进行了反思。笔者认为贫瘠的文学"土壤",作家知识结构不合理，重视乡土书写、城市文学不发达的文学传统等因素是制约贵州现代小说知识分子形象书写发展的主要原因。

贵州现代小说知识分子形象书写的行程，经历了几代人艰难跋涉的过程。有许多前辈，挥洒了自己的汗水与血水；又有许多后来者，青灯黄卷笔耕不辍。例如新中国成立初期，贵州的中国作家协会会员不到 10 人，而到了 2016 年，根据贵州省作家协会网站公布的信息显示，贵州已有省作家协会会员 1683 人，其中，中国作家协会会员 131 人。贵州现代小说知识分子形象书写，给大家留下了丰富的精神营养，也给了大家留下了许多启迪和思考、经验与教训。在贵州高原这片土地上，贵州的知识分子形象书写曾经贫瘠过，却也曾收获了前所未有的富庶。文学的记忆，本身就是无价的财富，正因为如此，所以本论著试图把贵州几代作家的生活经历和内心体验的文字集合起来，努力构建一座雄伟而丰厚的精神博物馆。总的来说，一部贵州现代小说知识分子形象书写史，也就是贵州现代作家表现使命感与自审意识的历史，就是现代以来贵州知识分子漂泊、流浪和寻找精神家园的历史。

总之，正是有了一大批贵州知识分子作家们锲而不舍的努力，贵州现代小说知识分子形象书写才得以默默顽强地前进。但是，笔者又不得不实事求是地说，贵州现代小说知识分子形象书写的影响力，较全国文学发达省份而言是自愧弗如的，放到整个中国文学史上来看影响力也是不太显著的。大家应该看到，迄今，贵州现代小说知识分子形象尚未出现在全国有重大影响的作品中，地域性因素、作家因素、贵州文学传统因素是制约其发展的主要因素。

人，随着时代的前进而发展。小说的发展，从根本上说，是人对人认识的深化以及人对人审美和表现的演进。小说人物的研究是没有穷尽的，呈现在大家面前的是绚丽多姿的前景。只有用实事求是的态度，正确认识自己，客观、冷静、认真地自省，找到差距，展望未来，未来贵州小说中知识分子形象书写才有进一步发展的可能。我们拭目以待！

参考文献

一、著作类

[1] T. S. 艾略特. 现代诗论 [M]. 曹葆华, 译. 上海: 商务印书馆, 1937.

[2] 黑格尔. 精神现象学 [M]. 贺麟, 王玖兴, 译. 北京: 商务印书馆, 1979.

[3] 莱辛. 汉堡剧评 [M]. 张黎, 译. 上海: 上海译文出版社, 1981.

[4] 黑格尔. 美学 [M]. 朱光潜, 译. 北京: 商务印书馆, 1982.

[5] 叔本华. 作为意志和表象的世界 [M]. 石冲白, 译. 北京: 商务印书馆, 1982.

[6] 费希特. 论学者的使命、人的使命 [M]. 梁志学, 沈真, 译. 北京: 商务印书馆, 1984.

[7] 海森伯. 物理学和哲学: 现代科学中的革命 [M]. 范岱年, 译. 北京: 商务印书馆, 1984.

[8] 恩斯特·卡西尔. 人伦 [M]. 甘阳, 译. 上海: 上海译文出版社, 1985.

[9] W. C. 布斯. 小说修辞学 [M]. 华明, 胡晓苏, 周宪, 译. 北京: 北京大学出版社, 1987.

[10] 罗曼·英加登. 对文学的艺术作品的认识 [M]. 陈燕谷, 晓未, 译. 北京: 中国文联出版公司, 1988.

[11] 茨维坦·托多罗夫. 俄苏形式主义文论选 [M]. 蔡鸿滨, 译. 北京: 中国社会科学出版社, 1989.

[12] 丹尼尔·贝尔. 资本主义文化矛盾 [M]. 赵一凡, 蒲隆, 任晓晋, 译. 北京：生活·读书·新知三联书店, 1989.

[13] 热拉尔·热奈特. 叙事话语·新叙事话语 [M]. 王文融, 译. 北京：中国社会科学出版社, 1990.

[14] 华莱士·马丁. 当代叙事学 [M]. 伍晓明, 译. 北京：北京大学出版社, 1990.

[15] 卢伯克, 福斯特, 缪尔. 小说美学经典三种 [M]. 方土人, 罗婉华, 译. 上海：上海文艺出版社, 1990.

[16] 乔纳森·卡勒. 结构主义诗学 [M]. 盛宁, 译. 北京：中国社会科学出版社, 1991.

[17] 亚里士多德. 诗学 [M]. 陈中梅, 译注. 北京：商务出版社, 1996.

[18] 让 – 弗朗索瓦·利奥塔. 后现代状况：关于知识的报告 [M]. 岛子, 译. 长沙：湖南美术出版社, 1996.

[19] 米歇尔·福柯. 权力的眼睛 [M]. 严锋, 译. 上海：上海人民出版社, 1997.

[20] 安东尼·吉登斯. 现代性与自我认同：现代晚期的自我与社会 [M]. 赵旭东, 方文, 译. 北京：生活·读书·新知三联书店, 1998.

[21] 乔纳森·卡勒. 当代学术入门：文学理论 [M]. 李平, 译. 沈阳：辽宁教育出版社, 1998.

[22] 别林斯基. 别林斯基文学论文选 [M]. 满涛, 辛未艾, 译. 上海：上海译文出版社, 2000.

[23] 爱德华·W. 萨义德. 知识分子论 [M]. 单德兴, 译. 北京：生活·读书·新知三联书店, 2002.

[24] 朱利安·班达. 知识分子的背叛 [M]. 佘碧平, 译. 上海：上海人民出版社, 2005.

[25] 丹纳. 艺术哲学 [M]. 傅雷, 译. 天津：天津社会科学院出版社, 2007.

[26] 尼采. 查拉图斯特拉如是说 [M]. 钱春绮, 译. 北京：生活·读书·新知三联书店, 2007.

[27] E. M. 福斯特. 小说面面观 [M]. 冯涛, 译. 北京：人民文学出版

社，2009.

[28] 勒内·韦勒克，奥斯汀·沃伦. 文学理论［M］. 刘象愚，等，译. 北京：文化艺术出版社，2010.

[29] 米兰·昆德拉. 小说的艺术［M］. 董强，译. 上海：上海译文出版社，2014.

[30] 马泰·卡林内斯库. 现代性的五副面孔：现代主义、先锋派、颓废、媚俗主义、后现代主义［M］. 顾爱彬，李瑞华，译. 南京：译林出版社，2015.

[31] M. H. 艾布拉姆斯. 镜与灯：浪漫主义文论及批评传统［M］. 郦稚牛，张照进，童庆生，译. 北京：北京大学出版社，2015.

[32] 奥古斯都·罗丹. 罗丹艺术论［M］. 傅雷，译. 上海：上海人民美术出版社，2021.

[33] 鲁迅. 中国新文学大系·小说二集［M］. 上海：良友图书公司，1935.

[34] 王瑶. 中国新文学史稿［M］. 上海：新文艺出版社，1953.

[35] 朱光潜. 西方美学史［M］. 北京：人民文学出版社，1979.

[36] 伍蠡甫. 西方文论选［M］. 上海：上海译文出版社，1979.

[37] 董衡巽. 海明威研究［M］. 北京：中国社会科学出版社，1980.

[38] 朱光潜. 谈美书简［M］. 上海：上海文艺出版社，1980.

[39] 茅盾. 茅盾论创作［M］. 上海：上海文艺出版社，1980.

[40] 艾芜. 文学手册［M］. 长沙：湖南人民出版社，1981.

[41] 费孝通. 乡土中国［M］. 北京：人民出版社，2015.

[42] 宋贤邦，王华介. 蹇先艾廖公弦研究合集［M］. 贵阳：贵州人民出版社，1985.

[43] 瞿秋白. 瞿秋白文集［M］. 北京：人民文学出版社，1985.

[44] 丁玲. 丁玲论创作［M］. 上海：上海文艺出版社，1985.

[45] 刘再复. 性格组合论［M］. 上海：上海文艺出版社，1986.

[46] 赵园. 艰难的选择［M］. 上海：上海文艺出版社，1986.

[47] 杨义. 中国现代小说史［M］. 北京：人民文学出版社，1986.

[48] 张隆溪. 二十世纪西方文论述评［M］. 北京：生活·读书·新知三

联书店, 1986.

[49] 杜惠荣, 王鸿儒. 蹇先艾评传 [M]. 贵阳: 贵州人民出版社, 1986.

[50] 季红真. 文明与愚昧的冲突 [M]. 杭州: 浙江文艺出版社, 1986.

[51] 曾逸. 走向世界文学: 中国现代作家与外国文学 [M]. 长沙: 湖南文艺出版社, 1986.

[52] 陈思和. 中国新文学整体观 [M]. 上海: 上海文艺出版社, 1987.

[53] 李宗桂. 中国文化概论 [M]. 广州: 中山大学出版社, 1988.

[54] 陈平原. 中国小说叙事模式的转变 [M]. 上海: 上海人民出版社, 1988.

[55] 徐新建, 潘年英, 钱荫愉, 等. 贵州文学现状与构想 [M]. 贵阳: 贵州人民出版社, 1989.

[56] 王鸿儒, 黄邦君, 黄万机. 贵州当代文学概观 [M]. 贵阳: 贵州民族出版社, 1989.

[57] 戴翼, 陈悦青. 中国现当代文学辞典 [M]. 沈阳: 辽宁教育出版社, 1989.

[58] 毛泽东. 毛泽东选集 [M]. 北京: 人民出版社, 1991.

[59] 周作人. 周作人散文 [M]. 北京: 中国广播电视出版社, 1992.

[60] 陈洪. 中国小说理论史 [M]. 合肥: 安徽文艺出版社, 1992.

[61] 刘俐俐. 新时期小说人物论 [M]. 兰州: 敦煌文艺出版社, 1993.

[62] 罗强烈. 罗强烈文学评论选 [M]. 贵阳: 贵州人民出版社, 1994.

[63] 邓小平. 邓小平文选 [M]. 北京: 人民出版社, 1994.

[64] 张汝伦. 坚持理想 [M]. 上海: 上海人民出版社, 1996.

[65] 余英时. 中国知识分子论 [M]. 郑州: 河南人民出版社, 1997.

[66] 鲁令子, 井绪东. 贵州新文学大系 (1919—1989 史料卷) [M]. 贵阳: 贵州人民出版社, 1997.

[67] 陈平原, 夏晓虹, 严家炎, 等. 二十世纪中国小说理论资料 [M]. 北京: 北京大学出版社, 1997.

[68] 钱理群, 温儒敏, 吴福辉. 中国现代文学三十年 [M]. 北京: 北京大学出版社, 1998.

[69] 许纪霖. 暧昧的怀旧 [M]. 上海: 上海教育出版社, 1998.

[70] 宋兆霖 . 诺贝尔文学奖文库（访谈录卷）［M］. 杭州：浙江文艺出版社，1998.

[71] 洪子诚 . 中国当代文学史［M］. 北京：北京大学出版社，2004.

[72] 叶辛 . 叶辛谈创作［M］. 上海：学林出版社，1999.

[73] 丁守和 . 中国近代启蒙思潮［M］. 北京：社会科学文献出版社，1999.

[74] 中共中央马克思恩格斯列宁斯大林著作编译局马列部，教育部社会科学研究与思想政治工作司 . 马克思主义经典著作选读［M］. 北京：人民出版社，1999.

[75] 何光渝 .20 世纪贵州小说史［M］. 贵阳：贵州民族出版社，2000.

[76] 蹇人毅 . 乡土飘诗魂：蹇先艾纪传［M］. 太原：山西人民出版社，2000.

[77] 王富仁 . 中国反封建思想革命的一面镜子：《呐喊》《彷徨》综论［M］. 北京：北京师范大学出版社，2000.

[78] 王富仁 . 说说我自己：王富仁学术随笔自选集［M］. 福州：福建教育出版社，2000.

[79] 童庆炳 . 文学概论［M］. 武汉：武汉大学出版社，2000.

[80] 李欧梵 . 现代性的追求：李欧梵文化评论精选集［M］. 北京：生活·读书·新知三联书店，2000.

[81] 杨祖陶，邓晓芒 . 康德三大批判精粹［M］. 北京：人民出版社，2001.

[82] 王刚，曾祥铣 . 黔北 20 世纪文学史［M］. 贵阳：贵州教育出版社，2001.

[83] 洪子诚，孟繁华 . 当代文学关键词［M］. 桂林：广西师范大学出版社，2001.

[84] 李欧梵，季进 . 中国现代文学与现代性十讲［M］. 上海：复旦大学出版社，2002.

[85] 曹文轩 .20 世纪末中国文学现象研究［M］. 北京：北京大学出版社，2002.

[86] 刘江 . 中国现代小说中知识分子形象发展简史［M］. 北京：中国文

联出版社，2002.

[87] 贵州省地方志编纂委员会．贵州省志·文学艺术志 ［M］．贵阳：贵州人民出版社，2003.

[88] 蹇先艾．蹇先艾文集 ［M］．贵阳：贵州人民出版社，2003.

[89] 胡亚敏．叙事学 ［M］．武汉：华中师范大学出版社，2004.

[90] 金宏宇．中国现代长篇小说名著版本校评 ［M］．北京：人民文学出版社，2004.

[91] 郭征帆．铜仁地区当代作家评传 ［M］．北京：中国文联出版社，2004.

[92] 孟悦，戴锦华．浮出历史地表 ［M］．北京：中国人民大学出版社，2004.

[93] 易晖．"我"是谁：新时期小说中知识分子的身份意识研究 ［M］．南昌：百花洲文艺出版社，2004.

[94] 梁漱溟．中国文化要义 ［M］．上海：上海人民出版社，2005.

[95] 温铁军．三农问题与世纪反思 ［M］．北京：生活·读书·新知三联书店，2005.

[96] 鲁迅．鲁迅全集 ［M］．北京：人民文学出版社，2005.

[97] 许纪霖．20 世纪中国知识分子史论 ［M］．北京：新星出版社，2005.

[98] 乐黛云．中国知识分子的形与神 ［M］．北京：昆仑出版社，2006.

[99] 刘俐俐．中国现代经典短篇小说文本分析 ［M］．北京：北京大学出版社，2006.

[100] 朱栋霖，朱晓进，龙泉明．中国现代文学史 （1917—2000） ［M］．北京：北京大学出版社，2007.

[101] 钱钟书．谈艺录 ［M］．北京：生活·读书·新知三联书店，2007.

[102] 陈顺馨．中国当代文学的叙事与性别（增订版） ［M］．北京：北京大学出版社，2007.

[103] 李泽厚．中国现代思想史论 ［M］．北京：生活·读书·新知三联书店，2008.

[104] 童庆炳．文学理论教程（第四版） ［M］．北京：高等教育出版社，2008.

[105] 王卫平. 中国现代知识分子小说史论［M］. 北京：中国社会科学出版社，2009.

[106] 杨春时. 现代性与中国文学思潮［M］. 北京：生活·读书·新知三联书店，2009.

[107] 陈晓明. 中国当代文学主潮［M］. 北京：北京大学出版社，2009.

[108] 曹文轩. 曹文轩文集：小说门［M］. 北京：人民文学出版社，2010.

[109] 何士光. 今生：经受与寻找［M］. 北京：中央编译出版社，2011.

[110] 贵州省文联. 纪念建党90周年贵州文学精品集·小说卷［M］. 贵阳：贵州人民出版社，2011.

[111] 戴冰. 双重经验：戴冰小说选集.［M］. 贵阳：贵州人民出版社，2012.

[112] 王刚. 新时期黔北作家群及其成因研究［M］. 北京：中国社会科学出版社，2012.

[113] 谢廷秋. 抗战硝烟与边陲贵州：贵州抗战文化研究［M］. 北京：红旗出版社，2012.

[114] 余秋雨. 中国文脉［M］. 武汉：长江文艺出版社，2012.

[115] 赵毅衡. 当说者被说的时候：比较叙述学导论［M］. 成都：四川文艺出版社，2013.

[116] 王晓恒. 五四乡土小说与八十年代寻根文学比较研究［M］. 北京：中国社会科学出版社，2013.

[117] 余英时. 士与中国文化［M］. 上海：上海人民出版社，2013.

[118] 何士光. 雨霖霖［M］. 郑州：河南文艺出版社，2014.

[119] 欧阳黔森. 欧阳黔森短篇小说选［M］. 贵阳：贵州人民出版社，2014.

[120] 赵园. 北京：城与人［M］. 北京：北京师范大学出版社，2014.

[121] 许纪霖. 中国知识分子十论（修订版）［M］. 2版. 上海：复旦大学出版社，2015.

[122] 鲁迅. 中国小说史略［M］. 呼和浩特：远方出版社，2015.

[123] 何士光. 今生：吾谁与归［M］. 贵阳：贵州人民出版社，2016.

［124］张军府．个体与存在：现代中国知识分子题材小说叙事伦理研究［M］．济南：山东教育出版社，2016.

［125］欧阳黔森．水的眼泪：欧阳黔森选集［M］．桂林：广西师范大学出版社，2017.

［126］谢挺．杨花飞：谢挺选集［M］．桂林：广西师范大学出版社，2017.

［127］戴冰．月的暗面：戴冰选集［M］．桂林：广西师范大学出版社，2017.

［128］王华．向日葵：王华选集［M］．桂林：广西师范大学出版社，2017

［129］曾大兴．文学地理学概论［M］．北京：商务印书馆，2017.

［130］杜国景．二十世纪文学主潮与贵州作家断代侧影［M］．北京：科学出版社，2018.

二、论文类

［1］近藤直子．何士光的中篇小说《青砖的楼房》［J］．山花，1985（7）.

［2］秦家伦，钱理群．蹇先艾和他的创作［J］．山花，1979（5）.

［3］何士光．乡场上［J］．人民文学，1980（8）.

［4］何士光．感受·理解·表达：关于《乡场上》的写作［J］．山花，1981（1）.

［5］何士光．聆听生活的召唤［J］．山花，1982（7）.

［6］钱理群．何士光创作论［J］．山花，1983（4）.

［7］何士光．努力像生活一样深厚：关于《种包谷的老人》的写作［J］．人民文学，1983（7）.

［8］何士光．文学属于人和人类［J］．当代文坛，1988（4）.

［9］魏家骏．《远行》的表层和深层意蕴：何士光小说《远行》细读及本文分析［J］．贵州民族学院学报（社会科学版），1989（1）.

［10］童庆炳．拷问自我：关于知识分子题材作品的再思考［J］．复印报刊资料（中国现代·当代文学研究），1989（4）.

［11］罗义群．何士光的借鉴与独创［J］．当代文坛，1989（5）.

［12］陈子平．日子与人：论何士光的创作思维［J］．贵州社会科学，1990

（10）.

[13] 郑也夫. 知识分子的定义 [J]. 北京社会科学, 1997 (3).

[14] 王刚. 知识分子的心灵历程: 何士光小说创作论之一 [J]. 遵义师范高等专科学校学报, 1999 (2).

[15] 石杰. 佛法道义的文学阐释: 读何士光散文随笔集《烦恼与菩提》[J]. 长沙电力学院学报（社会科学版）, 2001 (4).

[16] 苏丹. 欧阳黔森: 笔下有味纸上香 [J]. 当代贵州, 2004 (4).

[17] 杨义. 重绘中国文学地图与中国文学的民族学、地理学问题 [J]. 文学评论, 2005 (3).

[18] 董健. 现代启蒙精神与中国话剧百年 [J]. 文学评论, 2007 (3).

[19] 王富仁, 梁鸿. 大众文化视野中的学术与知识分子 [J]. 渤海大学学报（哲学社会科学版）, 2008 (1).

[20] 杨学民. 为生命寻觅栖息之地: 读何士光的自传《今生》[J]. 小说评论, 2011 (6).

[21] 谢廷秋.《从水晶山谷》到《绝地逢生》: 贵州作家欧阳黔森生态文学解读 [J]. 当代文坛, 2012 (2).

[22] 杜国景. 百年贵州作家的民族书写 [J]. 海南师范大学学报（社会科学版）, 2012 (10).

[23] 颜敏. 论新世纪小说中的知识分子形象 [J]. 天津: 天津师范大学学报（社会科学版）, 2013 (3).

[24] 董之林. 分享艺术的奥妙: 读欧阳黔森的短篇小说集 [J]. 山花（上半月）, 2015 (2).

[25] 欧阳黔森. 我的文学理想与追求: 自述 [J]. 小说评论, 2015 (5).

[26] 於可训. 主持人的话 [J]. 小说评论, 2015 (3).

[27] 周新民. 欧阳黔森短篇小说艺术论 [J]. 小说评论, 2015 (5).

[28] 周新民, 欧阳黔森. 探询人性美: 欧阳黔森访谈录 [J]. 小说评论, 2015 (5).

[29] 孟繁华. 小叙事与老传统: 评欧阳黔森的短篇小说 [J]. 山花, 2015 (5).

[30] 陈书蓝. 特殊岁月里的温情与忧伤: 读欧阳黔森的《十八块地》[J].

读书文摘，2015（22）.

［31］杜国景．欧阳黔森的英雄叙事及其当代价值［J］．当代作家评论，2016（2）.

［32］姜澄清．吾何以评：何士光《吾谁与归》读后［J］．贵阳文史，2016（4）.

［33］周军．2015"贵州作家群高峰论坛"综述［J］．中国现代文学研究丛刊，2016（4）.

［34］严天慧．崇高的生命追求：欧阳黔森创作论［D］．贵阳：贵州师范大学，2008.

［35］戴怡．现代文学中的启蒙者、革命者和自由者：从"中国形象"角度的一种考察［D］．杭州：浙江大学，2014.